LES

AMOURS

D'UN TRIBUN

PAR

LE Dʳ H. METTAIS

— Il n'était pas laid, puisqu'il était aimé
et amoureux, objecta Nodier...

BIBLIOPHILE JACOB.

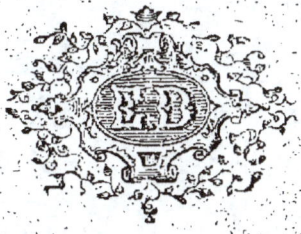

PARIS

E. DENTU, ÉDITEUR

Libraire de la Société des Gens de Lettres

PALAIS-ROYAL, 17-19, GALERIE D'ORLÉANS

1876

LES

AMOURS

D'UN TRIBUN

OUVRAGES DU MÊME AUTEUR

Souvenirs d'un Médecin de Paris. 1 vol. in-18.   **3 fr**

L'an 5865, ou Paris dans 4,000 ans. 1 vol
in-18. . . . . **3 fr**

Paris avant le Déluge. 1 vol. in-18 . . . . . **3 fr**

Simon le Magicien. 1 vol. in-18. . . . . . . **3 fr**

Les Amours d'un Tribun. 1 vol. in-18. . . . **3 fr**

Des Associations et des Corporations en France
2ᵉ édition, augmentée d'un Appendice sur les Association
médicales. 1 vol. in-8º . . . . **2 fr**

Un Lion aux Bains de Vichy. En collaboration ave
Touchard-Lafosse. 2 vol. in-8º . . . .

Le Portefaix, avec une introduction par Touchard
Lafosse. 2 vol. in-18 . . . .

EN PRÉPARATION :

Le Serment d'Annibal. 1 vol. in-18 . . . . .

3298.75. — Boulogne (Seine). — Imp. JULES BOYER.

LES
AMOURS
D'UN TRIBUN

PAR

 LE D H. METTAIS

— Il n'était pas laid, puisqu'il était aimé
et amoureux, objecta Nodier...

BIBLIOPHILE JACOB.

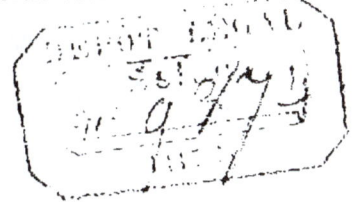

PARIS

E. DENTU, ÉDITEUR

Libraire de la Société des Gens de Lettres

PALAIS-ROYAL, 17-19, GALERIE D'ORLÉANS

1876

INTRODUCTION

Le bibliophile Jacob a dit dans une causerie sur Marat :

« Il y a eu deux Marat : le Marat que tout le monde sait... (le conventionnel); l'autre Marat (le docteur), dont personne aujourd'hui ne soupçonne l'existence, celui qui fut l'élève et l'admirateur de J.-J. Rousseau, l'ami de la nature, le savant auteur de plusieurs découvertes dignes de Newton dans la chimie et la physique; l'écrivain énergique et coloré qui a fait un livre de philosophie digne du philosophe de Genève... C'était une belle âme qui s'ouvrait à tous les sentiments nobles et généreux; il prit Rousseau et Montesquieu pour modèles... il eût mérité de se placer à côté d'eux comme moraliste, comme écrivain. Par malheur il osa s'attaquer à la secte de philosophie, à Voltaire surtout, à Helvétius,

1

à Diderot; il fut écrasé ou plutôt étouffé dans l'obscurité....

« On peut supposer que Marat se fût borné à des travaux de science et de philosophie, si ces travaux lui avaient rapporté l'honneur et le profit qu'ils méritaient, si les académies ne s'étaient coalisées en quelque sorte pour tenir ses découvertes sous le boisseau.... »

Maudites soient alors ces académies-là! Maudits soient ceux qui comme elles repoussent le talent, en lui fermant la porte au visage! car ils ne feront jamais que des 93 et des Marat....

Qui donc alors est le plus coupable, du talent qui se révolte ou des égoïstes qui le repoussent?

Voilà ce que je veux demander aux hommes du jour, en leur montrant le docteur Marat. Mon but n'est point autre.

Mais entreprendre de raconter la vie du docteur Marat peut n'être pas sans difficulté; car trente années de cette vie ont été oubliées par l'histoire. Les commencements et la fin heureusement sont très-connus. De plus, pour remplir la longue lacune qui se trouve entre ces deux temps, l'histoire a planté assez de jalons pour nous diriger à peu près sûrement au milieu des ténèbres qu'elle nous a laissées.

Ce sont ces trente années que j'ai voulu restaurer.

Ai-je réussi? Je ne sais. Dira-t-on que j'ai fait de l'histoire? Dira-t-on que j'ai fait du roman? Je ne sais encore. Je répondrai en tout cas ceci :

Raconter des faits vrais, afin de mettre la morale en évidence, c'est de l'histoire;

Raconter des faits vraisemblables, pour faire briller la morale, c'est du roman.

Ce double chemin qui conduit au même but est, à mon avis, très-sérieux, très-philosophique, par conséquent digne d'intérêt. Il doit concilier la bienveillance au récit.

Aussi présenté-je le mien avec confiance, en affirmant au lecteur que, s'il est bien vrai que j'ai inventé quelque chose, il est bien vrai en même temps que je n'ai rien détruit ni rien défiguré dans l'histoire et dans le caractère du docteur Marat.

On en pourra juger quelque peu, du reste, en

lisant la notice biographique qui se trouve en tête de ce livre, et en la comparant aux récits qui suivent.

Quant à ces récits, je prie le lecteur d'oublier complétement, pour bien les apprécier, le journaliste et conventionnel Marat. Le Marat dont j'ai à parler fut un savant physicien. Nul doute alors qu'il n'ait étudié la nature, qu'il n'ait vécu avec délices au milieu d'elle, dans ses jeunes années. Il nous l'a dit d'ailleurs, et ses œuvres nous le prouvent assez. Je n'ai donc point fait d'anachronisme moral en le représentant comme je l'ai fait.

On prouverait que l'on n'a point étudié les livres du savant Marat, si l'on osait rire en disant que j'ai fait ridiculement un Tityre d'un coupeur de têtes d'homme. Le docteur Marat n'a jamais été qu'un honnête homme : il ne m'appartient pas de juger ce que fut le conventionnel Marat. En tout cas, ils furent deux hommes tout différents. Je laisse au philosophe le soin de nous dire pourquoi.

NOTICE BIOGRAPHIQUE

Jean-Paul Marat naquit à Boudry, petite ville de 1,800 âmes, dans la principauté, aujourd'hui république, de Neufchâtel, en Suisse, le 24 mai 1743, du médecin Jean-Paul Marat, de Cagliari, en Sardaigne, et de Louise Cabrol, de Genève.

Son père, dont le véritable nom fut Mara, était un homme fort érudit et de certaine réputation professionnelle; mais il jouissait d'une bien médiocre fortune. Il avait quatre enfants : Albertine, qui fit voir par les soins qu'elle donna aux publications de son frère qu'elle avait quelque érudition; Marie-Anne, qui fut mariée à un sieur Olivier; Jean-Pierre, dont il est question dans les fastes de la Révolution française; et Jean-Paul, qui était l'aîné.

Marat père était de famille catholique et catholique lui-même. Il abjura à Genève et se fit protestant, probablement à l'instant de son mariage. Jean-Paul Marat était donc de la religion protestante comme ses frère et sœurs.

Son éducation première fut très-soignée, il paraît, par sa mère, qu'il aimait aussi par dessus tout. Cette femme respectable, dont la mort arriva beaucoup trop tôt certainement pour le bien de la destinée du fils, cultiva son cœur et ses premiers penchants avec un soin parfaitement entendu. C'était par ses mains qu'elle faisait passer les aumônes qu'elle rendait aussi abondantes que possible, pour l'habituer à aimer et à secourir ses semblables.

Pour juger si elle a réussi, nous avons besoin d'oublier tout ce qu'on nous a dit sur le Marat qui a si énergiquement vécu de 1789 à 1793. Il n'en est pas moins vrai que sa vie fut irréprochable pour tous jusqu'en 1789; que son enfance fut celle d'un enfant laborieux; que son adolescence n'eut rien de la légèreté du jeune homme; que son âge viril fut celui d'un homme de courage livré aux études sérieuses; que pendant quarante-six ans enfin il eut bien plus à se plaindre des hommes, que les hommes n'eurent à se plaindre de lui.

Sa grande passion fut toujours l'amour de la gloire. Jusqu'à vingt et un ans il n'en connut pas d'autre. Dut-il cette réserve à la bonne éducation que lui donna sa mère ou à l'isolement dans lequel il étudia, livré aux soins de son père et de quelques maîtres particuliers dans la maison paternelle?.... Ce fut là en effet qu'il s'instruisit, à part une année peut-être, dans laquelle il est permis de supposer qu'il aurait habité le collége de Neufchâtel.

Mais en quelque lieu qu'il fut, il se montra toujours dévoré du désir d'apprendre.

Aussi savons-nous qu'il possédait la plupart des

langues de l'Europe : le Français, l'Anglais, l'Italien, l'Espagnol, l'Allemand, le Hollandais, puis le Grec et le Latin.

Quant aux sciences, il suffit de lire ses ouvrages pour comprendre quels travaux et quelles recherches il a dû faire afin de se mettre au courant des études physiques, physiologiques et psychologiques, dans lesquelles il a cherché à introduire les progrès de son observation. Je ne parle pas de ses études politiques, dont l'appréciation peut être variable, mais qui prouvent en tout cas avec quelle ardeur et quel courage il embrassait une science quand il la tenait.

A seize ans, Marat paraît avoir terminé son instruction universitaire. Sa mère venait de mourir. Il sentit alors autour de lui un vide incommensurable. Son père l'aimait, il est vrai, et il aimait son père ; mais son père lui avait donné tout ce qu'il pouvait lui donner, l'éducation. Il n'avait point de fortune à lui laisser, et il n'avait plus rien à lui apprendre. Le fils sentit dès lors qu'il ne pouvait plus être qu'une charge dans un vaisseau déjà trop lourdement chargé. Il partit donc du toit paternel, allant à la grâce de Dieu ici et là, dans tous les pays de l'Europe.

Quel itinéraire suivit-il ? Nous n'en savons rien. Il nous dit toutefois qu'il vécut deux années à Bordeaux, dix à Londres, une à Dublin, une à La Haye, à Utrecht, à Amsterdam, dix-neuf à Paris.

Il est bien probable que ce fut à Londres qu'il

acheva d'étudier la science d'Hippocrate, et qu'il prit ses degrés. Et de fait, il paraît qu'il avait acquis là une petite notoriété médicale, surtout dans les maladies des yeux, sur lesquelles il fit un opuscule que nous n'avons pas. Albertine et Brissot de War-ville ont mentionné ce fait.

Après donc avoir parcouru une bonne partie de l'Europe, honorablement, dit-il dans son journal, et pouvant défier quel peuple que ce soit d'avoir à lui reprocher le moindre fait illicite, il revint enfin en France. En quelle année? Nous ne le savons pas sûrement, mais ce dut être vers l'an 1774.

Il avait alors trente et un ans.

Marat n'avait pu voyager avec la douce sérénité et les jouissances du riche, puisqu'il n'avait pour toute fortune que sa science et qu'il n'avait emporté de chez son père que le piètre équipage du philo-sophe Bias. Il dut donc, pour vivre, employer une partie de ses heures à donner d'abord des leçons de linguistique dans un pays, dans un autre, plus tard, des ordonnances de médecin. Ce qui ne l'em-pêcha jamais de trouver du temps pour le travail intellectuel du cabinet, se délassant de l'aridité des sciences par des conceptions philosophiques et litté-raires, tant l'activité de son esprit était prodigieuse.

Mais quel temps dut-il donc lui rester pour le re-pos et les plaisirs? On ne se trompera certainement pas en disant que cet homme ne se reposa jamais dans le temps où il est caché pour l'histoire, puis-

que l'on conçoit à peine comment il put suffire à la
besogne dans son temps historique.

Lorsqu'il arriva en France, ses cartons étaient
déjà tout remplis de travaux de toutes sortes, mais
peu avaient vu le jour.

En 1773, il avait publié en Angleterre, en deux
volumes in-8°, un livre intitulé : *De l'homme, ou
des principes et des lois de l'influence de l'âme sur
le corps, et du corps sur l'âme;* ouvrage neuf et
extraordinaire qui devait placer son auteur entre
les médecins philosophes Lecat et Cabanis, dit un
littérateur distingué qui pourtant n'est pas tendre
pour Marat.

Quoi qu'il en soit, Marat eut le tort et la maladresse
de ne pas se montrer dans cet ouvrage un admirateur quand même de l'Encyclopédie, de parler légèrement de Voltaire et de critiquer Helvétius.
Aussi son écrit lui valut-il la haine et les gros mots
du philosophe à manchettes, qui le traita de *bête* et
même de *bête féroce,* et les railleries sarcastiques
de monsieur de Voltaire, qui trouva plus aisé de
rire que de réfuter.

L'année suivante, il avait mis au jour, en Angleterre encore, son volume: *Les Chaînes de l'esclavage,* fait à l'occasion des élections anglaises. Il le
traduisit en français et le réédita chez nous en
mars 1793.

Son roman de jeune homme intitulé : *Les Aventures du comte Potowski,* était bien aussi dans ses

1.

cartons, mais il l'y trouvait si bien qu'il ne le publia jamais, bien qu'il y eût dans ce livre bon nombre de pages que n'aurait pas désavouées Rousseau, disent des experts qui sont loin d'être des amis.

Voilà tout le bagage littéraire apparent de Marat, lorsqu'il aborda la France. Mais son bagage effectif devait être bien plus grand, car son esprit était tout rempli de projets, d'expériences et d'observations nouvelles dans une des grandes sciences accessoires de la médecine, dans la physique.

Nous ne voyons pas, cependant, qu'il ait rien publié jusqu'en 1779 : il se préparait. Mais comment se préparait-il ? En faisant des onguents à tous maux... en servant un charlatan des places publiques... en mendiant... disent des hommes qui ont envie de rire.

Je veux bien qu'on rie, puisque chez nous l'on rit de tout ; mais à quoi bon, lorsqu'on doit parler sérieusement ? Pour moi, sans avoir la prétention de me faire le défenseur du docteur Marat, je ne me sens pas le courage de rire. J'ai à étudier un homme de notoriété publique, que je trouve parmi les savants, je veux l'étudier sérieusement.

Que m'importe après tout, qu'il ait vendu des onguents à tous maux dans un pays où c'est de bon genre aujourd'hui et le chemin de la fortune ! Dans ce cas, ce ne serait pas lui qui aurait le plus à rougir, mais bien la Société.

Mais, je le répète : on a voulu rire, voilà tout.

Marat toutefois n'était pas riche; il ne le fut jamais, pas même lorsqu'il aurait pu le devenir. Je le sais et je le redis après lui. Pourtant il a toujours suffi seul à l'impression de ses livres, qui ne lui donnèrent pas tous du gain.

Qu'il ait cherché à sortir de sa position précaire par tous les moyens possibles et honorables dans la sphère de l'homme de science, cela est certain, puisque nous voyons continuellement paraître de lui quelque œuvre scientifique.

Je ne doute pas non plus qu'il ait demandé aide et protection à des travaux purement littéraires qui ne lui ont rien donné, puisqu'ils n'ont pas vu le jour, soit qu'il les ait trouvés indignes de paraître, soit qu'il n'ait pu trouver en eux une juste rémunération.

Y a-t-il encore là de quoi rire?

Tout le monde n'a pas la bonne chance d'avoir un nom qui lance une œuvre; et pour réussir sans nom, il ne faut pas que du talent. Il faut encore des amis forts et bienveillants, de la camaraderie, de la souplesse souvent. Marat était un homme réfléchi, laborieux, mais indépendant.

Donc, il a dû avoir ses jours de gêne, de jeûne même, des besoins non satisfaits, des illusions froissées, des désappointements. Qui n'en a pas dans sa vie première, dans ses débuts, quand on vient seul sur l'horizon? Qui n'a pas trouvé sur son passage des parvenus, des cœurs égoïstes qui s'endormaient à ses supplications, quand ils ne riaient pas de ses efforts inutiles, en lui lançant en plein visage cet horrible sarcasme : Allez! l'homme de talent arrive toujours.

Marat a vécu probablement de 1774 à 1779, de sa profession médicale, de ses leçons publiques et particulières de physique, dans lesquelles il a trouvé des amis et des protecteurs, dans lesquelles il a trouvé la place de médecin des écuries et des gardes du corps du comte d'Artois.

C'est en 1779, en effet, qu'on le voit pour la première fois inscrit dans l'*Almanach royal*, comme titulaire de cette place, qu'il garda jusqu'en 1787.

Il n'est pas supposable, redisons-le bien haut aux rieurs, que ce soit derrière la voiture d'un marchand d'orviétan que la Cour soit allé chercher un de ses médecins. Les médecins n'étaient pas assez rares alors, ni les hauts dignitaires assez ineptes pour que l'on vit de ces étonnantes distractions sociales.

Bien que l'on ne sache pas au juste comment Marat devint le médecin des gardes du corps, je crois qu'il ne serait pas difficile de trouver la trace du chemin qui l'y a conduit. Ce chemin est tout simplement celui de ses études de physique, qui le mirent en rapport avec quelques savants, tels que Beauzée, Franklin et quelques autres.

Ce fut précisément en 1779 que parut le plus important de ses ouvrages sur la physique, intitulé : *Découvertes de M. Marat sur le feu, l'électricité et la lumière,* qui eut un rapport très honorable de l'Académie des sciences de Paris.

Puis vinrent, à différentes époques très rapprochées, d'autres publications sur le feu, l'électricité et la lumière encore ;

Des *Notions élémentaires sur l'optique ;*

Un *Mémoire sur l'électricité médicale,* couronné par l'Académie royale des sciences de Rouen ;

Puis enfin, l'*Optique de Newton, traduction nouvelle faite par M..., sur la dernière édition originale... dédiée au roi par M. Beauzée, éditeur de cet ouvrage, l'un des quarante de l'Académie.*

Cette traduction était du docteur Marat ; mais Marat avait eu maille à partir avec quelques académiciens dont il avait froissé les opinions scientifiques, et il craignait de ne plus trouver d'impartialité dans ses juges ennemis. Il voulait cependant avoir pour son livre la sanction du Jupiter qui a fait, fait et fera toujours la pluie et le beau temps dans la république des sciences.

Un ami lui prêta son nom, et sous ce déguisement, sa traduction put entrer à l'Académie, où elle reçut l'approbation de la docte compagnie. Marat avait donc bien fait de se mettre un faux nez, comme on dirait de nos jours.

Mais cet ami, quel était-il ? Nous l'avons vu, monsieur Beauzée, l'académicien, qui était de plus le secrétaire interprète du comte d'Artois.

Comprenez-vous maintenant comment Marat

put arriver à être médecin des gardes du comte d'Artois?

Il est bien juste de dire pourtant que ce tour joué par M. Beauzée, en faveur de l'ami Marat, ne le fut qu'en 1787.

Mais en 1779, monsieur Beauzée était déjà l'homme du comte d'Artois. Qui donc me prouvera que dès lors cet homme, tout occupé de littérature, ne connaissait pas et n'appréciait pas le docteur Marat, qui n'était pas à cette époque le dernier venu dans les sciences, et qui avait déjà d'ailleurs une certaine notoriété dans le monde littéraire par son ouvrage *De l'homme*, et dans le monde de la science par ses occupations scientifiques?

Je ne sais si la place qu'occupait Marat dans la maison du comte d'Artois était lucrative et bien pénible, mais on peut voir qu'elle fut loin d'absorber tout le temps de cet infatigable médecin.

A peine installé dans ses nouvelles fonctions, il publia son *Plan de législation*, qui n'était autre que le mémoire qu'il avait envoyé pour le concours ouvert par une Société helvétique qui appelait tous les savants à la fondation d'un code pénal.

Cet ouvrage, il paraît, fit grande sensation en Suisse et en Allemagne. En tout cas, il était honnête et plein d'humanité. On ne devinerait jamais dans ce code la *Bête féroce* dont parle Helvétius, l'encyclopédiste.

C'est le seul ouvrage de politique que nous lui

voyons publier dans ces années. Il semble qu'il avait fallu une occasion spéciale et solennelle pour le distraire un instant de ses travaux scientifiques, vers lesquels nous le voyons revenir aussitôt.

Nous avons déjà dit un mot de ses ouvrages sur la physique, nous n'y reviendrons pas, pas même pour leur conserver leur rang de date. Je n'ai pas pris à tâche, du reste, de les énumérer tous, encore moins de les apprécier dans cette courte notice, ne me sentant pas toujours compétent, pas plus que je ne le suis pour juger en dernier ressort les découvertes qu'on lui attribue en physique. Je me contenterai de dire que des savants les trouvent admirables et quelques-unes dignes de Newton...

Quoi qu'il en soit, le docteur Marat cesse tout à coup ses fonctions dans la maison du comte d'Artois, en 1787, et aussi, il faut le dire, ses travaux scientifiques, sauf pourtant ses *Mémoires académiques*, qui sont de 1788, sans que nous puissions apercevoir la cause de cette retraite. Peut-être quelque motif secret, quelques-uns de ces drames ntimes que personne ne connaît ou n'avoue, la déterminèrent-ils ; ou peut-être aussi, le vent de la révolution, qui soufflait déjà partout, avait-il fini par souffler dans cette âme ardente.

Le champ peut s'ouvrir ici largement aux suppositions. Mais quand on aura bien étudié le caractère et la vie du docteur Marat; quand on aura mis et pesé dans la balance de l'impartiale Justice ses lon-

gues années de sagesse et de science, on ne pourra
s'empêcher de dire, en le voyant franchir si brusquement le Rubicon pour se jeter dans les luttes de
la politique à outrance : Il faut que cet homme ait
bien souffert de la part des hommes, pour les condamner à la fin de sa vie si sévèrement, et pour ne
leur accorder aucune merci.

Le docteur Marat est mort, pour moi, en 1789 ;
puisque, à partir de cette époque, je ne lui vois plus
faire aucun acte professionnel, ni écrire aucun livre
de science. Je dois donc m'arrêter ici, car il n'entre
pas dans mon but de juger ni le journaliste, ni le
conventionnel Marat. . . . .

. . . .

Après avoir vu et senti la féroce stupidité de la
Jacquerie communarde de 1871, je serais peut-être
trop vivement tenté de trouver très anodine la politique qu'il a suivie pendant les quatre dernières années de sa vie avec une ardeur si étrange pourtant,
qu'on la qualifie encore des noms les plus durs.

LE DOCTEUR MARAT

1

Un soir du mois de septembre de l'année 1774, une voiture couverte de riches armoiries à formes bizarres et inusitées en Angleterre, stationnait dans la cour de l'un des plus beaux hôtels d'Oxford street, à Londres. Les chevaux piétinaient d'impatience, et les valets, malgré leur flegme, plein de résignation d'ordinaire, commençaient à trouver qu'ils étaient là depuis longtemps.

Un gentleman, dans la belle maturité de l'âge, parut enfin sur le perron. Il était en compagnie d'une jeune dame de trente ans environ, au port de reine, et dont l'embonpoint commençant relevait singulièrement la beauté. Elle tenait le bras de son cavalier serré sous le sien, et paraissait bien décidée à ne pas s'en dessaisir avant d'avoir essayé une dernière attaque, dont les préliminaires avaient dû s'entamer dans les salons de l'hôtel.

— Je vous en prie, mon cher prince, dit-elle aussi gracieusement qu'elle put, conduisez-moi à la soirée de lord Humber. Vous le voyez, je me suis habillée pour cela.

— Ma chère Frenchlow, répondit le prince en souriant et d'une voix caressante, tu es réellement trop préoccupée de cette soirée. Je t'assure qu'il n'y aura aucun plaisir pour toi. On parlera politique, et l'on ne fera rien que de la politique. Il n'y aura pas de dames : conviens que ce sera bien peu amusant.

— Oui, mais vous m'avez dit qu'il y serait, *lui*, et je veux le voir.

— Tu le verras, je te le jure! mais l'heure n'est pas encore venue. Pauvre enfant, tu te fais bien des illusions! Eh bien, je t'assure que tu as tort de désirer le voir, car ce jour-là tu en seras bien affligée.

— Pourquoi donc, prince?

— Allons, rentre dans l'hôtel, dit le prince sans répondre à la question de lady Frenchlow, et sois raisonnable. Je lui parlerai de toi; puis je me hâterai de revenir pour te rendre compte de notre soirée.

Le prince s'avança alors vers sa voiture, et lady Frenchlow rentra à l'hôtel en disant à son cocher :

— Attelez mes chevaux, nous sortons.

En ce moment, le prince revint sur ses pas.

— A propos, dit-il à sa compagne, j'oubliais un

mot essentiel : c'est qu'*il* mourra vingt ans après que tu l'auras vu. Vingt ans, c'est long, n'est-ce pas? C'est pourtant un bien petit bail pour un jeune homme.

Et il partit.

— Cocher, nous ne sortons pas, dit lady French-low à son cocher.

La voiture du prince avait disparu. Elle ne tarda pas à arriver devant l'hôtel de lord Humber, où le prince entra. L'huissier annonça le prince de Bel-phégor.

Le prince alla serrer la main de lord Humber.

— Aurons-nous lord North ce soir? demanda le visiteur à son hôte.

— Je l'espère, répondit l'interpellé; pourtant qui sait? Lord North est si occupé!

Il aurait pu dire que Frédéric North, comte de Guilford, premier lord de la trésorerie, était plus qu'occupé; il était même fort embarrassé en cette année 1774. L'insurrection des États-Unis, les dé-mêlés de l'Angleterre avec la France, rendaient sa position très-pénible. Si nous joignons à tous ces tracas quelques émeutes dans les rues de Londres, les attaques de l'opposition parlementaire, et le laborieux enfantement d'une nouvelle Chambre à élire; puis les *Lettres* foudroyantes du mystérieux *Junius*, les publications politiques du fougueux et célèbre Burke, nous comprendrons facilement les soucis de son esprit.

Mais le premier lord de la trésorerie était courageux. Bien convaincu, en outre, de la légitimité
des principes du catéchisme des ambitieux, il se
mit résolûment à l'œuvre pour conserver d'abord
à son pays le plus beau fleuron de sa couronne,
l'Amérique, qui voulait s'émanciper; comme il dut
en même temps donner ses soins aux affaires en
cours avec la France; comme il dut aussi surveiller
et préparer même des élections favorables à son
gouvernement.

La tâche n'était pas petite, comme on le voit. Les
élections surtout tracassaient singulièrement lord
North, car d'elles dépendait son pouvoir, et partant
les intérêts de sa patrie, pensait-il.

Il est difficile à ceux qui n'ont jamais pétri de
leurs mains les affaires de l'État, de comprendre
toutes les peines et toutes les intrigues, petites et
grandes, auxquelles il faut se livrer pour les mener
à bien. Mais ceux qui ont quelque peu trempé leurs
doigts là, ne seront pas surpris des frais d'imagination que fit lord North pour réussir en l'année 1774.

Le gouvernement anglais avait, comme tous les
gouvernements modernes, toute une hiérarchie
d'espionnage à sa disposition, avec ses mille et mille
tenants et aboutissants. Impossible de fonctionner
sûrement, disent les puissants de nos jours, sans
cette machine occulte qui a la force de cinq cents
chevaux.

Lord North avait également cette conviction. Aussi se servait-il grandement de la machine en question ; mais il crut que, vu l'embarras de la position, il devait y ajouter la force de quelques centaines de chevaux par une invention nouvelle.

Cette invention n'était pas d'un sot, et si lord North n'a pas laissé en Angleterre une bien grande réputation d'habileté administrative, excepté dans les finances, on doit cependant admirer et prôner son idée, car elle était tant soit peu philosophique et, quoique profondément policière, elle ne sentait rien des puanteurs de la police.

Lord North avait pour ami intime lord Humber, un ami d'autant plus intime que leurs relations n'étaient guère appréciées à leur valeur que par eux-mêmes. Pour tout le monde ils étaient deux vieilles connaissances qui ne manquaient pas de déférence l'une pour l'autre, d'un certain degré d'affection même, mais qui ne se gênaient pas au besoin pour se contrecarrer dans une opinion. Cependant ces deux hommes ne travaillaient que dans un but, soutenir le ministère de lord North : ils étaient deux ministres sous un seul nom. Les plus clairvoyants politiques se doutaient à peine de la solidarité de cette union. Lord North, du reste, avait son opinion, qui naturellement était fort connue ; tandis que lord Humber n'en affichait aucune. Ses amis paraissaient être tout le monde, et son salon était ouvert à toutes les opinions.

Il avait un magnifique hôtel à l'extrémité d'Oxford street, où il recevait deux fois par semaine.
Mais à l'opposé de l'aristocratie anglaise qui a toujours été fort réservée sur les invitations, lord
Humber, lui, se faisait fort large. Toutes les classes
sociales trouvaient sa porte ouverte. On le lui par-
donnait volontiers pour sa bonne réception, et pour
la singularité de cette habitude qui plaisait quelque
peu aux amateurs de nouvelles en tous genres. Ce
rendez-vous n'était pas, il est vrai, le plus accepté
par les grandes dames. Il y en avait cependant
qu'entraînaient leurs maris, et qu'attiraient l'affabilité et les bonnes manières de lady Humber.

Par un reste de manie nationale, l'huissier chargé
d'annoncer les visiteurs avait toujours soin de crier
bien intelligiblement l'entrée d'un nom sonore et
fortement titré, et de mâchonner les noms obscurs,
quand il ne les affublait pas de qualifications tant
soit peu aristocratiques, de manière à ne blesser
personne toutefois.

De ces réunions si excentriquement formées, et
du choc des conversations qui devaient s'y heurter,
sortait nécessairement un enseignement pour celui
qui savait le saisir. Si nous joignons à cela que,
tout flegmatique qu'il soit, l'Anglais est homme, et
que, comme tout homme, excité par l'entrain de
l'alcool qui a pris les formes les plus gracieuses et
les plus provoquantes, l'Anglais doit parler alors.
Et de fait, il parlait.

C'était ce que désirait lord North.

Or donc, un soir de septembre, l'hôtel de lord Humber avait ses portes largement ouvertes. C'était jour de grande réception; les salons étaient à peu près au complet. Comme d'habitude, des cercles plus ou moins intimes se formaient parmi les invités, tandis que quelques habitués et quelques nouveaux venus qui paraissaient trouver leur agrément à butiner des nouvelles de ci et de là, traversaient tous les groupes sans s'arrêter dans aucun.

— Diable! fit le vicomte Georges de Sackeville, un ancien chef d'opposition parlementaire, un disgracié du gouvernement précédent, qui pour l'instant grillait d'obtenir son pardon, et se tenait en attendant isolé dans l'embrasure d'une fenêtre d'où il pouvait remarquer plus facilement les entrants, diable! fit-il, il paraît que le temps est à la fermentation, car nous aurons ce soir, je crois, une réunion plus nombreuse que d'habitude. Pourtant je ne vois pas lord North, qui m'a donné rendez-vous ici. Est-ce qu'il croit que je vais me trouver payé des services que je lui rends dans ces salons par quelques promesses en l'air? Oh! non pas, mylord. Je veux, et vous l'avez promis, je veux que vous me rouvriez les portes du Parlement, que quelques imbéciles ont fermées devant moi; je veux être pair d'Angleterre, et seulement alors..... Eh pardieu! alors je ne recommencerai pas l'opposition que j'ai si vaillamment faite autrefois dans la Chambre des communes.

Et le vicomte, froissant d'une main ses gants et glissant un bras derrière son dos, se prit à rôder au travers des salons, prêtant une oreille attentive à tout ce qui s'y disait, afin de remplir consciencieusement son rôle.

— Vicomte, lui dit une voix qui le retint au passage, nous discutons ici sans rien savoir. Vous qui voyez parfois le premier lord de la trésorerie, donnez-nous donc des nouvelles de l'Amérique.

— Je ne sais que ce qu'en disent les journaux, répondit le vicomte.

— Lesquels? dit un des membres de ce petit comité. Les uns disent que l'Amérique est soumise, les autres, que l'Amérique est victorieuse.

— Victorieuse! Non! pas encore, mais elle le sera, dit en passant et sans s'arrêter un invité qui ne dit pas autre chose.

— Qui dit cela? s'écria vivement un des causeurs en se levant et regardant s'éloigner celui qui venait de parler.

— Ne faites pas attention, sir Brook, répondit quelqu'un : celui qui dit cela est un original que vous connaissez bien, c'est le prince de Belphégor. Il n'a jamais de sa vie dit un mot vrai, j'en suis sûr, pas même lorsqu'il parle de ses titres, que lui seul connaît, s'il les connaît.

Le vicomte de Sackeville ne fut pas tout à fait

de cet avis, car il se mit à la poursuite du prince de Belphégor, qu'il rejoignit.

— Vous savez de l'Amérique des nouvelles que nous ne saurions pas, prince ? lui dit-il.

— Je ne sais rien que ce que tout le monde saura bientôt, répondit l'interpellé : c'est que l'Amérique se donne en ce moment, pour commander ses armées, un petit officier du nom de Washington ; que des officiers français vont aller à son aide, et qu'il émancipera son pays. Vous pouvez, vicomte, donner ces nouvelles à lord North que voici, et qui vous apporte dans sa poche votre nomination à la Pairie.

Le prince salua et continua ses pérégrinations interrompues de ci et de là par quelques mots qu'il lançait à chacun.

Lord North apparut en ce moment aux portes du salon. Mais ce qui sembla singulier au vicomte, c'est que le ministre n'était point encore visible, lorsque le prince annonçait son arrivée.

— Regardez bien lord North, dit à l'entrée du ministre un gentleman qui ne paraissait pas un agent ministériel : il va passer doucereusement la main sur le dos de toutes les opinions, pour tâcher d'acquérir des électeurs.

— A quoi bon ? répondit un des assistants de ce petit groupe qui paraissait plus frondeur que satisfait : il a de l'argent, il peut acheter des voix ; il a des places pour museler les plus hargneux, des

2

honneurs, pour piper les ambitieux : il ne manquera jamais d'amis.

— Chut! fit à demi-voix le premier interlocuteur en voyant passer à ses côtés un homme âgé, sec, maigre et pâle, à la figure nerveuse, aux traits mobiles et mal assis.

Lorsque le petit homme sec fut passé, après avoir salué profondément les puissants, et s'être raidi dignement devant les médiocrités sociales : savez-vous, reprit le gentleman toujours à demi-voix, quel est ce monsieur?

— C'est un monsieur qu'on a annoncé comme baronnet : pour moi, voilà tout ce que c'est.

— Eh bien, c'est un homme fort habile, car avec rien il a gagné ça et des rentes. Il a nom sir Boox. Sir Boox a je ne sais quel âge. Il y a quelque trente ou quarante ans, il fit partie en qualité de je ne sais quoi d'une petite expédition armée qui allait coloniser l'Amérique. Il ne resta là que quelques mois à peine, grâce peut-être au fouet ou à quelque autre désagrément militaire... et pourtant c'est pour ce petit voyage qu'il est aujourd'hui baronnet et renté.

— Trente ou quarante ans ! dit avec étonnement un des auditeurs de cette petite histoire, qui trouvait sans doute que les mérites de sir Boox avaient mis bien des années à se faire jour... Mais depuis ce temps qu'a-t-il fait? ajouta-t-il.

— Depuis ce temps, répondit le narrateur, il a cherché un peu partout une position sortable, tan-

tôt dans le camp des Torys, tantôt dans le camp des
Whigs, picorant partout selon le besoin, et sachant
hurler avec les loups, comme il savait bêler avec
les moutons. Mais en homme prudent, chaque fois
qu'il désertait un camp, il ne déchirait pas sa cocarde, il la mettait dans sa poche ; si bien qu'au
jour du besoin il se trouvait en mesure de répondre
à tout. Dernièrement, par exemple, il lui prit fantaisie d'afficher ses mérites en attachant à son chapeau le titre de baronnet renté. Il se fit à cet effet
recommander à un puissant du camp des Torys,
auquel il se présenta. Il raconta son cas. — C'est
maigre, répondit le sollicité. Si vous étiez seulement
des nôtres ! — Comment donc ! répondit le prudent
monsieur en tirant de sa poche une cocarde : je
suis oiseau, voyez mes ailes. De là il alla frapper à
la porte d'un grand Whig auquel il s'était fait chaudement recommander. Il lui conta tous ses mérites
qu'il ne diminua en rien. — C'est maigre, dit à son
tour ce puissant-là. Si vous étiez seulement des
nôtres ! — Comment donc ! répartit le solliciteur en
tirant encore une cocarde de sa poche, celle des
Whigs, bien entendu : je suis souris, vivent les
rats !... Si bien que sir Boox, vient d'avoir son petit
cadeau. Honni soit qui mal y pense ! dit-il fièrement
comme un chevalier de la Jarretière, en contemplant son brevet de mendiant.

La conversation ne paraissait pas devoir finir
par l'histoire de M. Boox. L'éveil était trop forte-

ment donné aux frondeurs pour en rester là. Tous les cercles, du reste, discutaient à fond de train, et d'un ton où lord North comprenait parfaitement que son administration n'était pas caressée sur un lit de roses. Aussi quelques nuages d'inquiétude assombrissaient de temps en temps son front. Ses affidés, en tout cas, étaient en plein exercice ; ils écoutaient comme la princesse Fine-Oreille, et regardaient avec les yeux d'Argus.

Les salons de lord Humber étaient ce soir-là comme une mer agitée au fond de laquelle grondent de sourds orages. La soirée était déjà bien avancée, lorsque les portes s'ouvrirent devant deux nouveaux personnages, dont le nom de l'un, lancé par l'huissier de service, éclata tout à coup comme une bombe fulminante.

— Sir Burke ! sir Junius ! annonça l'huissier.

Le nom de Burke et celui qui le portait étaient parfaitement connus de tous. Burke était un avocat célèbre et un célèbre littérateur. Mais Junius n'était jusqu'à cet heure qu'un être mystérieux dont on ne connaissait l'existence que par sa voix puissante et grondeuse, par son esprit acéré et venimeux qui avait lancé sur le ministère précédent des flèches empoisonnées, et qui en décochait tous les jours de mortelles sur le ministère North dans ses *Lettres* que tout le monde lisait.

Pour les Anglais d'alors ces *Lettres* étaient plus orageuses encore que ne le furent dans le temps, chez nous, les pamphlets de Paul-Louis Courrier, puis plus tard les petits livres de Timon et les Juvénales de Barthélemy et Méry. Et Junius leur auteur, un pseudonyme évidemment, n'était pas connu, pas même soupçonné ! Et le nom et la personne de Junius venaient d'arriver et de retentir aux oreilles de tous ! quelle bonne fortune !

Tous aussi se levèrent à ce nom, pour voir celui qui le portait ; beaucoup se précipitèrent au devant de lui. Si bien que Burke et son compagnon se trouvèrent en un instant au milieu d'un cercle infranchissable au-dessus duquel on pouvait apercevoir la tête de lord North, avec des yeux ardents et pleins de haine, qui cherchaient à bien fixer dans leur souvenir les traits de cet insaisissable ennemi.

Le pauvre Junius, lui, parut d'abord un peu déconcerté de cette réception, qu'il ne savait comment interpréter, bien qu'il ne fût pas de nature à s'effrayer facilement.

C'était un homme de trente ans, que l'on était loin d'admirer à première vue, mais qui était loin aussi pourtant de perdre tout droit à l'admiration, aux yeux des physionomistes sérieux. L'histoire nous a d'ailleurs laissé son portrait, que voici :

« Il était de la plus petite stature, à peine avait-il
« cinq pieds de haut. Il était néanmoins taillé en
« force, sans être gros ni gras ; il avait les épaules
« et l'estomac larges, le ventre mince, les cuisses
« courtes et écartées, les jambes cambrées, les bras

2.

« forts, et il les agitait avec vigueur et grâce. Sur
« un col assez court, il portait une tête d'un carac-
« tère très-prononcé ; il avait le visage large et os-
« seux, le nez aquilin, épaté et même écrasé ; le des-
« sous du nez proéminent et avancé, la bouche
« moyenne et souvent crispée dans l'un des coins
« par une contraction fréquente ; les lèvres minces,
« le front grand, les yeux de couleur gris-jaune,
« spirituels, vifs, perçants, sereins, naturellement
« doux, même gracieux, et d'un regard assuré ; le
« sourcil rare, le teint plombé et flétri, la barbe
« noire, les cheveux bruns et négligés ; il marchait
« la tête haute, droite et en arrière, et avec une ra-
« pidité cadencée qui s'ondulait par un balancement
« des hanches... »

— Messieurs, dit Burke en souriant aux personnes qui l'entouraient, je ne sais comment il se
fait que l'huissier a commis la balourdise d'annoncer sir Junius. Il est vrai que monsieur et moi nous
causions de Junius en entrant ; peut-être alors
a-t-il pris ce nom pour celui de mon compagnon,
que je désire présenter aux maîtres de la maison,
et que je puis présenter à vous tous comme un ga-
lant partenaire... J'ai l'honneur de vous présenter,
messieurs, mon ami le docteur Jean-Paul Marat.

Aucun rire n'éclata à cette déconvenue ; mais des
sourires de désappointement errèrent sur toutes les
lèvres. Le cercle s'élargit aussitôt et Marat put cir-
culer librement.

— Allez, observez, dit Burke à Marat, après l'avoir présenté à lord Humber, et ne vous gênez nulle part, car vous valez tous ces gens-là. Surtout ne laissez soupçonner par personne que vous et moi nous avons trempé notre plume dans l'encrier de Junius. Nous deviendrions alors aussi faibles que Samson après que Dalila lui eut coupé les cheveux.

— Son entrée est manquée, dit en style de théâtre l'acteur Garrick qui suivait des yeux Marat : le petit monsieur a fait *four*. Burke est réellement trop cruel de ne pas lui avoir laissé sur le dos la peau de Junius.

— Mais enfin, dit à Garrick un tout jeune homme, le baron Cloots, prussien d'origine, mais citoyen cosmopolite qui courait de pays en pays pour s'instruire, et qui finit par venir tomber sous la guillotine de notre 94, enfin quel est donc ce Marat dont le nom nous a tous désappointés ?

— Un petit médecin de la cité, répondit un des assistants, un oculiste, je crois, un pauvre hère, en tout cas, qui vit de quelques consultations médicales et de leçons de français et de physique, qu'il donne par surcroît dans les pensions.

— D'où vient-il ? demanda quelqu'un.

— Ah ! voilà : pour l'instant il est Anglais, mais je crois qu'il n'est d'aucun pays, à moins qu'il ne soit de la Suisse, il le dit du moins, jusqu'à ce qu'il ait enfin adopté une patrie, répondit en ricanant celui qui avait déjà répondu au baron Cloots. Seulement je ne comprends pas comment sa vue seule ne nous a pas averti qu'il était incapable de porter le nom de Junius.

— Son nom sera bien plus célèbre un jour, Messieurs, ne vous déplaise! dit en passant une voix qui fit lever toutes les têtes.

— Ne faites pas attention, Messieurs, répartit le narrateur en haussant les épaules : c'est le prince de Belphégor qui s'en va de cercle en cercle, semant ses excentricités. Ce pauvre nabab se croit encore au fond des Indes, et il se dresse continuellement sur le trépied des prophètes et des sorciers.

— Marat cependant fit comme le lui avait conseillé Burke, il ne se gêna pas dans cette société si variée. Avisant un cercle qui lui parut plus abordable que tout autre à un nouveau venu, il s'y glissa. Son attention soutenue à écouter et à approuver de quelques mots bien sentis, lorsque l'occasion se présentait, finit par le faire remarquer. La conversation roulait sur les fautes et la chute des gouvernements. Chacun avait un mot acerbe à ce sujet; chacun prétendait aussi trouver dans des faits graves et éclatants la cause évidente de la chute de tous les trônes qui étaient tombés dans tous les pays.

— Marat n'eut pas son mot d'approbation ordinaire pour cette théorie. On le regarda comme pour lui demander son avis, mais il se tut.

— Et vous, monsieur, qu'en pensez-vous? lui

demanda enfin un de ces faiseurs de système; qui prétendait qu'on l'applaudit.

— Je pense, monsieur, répondit Marat, qu'on ne tue pas un gouvernement. Quand il tombe, c'est qu'il s'est suicidé.

— Cependant...

— Permettez, ajouta Marat... Un gouvernement est toujours aimé de la majorité de ses administrés, quand il est juste, digne et paternel. Qui donc alors le fera tomber? Une loi intempestive? un ministre mal avisé? Non, il faut plus que cela. D'après ce que je viens d'entendre, je comprends qu'aucun de vous n'est content. Pourquoi? Est-ce parce que le ministère manœuvre de manière à escamoter les voix des électeurs? Est-ce parce que l'intolérance d'un ministre va peut-être vous faire perdre les possessions d'Amérique? Non, vous pardonneriez cela au trône, sinon au ministre. Vous n'êtes pas contents parce que les lois de vos gouvernants sont faites pour eux contre vous; parce qu'on vous écrase d'impôts sans vous donner aucune compensation juste et bienveillante; parce que la police vous gêne dans vos jouissances les plus légitimes, quand elles ne sont pas de son goût, qu'elle vous bâillonne sottement, sans but d'utilité publique, dans vos libertés les plus innocentes; qu'elle ne vous pardonne rien, qu'elle n'excuse rien, qu'elle ne tolère rien, lorsqu'il n'y a péril pour personne à le faire. Vous n'êtes pas contents parce que la municipalité, sœur aînée de la

police, vous gruge par ses exigences, vous accable
de dîmes et de corvées, se crée des priviléges rui-
neux pour vous, vous rançonne enfin sans merci ni
trêve. Vous n'êtes pas contents, parce que dans le
premier comme dans le dernier des employés du
gouvernement vous ne trouvez qu'un tyran aux
petits pieds qui vous humilie et vous brise dans
tous vos intérêts.

Voilà, Messieurs, dit toujours Marat, comment
naît la désaffection, comment elle mine un gouvernement. Vous n'êtes pas gens à prendre le mous-
quet pour tuer votre ennemi, n'est-ce pas? mais
vous rirez quand vous le verrez tomber sous le
poids de ses iniquités. Oh ! non, il n'est pas nécessaire d'un grand coup de tonnerre pour briser un
trône : une fourmilière qui creuse à sa base... puis
le moindre coup de vent.... et le trône croule tout seul.

— Bien parlé, Monsieur! s'écria un des auditeurs
de Marat. Junius n'aurait pas mieux dit.

— Pardon... eh! eh! si : l'auteur des *Chaînes de
l'esclavage*, dit derrière Marat une voix dont le docteur crut reconnaître le timbre de crécelle.

Tout le monde sourit en reconnaissant le prince
de Belphégor, qui, selon son habitude, avait lancé
son trait en fuyant, comme un Parthe. Le trait
avait touché. Après avoir salué ses bienveillants
auditeurs et serré la main de plusieurs, Marat s'é-
lança après le prince indien, qu'il n'avait pas perdu
de vue.

— Monsieur le comte, dit-il en l'abordant...

— Pardon, mon cher monsieur Marat, répondit le prince en arrêtant tout court le pauvre docteur, vous vous méprenez peut-être : je suis le prince de Belphégor.

— Je vous crois, monsieur le prince, puisque vous le dites ; cependant le timbre de votre voix et les traits même de votre visage, ajouta-t-il en regardant attentivement le nabab, sont si semblables à ceux du comte de Béelzébuth....

— Assez ! s'écria le prince, reculant d'un pas avec un effroi comique. Vous me ferez fuir, si vous me laissez supposer que vous avez eu des relations avec le prince des démons.

— Monsieur le prince est d'une gaieté qui ne me déplaît pas, repartit Marat. Mais, le comte Pépin de Béelzébuth a laissé dans mon souvenir des impressions que je ne puis oublier, et il ne m'était pas indifférent de le retrouver ici.

— Eh bien, mais, mon cher docteur, parlons de votre vieille connaissance, si vous le voulez bien, et si vous trouvez que j'ai quelque ressemblance avec elle.

— Vous lui ressemblez en effet parfaitement, monsieur le prince : seulement la ressemblance est à votre avantage. Vous êtes plus jeune et d'une physionomie plus brillante, bien qu'il y ait dix ou douze ans que je n'ai pas vu le comte.

— Peut-être aussi, Monsieur, avons-nous le même

caractère et les mêmes aptitudes, puisque la nature nous a donné les mêmes traits. Pour moi, d'abord, je suis un peu comme les enfants curieux de l'Inde, initié dans les sciences que vous autres européens vous appelez sciences occultes, je suis enfin, disons le mot qu'on ne manquera pas de vous dire ici, je suis sorcier, à moins qu'on ne vous dise que je suis fou.

— On en disait autant du comte.

— Et pourquoi pas, puisque nous nous ressemblons comme un fils ressemble à son père, ou un frère à son frère parfois? Et, sur ce mot-là, parlons net, monsieur Marat : où avez-vous vu le comte Pépin?

— A Neufchâtel, en Suisse, puis à Paris.

— A Paris! dit le prince en enveloppant d'un regard profond le docteur, dont le cœur était gros de souvenirs. C'est que je vous dirai une chose : je suis parti des Indes dans mon jeune âge, et j'y ai laissé des frères. Je ressemblais parfaitement, disait-on, à mon frère aîné. Qui me dit que celui que vous avez vu n'était pas mon frère aîné, bien que comte de Béelzébuth? D'où venait-il, s'il vous plaît?

— Nul ne le savait.

— Vous piquez vivement ma curiosité, monsieur le docteur. Mais je m'aperçois qu'on nous regarde avec une attention qui me déplaît, lord North surtout... Je vais vous quitter en vous serrant la main comme à une vieille connaissance, quoi qu'il en soit.

Je vais en même temps vous demander la permission d'aller chez vous causer des incidents qui ont gravé dans votre esprit le souvenir du comte Pépin de Béelzébuth.

— Je demeure dans la cité...

— Je sais, car je vous connais, monsieur le docteur, dit le prince en interrompant Marat. Au revoir, monsieur Marat!

Et il partit.

Marat le suivit quelques instants des yeux, tout interdit, car il ne savait pas s'il était le jouet d'une étrange illusion.

Il ne rentra plus dans aucun cercle; il se livra à part lui à mille et mille conjectures sur le prince de Belphégor, qu'il disséquait dans son esprit, en errant au travers des salons.

— Suivez cet homme, dit lord North en désignant Marat à un personnage avec lequel il paraissait causer, bien qu'il n'en fût rien. Ecoutez tout ce qu'il dira. Puis vous, dit-il à un autre, enjoignez positivement à tous les journaux de ne rien publier de lui, pas un mot, pas une annonce, rien, rien : on paiera pour cela. Je veux que cet homme ne sorte pas de l'oubli; je veux que son livre infâme, calomniateur des rois et de la royauté, destructeur de toute bonne société, puisqu'il dit aux peuples qu'ils sont asservis, je veux que son livre *les Chaînes de l'esclavage*, qui est sous presse, meure en naissant, je ne veux pas même qu'il naisse : on paiera.

3

Et vous, dit lord North à une troisième personne, faites en sorte que d'ici quelques jours j'aie en main les notes les plus détaillées sur cet homme. Je veux savoir d'où il vient, par qui et comment il a été élevé, ce qu'il a fait dans sa jeunesse, où il a vécu, qui il a fréquenté, je veux savoir sur lui jusqu'au moindre fait. Il doit y avoir des infamies dans cette vie-là... Puis nous aviserons.

Lord North était superbe de colère. Il est évident qu'il n'était pas bien persuadé que Marat ne fût pas Junius. Ce soupçon avait d'autant plus de poids dans son esprit qu'il savait que dans le terrible livre des *Chaînes de l'esclavage* il y avait des idées et des peintures qui apportaient un puissant secours aux attaques des *Lettres* du mystérieux personnage, et qui paraissaient coulées dans le même moule.

La nuit cependant marchait toujours. Les salons de lord Humber se dégarnirent petit à petit, puis se vidèrent complétement. Il n'y eut bientôt plus en face l'un de l'autre que lord North et lord Humber, qui se regardèrent un instant avec des yeux pleins d'inquiétude, et finirent par se dire : Causons, l'affaire est grave.

11

Le lendemain Marat sortit tard de son lit, tout accablé d'un mauvais sommeil. Il avait rêvé toute la nuit du prince de Belphégor.

Il était d'ailleurs à peine convalescent d'une grave maladie qu'il avait contractée dans le travail opiniâtre auquel il avait dû se livrer pour mettre au net ses *Chaînes de l'esclavage*, ouvrage fait en vue des élections qui se préparaient en Angleterre, et qui, par conséquent, était pressé de paraître.

Si la veille même il avait assisté à la soirée de lord Humber, ce n'avait été que sur les instances de Burke, qui avait cru lui être utile en l'introduisant là. Mais, comme nous l'avons vu, cette visite n'avait abouti à rien qu'à rendre Marat plus suspect au pouvoir, et le pouvoir plus suspect à Marat.

Bien qu'il n'eût pas entendu les ordres de lord North à son sujet, le docteur en pressentit cependant quelque chose. Aussi eut-il toujours dès cet instant une paire de pistolets sous la main, « bien déterminé, a-t-il écrit depuis, à recevoir convenablement le messager d'État qui voudrait m'enlever mes papiers. Il ne vint point. Le ministre informé de mon caractère, avait jugé à propos de n'employer que la ruse. »

Le ministre, en effet, n'employa que la ruse, et la ruse fut si bien conduite que le pauvre docteur ne put s'en garer.

Le premier soin de Marat, à son lever, fut de courir chez les éditeurs de son livre, puis chez Burke. Le livre était imprimé, mais les éditeurs le gardaient en magasin. Burke lui déclara que les journaux avaient tous refusé de l'annoncer malgré ses instances, malgré l'offre qu'il avait faite de payer l'annonce.

« Il n'était que trop visible qu'ils étaient vendus, dit Marat... Je compris trop tard que le ministre, craignant que cet ouvrage ne barrât ses menées pour s'assurer de la majorité du parlement, avait acheté imprimeurs, publicateurs et journalistes. »

Mais il n'était pas facile de battre Marat à plate couture. Comprenant qu'il n'y avait rien à faire pour son livre à Londres, il partit en apparence pour la Hollande, afin de dépister la police, mais en réalité pour le nord de l'Angleterre, où il savait que florissaient de nombreuses sociétés patriotiques. Il leur offrit gratuitement son œuvre, cette œuvre qui avait épuisé sa petite bourse et qui lui avait presque coûté la vie. C'était une bonne inspiration, car on reçut cette œuvre avec reconnaissance, puis on la propagea avec enthousiasme. L'une des sociétés même remboursa au pauvre auteur le prix de l'édition et en fit une nouvelle à ses frais, « qu'elle répandit dans les trois royaumes, écrivit Marat, après m'avoir fêté, et m'avoir décerné la couronne civique. Mon triomphe était complet, mais il était tardif.... les élections étaient faites. »

Le ministère avait donc obtenu un grand avantage sur le docteur Marat, mais en revanche il lui avait donné une notoriété qu'il n'avait point encore eue.

Ce résultat était immense pour Marat, dont le cœur débordait de désirs, et qui n'employait toute l'énergie de son esprit que pour la satisfaction de ses besoins intellectuels, négligeant même à cet effet les besoins de son corps.

Arrivé et installé depuis dix ans en Angleterre, Marat en avait pris toutes les habitudes, il en avait embrassé tous les intérêts avec ce feu ardent qu'il mettait dans toute affaire qui lui était chère.

Il était donc merveilleusement disposé pour bien dire, lorsqu'il lança dans la publicité son livre des *Chaînes*, et nul doute que cet ouvrage n'eût influencé les élections, s'il eût pu paraître avant, comme il influença l'esprit public à son apparition.

En tout cas, ce livre fit de Marat presque un personnage en Angleterre. Mais cette réputation vint mal à temps pour son repos. Tant qu'il s'était livré uniquement aux travaux de sa profession, il avait pu vivre dans le calme de la médiocrité. La renommée le lança dès ce jour dans les tourments de la vie publique.

Le premier tourment qui suivit l'apparition de son livre lui vint du ministère, qui fit rayer son inscription de docteur sur les archives du collége médical de Londres. C'était une bien piètre vengeance, car le diplôme qui lui avait été accordé ne pouvait lui être ravi aussi facilement. Le docteur le déchira d'ailleurs lui-même, on peut le croire, du moins, et il l'oublia si bien depuis, qu'il n'en parla jamais à qui que ce fût, et personne n'en transmit le souvenir à l'histoire. Si bien qu'on pourrait le mettre en doute aujourd'hui, si Marat n'avait pas prouvé par ses travaux qu'il était capable de l'obtenir, et si en outre il n'avait pas exercé sa profession là où il était impossible qu'il l'exerçât sans diplôme.

Cette taquinerie ministérielle ne fut donc qu'un coup d'épée dans l'eau. Ni le ministère, en tout cas, ni personne ne pouvait empêcher Marat de vivre de son travail. Il était trop actif, trop instruit, et, selon le dire commun, il avait trop de cordes à son arc.

Après avoir dévoré tous ces déboires, que nous trouverons peut-être bien minimes dans notre égoïsme superbe, mais qui affectèrent beaucoup le pauvre docteur, Marat se remit en souvenir la soirée de lord Humber, et le prince de Belphégor qu'il n'avait guère, toutefois il faut le dire, oublié malgré tous ses tracas. Le prince, lui, paraissait l'avoir complétement oublié, malgré l'autorisation qu'il lui avait demandée d'aller causer avec lui du comte de Béelzébuth, son ménechme, car le prince n'était pas venu.

Le prince de Belphégor vivait en très-grand seigneur à Londres. Il arrivait, croyait-on, du fond des Indes avec la fortune d'un puissant nabab, car son genre de vie, bien qu'on ne lui connût aucun banquier et qu'on ne lui vît aucune propriété de rapport, n'indiquait rien moins qu'un millionnaire brillant au milieu des millionnaires. Il était fort excentrique, on l'en accusait, mais comme il dépensait beaucoup et qu'il payait exactement, deux points très-importants et toujours très-estimés partout, surtout en Angleterre, il était vu d'un bon œil dans toutes les sociétés de Londres. Si d'ailleurs il était excentrique, c'était, disait-on, probablement plus la faute de ses habitudes de pays et d'éducation que de son esprit et de son cœur.

Il serait difficile de dire si la figure du prince de Belphégor était belle ou laide. En tout cas, elle impressionnait vivement, et lorsqu'on l'avait seulement une fois entrevue, on ne l'oubliait jamais. Son type contrastait singulièrement avec celui des Européens; il n'était pas même tout à fait celui des enfants de l'Inde. Les physiognomonistes les plus érudits se demandaient si ce type n'était pas celui d'une caste disparue, qui aurait été calqué sur celui que les peintres les plus autorisés prêtent à Satan.

Le prince, cependant, n'avait rien d'infernal que la coupe du visage, et aussi peut-être un peu la morale malicieuse. Du reste il était bon; on citait mille traits de sa générosité. Il était surtout très-admirateur de la plus belle moitié de l'espèce humaine, de la femme, enfin, qu'il courtisait très-gracieusement, plus gracieusement même qu'on aurait pu l'attendre d'un homme habitué aux amours faciles, comme on l'est dans l'Inde.

Aussi avait-il son harem, disait-on à Londres, bien qu'il ne l'avouât pas. Mais on croyait cette habitude si bien inoculée à son sang de nabab, qu'on ne voulait traiter que de houris la foule assez nombreuse de belles filles qui peuplaient son hôtel, bien que des fonctions déterminées fussent stipulées pour chacune, en dehors, bien entendu, des fonctions qu'on exerce ordinairement dans un sérail.

Dans une ville aussi vaste que Londres, où les affaires sont plus pratiquées que les plaisirs, le prince de Belphégor n'était guère connu que de nom en dehors des réunions aristocratiques.

Aussi Marat, qui habitait loin de lui, et qui vivait dans un monde complétement en dehors des habitudes de cet homme, Marat ne le connaissait pas. Mais il n'eut pas de peine à s'enquérir de lui lorsqu'il le voulut, et à savoir tout ce que nous venons de dire. Le difficile était d'aborder le nabab. Comment faire? Comment lui, chétif et pauvre mé-

decin de la Cité, pourrait-il se retrouver sur le passage de cette puissance de l'aristocratie?

Il en cherchait les moyens lorsqu'on lui remit
une lettre d'invitation à une soirée donnée par lord
Killarney.

Marat ne connaissait pas lord Killarney, mais il
n'eut pas de peine à se persuader que sa réputation
du moment lui valait cet honneur. Cependant,
comme il était fier et qu'il s'était créé d'immenses
travaux intellectuels, il ne trouva pas là motif à se
déranger de ses occupations. Il allait donc refuser
l'invitation, lorsqu'il aperçut un *post-scriptum*
annonçant que le prince de Belphégor assisterait à
la soirée et qu'il y verrait avec plaisir monsieur le
docteur Marat.

— Enfin! s'écria Marat, c'est le ciel qui me favo-
rise. Je ne sortirai pas des salons du lord sans savoir
au juste quel est cet homme, sans avoir soulevé au
moins un coin de son masque... Et puis?... fit Marat
avec réflexion. Quand même ce serait le comte de
Béelzébuth, que lui dirais-je? que me devait-il?
Est-ce sa faute s'il a écrasé sous ses pieds ma première et ma plus douce illusion? Non... non, peut-
être... Aussi n'est-ce point pour lui demander
compte d'aucun outrage que je veux le voir. Je veux
lui parler, parler avec lui du passé, lui demander...
lui demander quoi?.... Rien! s'écria Marat en secouant la tête et ouvrant deux grands yeux pleins
de feu. Je ne veux rien lui demander. Que m'im-

3.

porte ce qu'*elle* est devenue, si elle est morte, ou si son excentrique philosophie l'a jetée ailleurs que dans la terre.

Marat se promena vivement dans sa chambre après ce petit soliloque, les bras fortement croisés sur la poitrine et la tête rentrée dans le col de son habit. Il s'arrêta tout à coup, et frappant fortement du pied le sol de sa chambre : je n'irai pas, dit-il. Que me fait à moi le prince de Belphégor? Quand même ce serait le comte Pepin de Béelzébuth, je n'en bougerais pas.

La soirée de lord Killarney était indiquée pour le lendemain. C'était une soirée de garçon : le billet d'invitation l'annonçait positivement. Cela ne voulait pas dire qu'aucune dame n'y serait admise. Les invités pouvaient le savoir, car c'était dans les usages du lord.

Il n'est pas besoin de dire que les dames devaient en ce cas n'avoir plus aucune bonne habitude sociale à conserver ni aucune mauvaise à acquérir, car lord Killarney était, sauf son respect, un franc-luron, et ses soirées des orgies.

Lord Killarney était un homme de quarante ans environ, grand, bien pris dans sa taille, d'une figure remarquable par sa beauté virile et sa distinction. Ses manières étaient pleines de grâce; un sourire amical et franc errait toujours sur ses lèvres, qui s'ouvraient à chaque instant pour laisser échapper des mots pleins d'esprit et de sel attique. C'était enfin un corps parfait, un esprit charmant réunis pour former un viveur échevelé, sans foi ni loi, disons tout, prenant le plaisir sans mesure ni discrétion, et toujours à la recherche du plaisir.

Il était célibataire et presque seul au monde, car sa famille était à peu près éteinte. Personne ne pouvait donc gêner ses allures en rien, comme personne, il faut le dire à la décharge de ses vices, n'avait cherché à infuser dans son cœur l'amour du bien et la décence sociale. Aussi sa liberté d'action était complète; il en usait et abusait si largement et si vivement qu'acharné après la grosse fortune que lui avaient laissée ses pères, il était sur le point de la voir réduite à rien. Mais on pouvait jurer que c'était bien là le moindre de ses soucis.

La société habituelle du lord était, on n'en peut douter, tant soit peu imprégnée des vices et des vertus de l'amphitryon. Tous pourtant n'étaient pas aussi avancés les uns que les autres dans cette gaie science. On distinguait facilement, du reste, les novices, encore peu habitués aux orgies, des vétérans, pour qui rien n'était nouveau sous le soleil.

Les salons de lord Killarney s'ouvrirent à l'heure dite, mais sans bruit, sans grand appareil. Il n'y eut pas la foule. La réunion n'était évidemment qu'une réunion d'intimes, presque un lunch d'amis. On n'y dansa pas, on n'y fit pas de musique, mais on y mangea du plum-pudding et l'on y but force liqueurs. On y devisa surtout haut et gaiement. Une seule voix de femme chanta par-ci par-là quelques chansonnettes, puis mêla ses rires bruyants aux gros mots de lord Killarney et aux chorus éclatants des convives.

· Cette voix était la voix de lady Frenchlow, la belle et sémillante maîtresse de Killarney, la seule femme admise ce soir-là à la réunion : encore était-elle venue à l'improviste, on ne l'attendait pas.

— A lady Frenchlow! dit un des buveurs en présentant son verre à la chanteuse, pour trinquer avec elle.

Elle trinqua, mais ne but pas.

— Un grognement pour lady qui ne boit pas! dit un autre buveur qui, lui, vida son verre d'un seul trait.

— Non, lady ne boit pas, répondit la Frenchlow, car elle ne boit que des liqueurs qui lui sont agréables, comme elle n'aime que celui qu'elle aime, son seigneur gracieux, dit-elle en caressant de la main Killarney.

— Bien dit, milady! cria d'une voix de fausset un des buveurs : donc Killarney peut être sûr de votre vertu.... pour ce soir.

— Oui.

— Et demain?

— Demain si je ne l'aime plus, je le lui dirai, mais je ne le tromperai pas.

— En tout cas, milady, se hâta de dire un des

convives en regardant Killarney d'un air narquois, je me mets sur les rangs : à quand mon tour ?... Demain ?

— Peut-être : mais à demain les choses sérieuses ! comme disait un ancien qui pourtant ne mangeait pas du plum-pudding, répondit lady Frenchlow, qui mordit en même temps dans un gros morceau de gâteau.

Lord Killarney cependant buvait peu et ne prenait part que par monosyllabes aux verbeux lazzis qui se débitaient autour de lui. Il paraissait quelque peu impatient, et de temps à autre il jetait vers la porte d'entrée un coup d'œil furtif.

— Killarney a le spleen, dit un des buveurs qui devisait à tort et à travers, en buvant comme un pré desséché, Killarney ne dit mot. Tom, s'écria-t-il en s'adressant à l'un des valets de service, rapporte donc la parole de lord Killarney, qui s'est, je crois, enfuie par la porte, car il regarde toujours de ce côté pour voir si elle ne revient pas. Qui donc attends-tu, milord ? J'ai deviné juste, n'est-ce pas ?

— Non, j'attends...

— Le prince de Belphégor ? dit un des buveurs en éclatant de rire.

— Le prince de Belphégor ? répéta lady Frenchlow en regardant Killarney d'un œil interrogateur.

— Le prince de Belphégor, répondit Killarney, ne viendra pas ici, je ne l'attends pas ; peut-être viendra-t-il à mon yacht... A propos, Tom, ajouta-t-il

en interpellant son valet, que mon yacht soit prêt
à mettre à la voile, si ces messieurs sont de mon
avis. Nous terminerons notre soirée là. Le temps
est beau, et je ne connais rien de plus attrayant que
de boire et chanter le soir et la nuit sur la Tamise,
même au mois de septembre.

Il n'y eut pas d'opposition sérieuse à la proposition du lord de la part de ses invités; il y eut même
acceptation vive et bruyante de la part des vétérans.

— Tu n'attends pas ce soir le prince de Belphégor
ni ici ni là-bas? demanda à voix basse à Killarney
lady Frenchlow.

— Non, répondit Killarney, ni ici ni là-bas.

— Mais tu attends quelqu'un, j'en suis sûre, ajouta-t-elle en le prenant par le bras et l'entraînant
dans l'embrasure d'une fenêtre, pendant que tous
les buveurs s'en donnaient à cœur joie. Tu ne
m'avais point invitée, lui dit-elle, mon arrivée t'a
surpris, et tu n'es pas gai parce que je suis ici. Qui
donc attends-tu? une femme?

— Une femme! oh! non... Riquet à la Houppe,
un nain, l'être le plus bizarre, le plus laid, le plus
sot que je connaisse dans les trois royaumes.

— Et tu l'as invité?

— Pourquoi pas? Nous sommes en débauche, nous
rirons, nous nous amuserons de lui toute la soirée.

— Tu l'appelles?...

Lord Killarney tira de sa poche une lettre qu'il présenta à lady Frenchlow.

— Lis, lui dit-il : il n'y a pas plus de deux heures que je l'ai reçue. Le petit monstre a pris le temps de la réflexion avant de répondre, mais enfin il viendra.

— Signé : docteur Marat, dit la lady en remettant la lettre à Killarney... Ah! c'est le docteur Marat! ajouta-t-elle d'une voix tremblotante... Au revoir, milord! dit-elle en lui serrant la main après un instant de silence. Amusez-vous bien.

— Non, reste, dit le lord, n'aie pas peur de lui. Il n'est pas laid à ce point, j'ai exagéré un peu.

— Je ne veux pas le voir, je le connais.

— Tu le détestes donc bien alors?

— Si je te disais oui... Au revoir! dit de nouveau lady Frenchlow avec dédain... Quelle idée! ajouta-t-elle : inviter le docteur Marat d'une orgie!...

— Il le fallait bien, dit mystérieusement Killarney, puisque ces messieurs veulent lui faire voir Londres au fond de la Tamise.

— Tu dis?... risposta vivement la Frenchlow.

— J'ai dit... rien : j'ai plaisanté, répondit Killarney, qui eût bien voulu en ce moment reprendre le mot imprudent qui lui était échappé.

— Adieu! dit la Frenchlow en partant décidément au milieu du bruit des convives, qui parurent ne pas faire attention à sa disparition, bien que plusieurs s'en réjouirent intérieurement.

Elle ne voulut pas accepter que lord Killarney la fit reconduire chez elle; elle sortit seule. À la porte de l'hôtel, elle monta dans une voiture qui la conduisit dans la cité, à la demeure de Marat. Le docteur était sorti : elle lui laissa un mot pour lui dire de se rendre immédiatement à l'hôtel du prince de Belphégor, avant toute autre visite.

Puis de là elle se rendit à l'hôtel du prince qui, lui aussi, était sorti. C'était une fatalité. Lady Frenchlow ne se rebuta pas cependant : elle alla rôder sur les bords de la Tamise, là où elle espérait apercevoir le yacht de Killarney. Elle le vit en effet; il était à la voile. Un certain mouvement régnait sur le petit navire, mais ce n'était pas le mouvement d'une société qui s'y serait réunie. Il était d'ailleurs au port et dans l'immobilité. Tout n'était donc pas encore perdu. Mais la position était grave, et le temps pressait. Mais que faire là, elle, toute seule, sans autorité sur personne ?

Une pensée lui vint, ce n'était peut-être pas la meilleure, mais elle la saisit au passage. Elle retourna de toute la vitesse de son cheval à l'hôtel du prince de Belphégor pour lui demander assistance. Fatalité! le prince n'était pas encore rentré.

Il ne lui resta plus qu'une démarche à faire, bien qu'elle dût la mettre en présence de Marat, qu'elle ne voulait pas voir, ce fut de retourner à l'hôtel de Killarney et de dire alors au docteur devant tous, s'il le fallait : N'allez pas sur la Tamise.

Mais il n'y avait plus personne à l'hôtel de Killarney ; toute la société était partie.... Le yacht, de son côté, avait quitté le port pour voguer, impossible de savoir où. Lady Frenchlow resta longtemps sur les rivages du fleuve, regardant de tous côtés autant qu'elle pouvait voir sur un fleuve noir comme un drap mortuaire, et dans une nuit de septembre, interrogeant tous les matelots, tous les passants, et ne recueillant de tous que des renseignements contradictoires et désespérants.

Épuisée enfin d'émotions et de fatigues, versant un torrent de larmes amères, elle retourna instinctivement à l'hôtel de Killarney.

Le lord était là, seul et rêveur.

— Eh bien ? lui dit-elle.

— Il est venu.

— Après ?...

— Nous sommes montés sur mon yacht pour nous promener à la lueur des torches ; c'était ravissant. Nous avons été loin, en dehors de la ville.

— Après ? dit lady Frenchlow avec une anxiété toujours croissante.

— Après !... après !... il est arrivé un accident.

— Ah ! vous l'avez jeté à l'eau ! s'écria la courtisane avec des yeux étincelants de rage et serrant fortement le bras de Killarney.

— Non... je ne crois pas du moins, dit-il, je crois qu'il est tombé par imprudence dans les flots. Ils sont tombés quatre : on en a retiré trois à demi asphyxiés.

— Et l'autre ? le quatrième ? le docteur ? dit la Frenchlow avec un son de voix indescriptible.

— On ne l'a pas retrouvé... Mais qu'est-ce que cela te fait ?

— Misérable ! infâme ! assassin ! s'écria la courtisane hors d'elle-même.

— Tiens !... comme tu dis ça ! fit niaisement lord Killarney, qui était déjà tout ahuri du crime dans lequel il avait au moins trempé fortement les mains, s'il ne l'avait pas commis lui-même.

— Sot que tu es ! riposta la courtisane avec un superbe dédain. Crois-tu que pour vouloir bien recevoir tes caresses pendant quelques jours, je sois un assassin, moi, un lâche qui frappe sournoisement son ennemi ? Ah ! tu as cru cela, toi ! Tu as dit : Cette femme est facile dans ses amours, donc elle est capable de tous les crimes ! Pauvre philosophe !... Adieu !... Non, au revoir ! ajouta-t-elle brusquement en faisant un tour sur elle-même pour sortir.

Lord Killarney la retint par le bras. Il commençait à revenir un peu à lui-même, et à reprendre l'assurance qu'il avait perdue.

— Un instant ! dit-il... Cette affaire est grave. Si tu parles, tu ne parleras pas longtemps, entends-tu ? D'ailleurs tu es leur complice, non pas le mien, car si le malheur est arrivé sur mon yacht, je n'y suis pour rien. Mais si j'ai préparé cette affaire, tu l'as préparée aussi, toi, car tu étais de la soirée des coupables. Adieu donc maintenant, et réfléchis... Non, plutôt à revoir, Frenchlow! dit lord Killarney en adoucissant sa voix et tendant à sa maîtresse une main qu'elle ne serra pas... Songe que ta vie vaut bien celle du petit monstre Marat, ajouta-t-il.

La Frenchlow ne répondit pas, et partit.

Lorsqu'elle fut seule, l'énergie fébrile qui l'avait soutenue en face de son criminel amant l'abandonna tout à coup. Elle était brisée; elle frissonna dans tous ses membres : elle avait la fièvre accablante du désespoir.

Lorsqu'elle arriva à son cottage, elle se trouva en présence d'un corps d'homme qu'on venait de retirer de l'eau.

Ce corps était celui du docteur Marat...

Deux heures après cet accident, un de ces hommes que nous avons appelés les vétérans des soirées de lord Killarney se présenta à l'hôtel de lord North. Il fut reçu malgré l'heure avancée de la nuit, car il annonça qu'il venait pour affaire grave et pressée.

— Ah! c'est vous, Thompson... lui dit le ministre en bâillant de toute l'ampleur de ses mâchoires... quoi de nouveau?

— J'apporte à Sa Seigneurie les renseignements qu'elle m'a demandés sur le docteur Marat, répondit Thompson avec un visage épanoui qui annonçait toute la satisfaction d'un bon et difficile succès.

— Vraiment!... Après tout, je savais bien que

vous réussiriez, vous; mais c'est admirable que vous ayez trouvé ces renseignements en aussi peu de temps, repartit le ministre en écarquillant deux yeux pleins de satisfaction.

— Et des renseignements très-exacts, ajouta Thompson en présentant au lord une liasse de papiers.

— Qu'est cela? Votre rapport? Peste! il n'est pas mince, dit le ministre en tendant la main pour recevoir les papiers que Thompson lui tendait.

— C'est mieux qu'un rapport, milord; c'est la vie de Marat, écrite par je ne sais qui, mais annotée par Marat lui-même, du moins j'ai tout lieu de le croire.

— Comment! comment! voyons, expliquez-vous, car je ne vous comprends guère, Thompson... La vie de Marat, dites-vous, annotée par lui-même!

— J'ai trouvé ces papiers chez lui parmi ses papiers : je suppose dès lors qu'ils sont, au moins en partie, de lui.

— Pour entrer chez lui, je suppose, Thompson, que vous n'avez point enfreint la loi, dit lord North avec un grand air de dignité. Vous êtes un bon agent, je le sais, ajouta-t-il, mais on vous reproche d'avoir parfois trop d'entrain, et de ne pas toujours assez respecter nos usages.

— Que voulez-vous, milord? répondit Thompson en souriant avec la finesse d'un homme qui met plus son droit dans la ruse que dans la loi : pour obtenir, il faut demander; pour trouver, il faut chercher.

— Evidemment, mais il ne faut pas prendre; il ne faut pas non plus violenter personne, ni violer le domicile du citoyen. Chez nous cela n'est permis à personne, riposta assez vivement lord North.

— Aussi n'ai-je point violé le domicile de M. Marat, répondit humblement l'agent en faisant une reculade dans l'aveu qu'il voulait faire. J'ai pris avec autorisation de perquisition à domicile. Il n'y a point eu de difficulté dans cette perquisition parce qu'il n'y avait personne chez le docteur.

— Bien! mais quand il rentrera, que dira-t-il? Car votre autorisation... repartit lord North avec une moue qui voulait dire : Vous n'en aviez pas.

— Oh! il ne rentrera pas, répondit l'agent, sans regarder la moue qui l'accusait de mensonge.

— Il ne rentrera pas! dit le ministre en accentuant ses mots et regardant fixement son agent. J'espère bien toutefois, ajouta-t-il avec la dignité d'un homme qui veut couvrir sa responsabilité, j'espère bien qu'on n'a pas violenté M. Marat, et qu'en tout cas, ni mes ordres, ni mes désirs n'ont point été mis en avant dans cette affaire. Je voulais des renseignements et rien de plus. Pour le punir j'avais la loi.

— Sa Seigneurie n'a rien à se reprocher, et je n'ai invoqué ni son nom, ni ses ordres, ni ses désirs dans ma mission, répondit Thompson en s'inclinant comme pour demander à être congédié, n'ayant plus rien de bon à dire.

— C'est bien : allez Thompson... je lirai ces papiers, dit le premier lord de la trésorerie en congédiant son agent trop zélé.

Quoique la nuit fût avancée, lord North n'attendit pas au lendemain pour commencer cette lecture, tant il était curieux d'apprécier un homme qu'il connaissait si peu et qu'il considérait cependant comme un ennemi dangereux pour son ministère.

Lord North pensait avec raison que ce n'est pas dans un fait éclatant, ni dans la vie publique où l'amour-propre et l'entrain du moment ont tant de part, qu'il faut chercher les penchants d'un homme, mais bien dans l'intimité de la vie, dans les habitudes, dans les petits faits journaliers, insignifiants pour tous. Aussi la notice que venait de lui apporter Thompson lui parut-elle d'un prix inappréciable. Il pourrait lire à cette heure dans le cœur de Marat, il le pensait du moins.

Cette notice est toute une histoire : je la transcris mot pour mot.

Évidemment elle n'était pas écrite par Marat ; elle lui avait été probablement communiquée pour qu'il voulût bien l'annoter partout où il en serait besoin.

La voici...

III

Le premier jour de septembre de l'an 1758, la ville de Neufchâtel était tout en émoi. Il ne s'agissait pas, je me hâte de le dire, de fondre décidément dans la République suisse cette bizarre principauté que les Prussiens ne tiennent que d'une aile. Il s'agissait tout simplement des joyeux préparatifs que faisaient les élèves du collége pour partir en vacances.

Cette bienheureuse époque n'avait point été oubliée, mais elle était retardée d'un mois cette année-là. Voici pourquoi.

M. le chancelier, le premier de la principauté après le roi son maître, quoique fortement imbu des principes aristocratiques de la monarchie prussienne, sa mère et sa patronne, avait cru de son intérêt de montrer quelque déférence pour les idées démocratiques qui régnaient dans une grande partie du canton, et il avait installé son fils au collége, comme un simple bourgeois.

Or, la Prusse était depuis quelque temps en guerre avec la Russie et l'Autriche. Elle avait éprouvé de nombreux revers au milieu de nombreux succès. Un succès plus important que les autres venait de couronner les efforts et le courage du roi Frédéric. Le chancelier éprouva le besoin prudent d'aller en cette occurrence faire sa cour au vainqueur et l'assurer des bonnes dispositions de ses demi-sujets et des siennes surtout.

Son absence dura un mois, juste le temps de la prolongation des études scolaires que suivait le fils de M. le chancelier, qui, pour ne pas laisser son héritier chéri s'ennuyer seul à la chancellerie en son absence, ou au collége en l'absence de ses camarades, avait trouvé bon de demander l'ouverture des vacances pour le premier jour de septembre. Cette mesure ne fut pas du goût de tout le monde, on n'en peut douter, mais comment refuser ce petit service à un puissant du canton?

Le premier jour de septembre donc, la porte du collége venait de s'ouvrir pour laisser sortir le dernier des élèves que tout le personnel administratif accompagnait jusque dans la rue. C'était en effet un personnage que cet élève, dont les allures, la taille et les formes accusaient un jeune homme de vingt ans environ : c'était Frédéric Habner, le fils du chancelier, qui était suivi d'un valet en grande livrée, chargé des prix universitaires que son jeune maître avait conquis.

Au moment de cette sortie, deux jeunes gens se promenaient seuls aux environs du collége, paraissant attendre quelqu'un, leurs parents probablement. De ces deux élèves, l'un n'était encore qu'un adoles-

cent de l'âge de quinze ans environ, petit de taille,
mais fortement constitué. Il causait avec beaucoup
d'entrain, agitant énergiquement les bras et se dressant parfois sur la pointe des pieds, comme pour
grandir et accentuer son discours. Il paraissait du
reste fort mécontent; il parlait de favoritisme avec
une animation menaçante.

Il fut tout à coup arrêté dans ses récriminations
par la fuite de son compagnon qui, remarquant en
ce moment le jeune Frédéric et son cortége, laissa
le petit orateur pérorer seul tout à son aise, pour
aller rejoindre la famille Habner.

Le discoureur désappointé jeta sa tête en arrière
en secouant ses longs cheveux incultes et rentra
silencieusement au collége, tout en lançant un regard plein de dédain sur celui qui l'avait si cava-
lièrement délaissé et sur ceux qui obtenaient en ce
moment toutes ses gracieusetés.

Cet ami sans gêne était cependant un bon ami,
un ami de famille: c'était Romain Delahart.

— Eh! mais... Jean-Paul!... Jean-Paul!... cria en
revenant sur ses pas Romain, qui arriva juste pour
voir la porte du collége se fermer sur son camarade.

Paul n'entendit rien. Romain fit alors de ses deux
épaules un geste de regret et monta dans le car-
rosse du chancelier à côté de son ami Frédéric, puis
tout rentra dans le silence autour du collége.

Paul cependant s'installa de nouveau dans sa
chambre. Il était seul : il s'assit sur la malle qui

4

contenait son petit mobilier d'étudiant, les coudes appuyés sur ses deux genoux et la tête dans ses mains. Il resta quelques instants dans cette position, rêvant tout à son aise, lorsque la porte de sa chambre s'ouvrit tout à coup pour livrer passage à un ricanement sec comme le bruit d'une crécelle.

— Eh! eh! dit une voix sarcastique, que faisons-nous là, jeune homme?

Paul regarda son interrogateur sans lui répondre. C'est qu'en effet Paul ne connaissait pas ce visiteur qui n'était pas un habitant du collége et qu'il n'avait vu nulle part ailleurs.

C'était un homme qui n'avait pas d'âge pour les yeux d'un adolescent de quinze ans : sa physionomie aurait assurément trompé la perspicacité plus grande d'un homme expérimenté. Sa chevelure et sa barbe, bien fournies l'une et l'autre, étaient d'un blond ardent, sans fils argentés ; sa figure était sans rides, suffisamment pleine et animée d'un sang qu'on voyait couler sous la peau. Sa bouche était largement fendue, terminée à ses commissures par deux sillons très mobiles qui remontaient le long des ailes du nez. Sa lèvre supérieure était mince et fortement ombragée par un nez long et tant soit peu crochu comme le bec d'un oiseau de proie. Son front était large et proéminent; à sa base se trouvaient deux yeux rouge feu, petits, vifs et fascinateurs, à angles externes déviés en haut. Sa

taille était de grandeur ordinaire, à formes sèches
et nerveuses.

Ce n'était pas là assurément un être gracieux,
mais il y avait en lui quelque chose d'irrésistible. Il
ne lui manquait du reste, pour être complet, que
deux cornes sur le front, des pieds fourchus, et une
queue de scorpion sous les pans de son habit. Je ne
sais si Paul ne cherchait pas de ses yeux tout cela;
en tout cas il ne répondit pas à la question qui venait
de lui être faite.

L'étrange personnage, cependant, l'enveloppait
d'un regard profond : puis, ricanant d'un ton caver-
neux, sec et d'outre-tombe, il recommença de nouveau sa question.

— Eh! eh!... eh! bien que faisons-nous là, jeune
homme?

Paul répondit cette fois : J'attends mon père.

— Oui, et en attendant vous rêvez aux prix que
vous n'avez pas eus et qui vous appartenaient; vous
songez avec amertume à des amis qui vous délais-
sent pour des amis plus haut placés que vous... Ne
hochez pas la tête comme si vous vouliez dire que
je me trompe, mon cher Jean-Paul. Je ne me trompe
pas, car les sentiments que vous caressiez tout à
l'heure, lorsque je suis entré dans votre cellule sont
les sentiments de la nature, partant, ceux de tout le
monde. Ce serait perdre son temps que de vous prê-
cher de les étouffer; aussi ne le ferai-je pas. Mais
je blâmerai votre père, lorsque je le verrai, de vous

avoir mis en concurrence dans un collége avec le fils du chancelier, les fils du gouverneur, des conseillers d'Etat, de tous les puissants enfin de la principauté, vous qui êtes... pauvre, disons le mot.

— Mon père, répondit Paul, en redressant sa petite taille, a cru bien faire, et il a bien fait.

— Oui, mais on a froissé là votre innocence, votre dignité d'homme; on a terni en vous jusqu'au beau sentiment de l'amitié en vous liant à Romain, qui vous a ingratement délaissé pour courir dans les bras de Frédéric Habner, ce qui vous a fait maudire les grands et ceux qui les courtisent... Oh! ne rougissez pas, Jean-Paul. Je ne blâme pas ces sentiments-là, car alors il faudrait blâmer la main de *celui* qui les a infusés en vous. Cette main-là n'est ni la vôtre, ni celle de votre père, c'est la main de je ne sais *qui*.

A ce mot, Jean-Paul Marat, car c'était lui, regarda son interlocuteur avec surprise. Son regard sembla demander une explication qu'il entrevoyait, mais qu'il n'osait comprendre : car, élevé par sa mère dans une croyance religieuse très-sévère, il n'avait pas, lui, le moindre doute sur la main qui avait créé son âme et ses facultés.

— Eh! eh! dit en ricanant le verbeux visiteur, je m'amuse à faire de la philosophie sociale et psychologique transcendante, et c'est bien le cas pourtant en face d'un élève des hautes classes; mais j'oublie de lui dire le plus intéressant de ma visite, c'est que je viens le chercher pour l'emmener en vacances.

— Vous, monsieur! dit avec surprise Paul, qui était loin de voir un protecteur dans un homme qui jusqu'à cette heure n'avait fait que titiller les fibres douloureuses de son âme.

— Oui, moi, mon cher Jean-Paul. Le docteur votre père ne peut venir; il a prié M. Delahart de vous emmener avec votre ami Romain. M. Delahart est descendu à la chancellerie, où Romain est allé le retrouver. Nous avons rendez-vous ici pour vous prendre. Mais j'avais une demi-heure d'avance sur ces messieurs, voilà pourquoi, mon petit ami, je vous ai taquiné pendant une demi-heure. Maintenant nous pouvons descendre; la voiture nous attend évidemment en bas.

Le visiteur prit sans façon la malle du petit jeune homme d'un côté, en lui recommandant de la prendre de l'autre, et ils descendirent dans la rue, où effectivement les attendait une voiture.

Ce ne fut pas sans quelque souci que Paul regarda cette voiture sur le devant de laquelle il aperçut la tête de son ami Romain. Il s'arrêta tout court. Mais son hésitation ne tint pas, lorsqu'il vit sortir derrière Romain la figure rieuse d'une jeune fille qui sauta lestement à terre et vint se jeter dans ses bras en lui appliquant deux gros baisers sur les joues.

— Virginie! s'écria-t-il tout ému.

4.

— C'est moi, mon petit Jean-Paul, répondit la jeune fille en se retirant d'un pas pour mieux contempler son ami. Mais comme tu es beau! Sais-tu qu'il y a plus de deux ans que je ne t'ai vu? Ah! étions-nous enfants à cette époque! Te souviens-tu qu'on nous appelait toujours Philémon et Baucis, à cause du bon petit ménage que nous faisions ensemble dans nos jeux?

— C'est bon, mais hâtons-nous; vous parlerez de cela plus tard, cria une voix impérieuse qui sortit du fond de la voiture.

C'était la voix du père de Romain, de M. Delahart. Mais Virginie n'entendait rien, elle était tout entière à Jean-Paul. L'arrivée subite et bruyante d'une carriole, qui secouait sans pitié sur son banc solidement rivé aux deux extrémités un paysan et sa fille, calma mieux que la voix de M. Delahart l'entrain de Virginie.

La carriole s'arrêta en face de Paul, que la jeune paysanne appela vers elle. Puis, s'avançant sur le timon, elle lui tendit les deux bras pour lui demander de la descendre de son véhicule.

Cette jeune fille était à peu près du même âge que Paul, et plus jeune de quelques années que Virginie, mais aussi belle qu'elle, avec un visage plus frais et des formes plus virginales. Elle n'était plus une enfant, quoiqu'elle en eût toute l'innocence.

Paul la reçut dans ses bras et la descendit de la carriole.

— Nous venons te chercher, mon père et moi, lui dit-elle. Ta mère est malade et ton père ne peut la quitter... Tiens! c'est Virginie!... s'écria la jeune paysanne en s'avançant vers Virginie qu'elle n'avait point encore remarquée, et lui sautant au cou... puis M. Delahart!... puis Romain! ajouta-t-elle en regardant la voiture. Vous venez peut-être aussi chercher Jean-Paul?

— Oui, oui, Barbera, répondit M. Delahart, et dépêchons-nous.

— Faites excuse, monsieur Delahart, dit Buttlander, le père de Barbera, du milieu de sa carriole qu'il n'avait pas quittée, ça vous dérangerait de reconduire Jean-Paul chez lui, puisque vous n'allez qu'à moitié chemin de Boudry, guère plus; tandis que moi je passe dans la ville pour rentrer à ma ferme. Je laisserai Jean-Paul en passant.

La raison était bonne; aussi personne ne répliqua. Paul s'installa donc dans la carriole du fermier sur le même banc, le banc unique, du reste, où étaient assis Barbera et son père. Les deux jeunes gens, serrés l'un contre l'autre et continuellement cahotés par les accidents de la route, eurent bientôt oublié Neufchâtel et les petits incidents de leur départ, pour se livrer à des rires interminables que réveillaient à chaque instant les soubresauts de leur véhicule.

Les rires de Paul cependant n'étaient pas aussi francs que ceux de Barbera. Il n'était pas difficile de voir qu'ils avaient pour lui une sourdine pleine de préoccupation. Il arriva même un instant où il se tut tout à fait, et poussa un soupir qui fit éruption malgré lui de sa poitrine. Barbera le regarda en ce moment avec inquiétude, devinant avec son instinct de généreuse affection que Paul n'était joyeux que pour lui être agréable.

— Qu'as-tu donc, Jean-Paul? lui dit-elle. Bien sûr que tu as quelque chagrin.

— C'est vrai, répondit-il; je pense à ma pauvre mère.

— Oh! elle n'est pas bien malade ta mère, dit le père Buttlander : M. Marat me l'a dit.

— Tant mieux! reprit Paul : pourtant mon père n'a pas osé la quitter pour venir me chercher.

— Eh bien! je te dirai pourquoi, Jean-Paul. M. Marat a dit : Je n'irai pas à Neufchâtel chercher mon fils, parce que je ne veux pas assister à la distribution des prix. Comme je prévois que Jean-Paul n'en aura pas, je ne veux pas voir sa défaite. — Oh! qu'il en aura, lui dis-je, je le parie! Jean-Paul n'est-il pas un garçon plus savant qu'eux tous? J'ai dit ça, vois-tu, Jean-Paul, parce que je le pensais. Il ne faut pourtant pas que tu en sois trop fier, car tu dois savoir que Dieu met la science là où ça lui plaît. — Oui, mon fils est plus savant qu'eux tous, répondit ce pauvre M. Marat avec l'orgueil d'un bon père, mais..... Puis il se tut.

— Mais, mais, lui dis-je, il en aura.

— Et je n'en ai pas eu, répondit Paul en redressant la tête et secouant ses longs cheveux.

— Alors je demanderai en passant à ton père pourquoi il disait *mais*, car je tiens mon opinion sur toi pour bonne, dit Buttlander en donnant un coup de fouet à son cheval, comme pour accentuer son opinion. Et puis, ajouta-t-il, il faut que je te dise tout, puisque je suis en train. Ta mère est malade parce qu'elle a un peu de chagrin. Ton père aussi en a du chagrin, mais ça se passera : c'est à cause de son chien. Ah! il l'aimait bien son chien : il l'aimait comme un de ses meilleurs amis.

— Eh bien? dit Paul avec inquiétude.

— Eh bien! il est mort.

— Turc est mort! s'écria Paul en pâlissant.

— Oui! c'est toute une histoire que ton père te racontera sans doute. S'il ne te la raconte pas, ne la lui demande pas, je te le conseille. Ne lui parle jamais de Turc, car il est trop triste de l'avoir perdu. Ça pourrait paraître drôle à bien des gens. Que veux-tu, ton père est comme ça : il a un si bon cœur, ce pauvre M. Marat! Je connais d'ailleurs, moi, des hommes qui aimeraient mieux perdre leur fortune que leur chien. Une fortune, ça se refait quelquefois; mais un chien, quand c'est un ami et qu'on le perd, ça ne se retrouve jamais.

Paul écoutait, le cœur bien gros. Il allait ques-

tionner Buttlander, lorsque le fermier lui dit en lui
montrant la porte de sa maison : Nous y voici.
Motus surtout par rapport à Turc! tu entends?
ajouta-t-il à voix basse, en posant un doigt sur ses
lèvres.

La malle du jeune collégien fut aussitôt descen-
due de la carriole, et, après avoir serré la main du
docteur qui venait à sa rencontre, Buttlander repartit aussitôt sans s'arrêter, car il était tard, et sa
ferme était à quelque distance de Boudry.

Paul se jeta alors au cou de son père et de sa
mère, qu'il serra dans ses bras avec une étreinte
convulsive, en versant de grosses larmes, sans rien
dire. Il était heureux sans aucun doute de retrouver dans un état de santé inespéré celle qu'il aimait
avant tout au monde; mais il y avait dans son
cœur encore d'autres sentiments qui surexcitaient
ses étreintes, celui de la honte d'abord, la honte de
ne pouvoir offrir à ses parents quelques fruits ho-
norifiques de son travail, puis surtout l'inquiétude qu'avait fait naître en lui la narration de
Buttlander.

Le docteur comprit tout cela, et n'en dit mot à
son fils; Mme Marat, elle, l'embrassa deux fois
pour le consoler de ses angoisses qu'elle avait parfaitement devinées.

La nuit venue, Paul entra dans sa chambre pour
essayer de prendre dans le sommeil un repos dont
son esprit avait grand besoin. Mais le sommeil vint

difficilement, et lorsqu'il vint ce ne fut pas pour lui donner le calme qu'il recherchait. Des rêves plus pénibles que la réalité, car ils exagéraient les moindres faits, tourmentèrent son imagination toute la nuit.

Lorsqu'il se réveilla, il était tout en nage; sa respiration était haletante. Il se dressa sur son lit et jeta un regard effaré tout autour de lui. Le jour était venu, il apporta dans son cœur un calme qui le fit sourire avec tristesse pourtant des sots écarts de son imagination.

La vue de son père qui entra en ce moment dans sa chambre, acheva de le rasséréner. M. Marat venait lui recommander d'entrer dans son cabinet aussitôt qu'il serait prêt. Jean-Paul ne tarda point à obéir.

— Mon ami, lui dit alors le docteur après lui avoir serré affectueusement la main, aujourd'hui comme autrefois je suis content de toi. Tes dispositions pour la science sont grandes : n'en sois pas orgueilleux, mais laisse-moi te dire cela pour relever ton courage que je vois abattu. Si j'ai voulu faire pour toi un peu plus que pour ton frère, dont tu es l'aîné, c'est que tu devras lui servir de protecteur après moi. Mais, tu le sais, je ne suis pas riche; nous vivons tous ici parce que je travaille. Pourtant j'ai fait un sacrifice immense en t'envoyant passer une année au collége de Neufchâtel. C'est que je voulais que tu fréquentasses les autres

enfants, pour que tu prisses un peu plus d'émulation qu'avec ton père : et puis, je n'avais pas chez
moi les instruments de physique nécessaires pour
te faire toucher du doigt les phénomènes d'une
science dans laquelle je crois que tu brilleras un
jour.

Mais je ne peux plus continuer de si grands sacri-
fices. Quelques frais inattendus viennent de fondre sur nous et m'empêchent de te promettre,
comme je l'aurais voulu, la vie du collége pour une
année encore. Nous travaillerons donc désormais
ensemble, comme par le passé.

Dès aujourd'hui nous nous mettrons à l'œuvre.
Hâtons-nous, car le temps presse. La gêne peut
entrer chez nous ; ton frère et tes sœurs grandissent,
il faudra bien leur donner à eux aussi quelque
éducation ; ta mère est mal portante, et nous allons
avoir besoin de mains étrangères pour l'aider. Nos
frais vont donc s'accroître, et il est douteux que les
bénéfices du travail s'accroîtront d'autant.

Maintenant je vais te dire encore un mot que je ne
voulais pas te dire ; mais il est inutile de faire trop
le discret avec toi. Tu es jeune, et pourtant je te sais
des idées d'homme. Eh bien ce mot, le voici : N'oublie
jamais l'année que tu as passée au collége, les vices
que tu as dû y voir, les injustices dont tu as été la
victime et que tu retrouveras partout. Ne les oublie
pas, pour t'en venger ? non ; mais seulement pour
t'en préserver autant que tu le pourras. Il ne faut

pas être méchant, mais il faut être prudent pour ne point être dupe de l'injustice, du préjugé et des faux jugements de l'égoïsme et de la sensiblerie, tous vices, ou défauts au moins, qui sont le fond de l'esprit humain si horriblement gâté par la société actuelle, comme tu le verras malheureusement sans doute un jour, mon pauvre enfant.

Ce petit speech de monsieur Marat, qui se terminait par un mot de philosophie pratique, dû probablement à l'expérience du pauvre docteur, toucha singulièrement le jeune collégien et le rendit rêveur. Son père le laissa seul, sous l'impression de ses avis, et partit pour sa tournée médicale.

Paul était actif, il ne resta pas longtemps dans l'extase de la rêverie. Il se mit de suite à l'ouvrage en rangeant ses livres et les disposant pour l'étude. Sa mère le trouva dans cette occupation lorsqu'elle vint lui annoncer une visite qui du reste parut vouloir s'annoncer d'elle-même, car une voix joyeuse cria dès la porte de la maison : Jean-Paul ! Jean-Paul ! c'est moi, c'est nous...

C'était Romain.

— Romain et compagnie, dit le jeune homme en s'effaçant pour laisser entrer Virginie, qui non moins gaie que son compagnon de voyage saisit vivement Paul par les deux mains et lui dit : Nous venons te chercher, mon petit mari d'autrefois.

— Oui, dit Romain en regardant madame Marat d'un air suppliant, avec la permission de monsieur

5

et de madame Marat nous venons chercher Jean-Paul ; car aujourd'hui il y a grande réception chez nous, un grand dîner, puis soirée, pour inaugurer mes vacances.

Romain n'osa pas dire : pour fêter mes victoires scolaires, en face d'un pauvre vaincu qu'il aimait.

— Nous aurons, ajouta-t-il, beaucoup d'amis, des illustrations de toutes sortes, et par dessus tout, M. Rousseau, l'honneur et la gloire de la Suisse, en ce moment à Neufchâtel. Il a promis à mon père de venir : s'il vient, nous lui ferons raconter les amours de sa *Nouvelle Héloïse*.

— Il y aura aussi... devine qui ! dit Virginie en frappant joyeusement de ses deux mains..., il y aura aussi la petite amie Barbera : j'espère du moins que le père Büttlander ne nous la refusera pas. Nous allons de ce pas chez lui : tu devrais bien nous y accompagner, Jean-Paul.

Paul était abasourdi de toutes ces propositions. Il hésitait, car son cœur était loin d'être aussi joyeux que celui de ses amis. Pourtant l'invitation le tentait par plus d'un côté. Voir M. Rousseau d'abord était un grand plaisir pour lui, car il savait la réputation de Rousseau, et il avait aussi, tout jeune qu'il était, feuilleté et savouré plus d'une de ses pages. D'un autre côté, on annonçait du plaisir, et, bien que Paul fût plus réfléchi que gai, il n'était pas cependant complétement fermé aux désirs d'un adolescent de quinze ans.

Pourtant il ne répondit pas, mais il serra sa mère dans ses bras et lui appliqua un long baiser sur la joue. Madame Marat comprit que cette ardente caresse n'était que la demande d'une permission. Elle répondit en rendant les caresses : travailler aujourd'hui, mon petit Jean-Paul, c'est de bonne heure. Tu pourrais bien prendre un peu de vacances.

— Eh bien, j'irai, dit Paul en se redressant et secouant sa tête comme d'habitude lorsque son parti était pris, j'irai, mais ce soir seulement, au retour de mon père et avec son assentiment. D'ici là je ne sortirai pas.

Il ne sortit pas en effet. Mais son père avait dit : Hâtons-nous au travail, le temps presse ; qui sait l'avenir ? Il se mit immédiatement au travail en attendant le retour de son père.

Lorsque le docteur Marat rentra le soir, il était fatigué, sérieux, et peut-être un peu maussade. Tout n'avait pas été joie sans doute dans sa tournée. Une empreinte de réflexions chagrines était fortement gravée sur sa figure.

Paul ne lui dit donc rien : peut-être avait-il déjà moins d'ardeur pour l'invitation du matin. Madame Marat fut obligée de rappeler à son fils ce qu'il avait promis. Elle soumit elle-même l'invitation au docteur, qui regarda Paul d'un air interrogateur, sans rien répondre.

Paul baissa les yeux, car ce regard fut pour lui comme un reproche. Il se rappela aussitôt le discours que lui avait tenu son père le matin, et il regretta les quelques heures qu'il avait promises au plaisir, lorsque son père, lui, donnait toute sa journée au travail et sa soirée aux soucis d'une famille peu aisée.

Il garda donc un complet silence.

Après l'avoir regardé quelques instants d'un œil profond, monsieur Marat lui dit enfin : Pourquoi, Jean-Paul, n'irais-tu pas chez monsieur Delahart, un de nos bons et loyaux clients ! Là tu verras des grands, on te l'a dit, des riches, des gens illustres, tout ce que tu n'es pas, tout ce que tu ne seras jamais, mais qu'importe ! Il est bon de voir de près ces gens-là pour connaître leur petitesse, la petitesse de l'homme qui veut se grandir au-dessus de sa taille. Tu verras leurs vices, leurs défauts, toute l'infirmité humaine enfin : il est bon de voir cela, au moins pour s'en garer dans la vie. Va, Jean-Paul : cette étude en vaut bien une autre, et je te crois de force à t'approcher de cette lumière sans y brûler tes ailes, va !...

L'autorisation paternelle ainsi donnée parut un peu suspecte au petit collégien, qui la trouva bien haut montée pour une si minime affaire de plaisir. Il craignit que ce ne fût une épreuve à son adresse. Aussi resta-t-il muet, tout en cherchant à creuser le sol avec la pointe de ses pieds, comme pour y trouver la solution d'un problème ; mais il ne trouvait rien.

Il en était là, lorsque le bruit d'une voiture légère qui s'arrêta tout à coup vint fixer l'attention de tout le monde. Puis la porte de la maison s'ouvrit, et des voix fraîches et joyeuses se firent entendre dans le corridor, tout près de la chambre où se trouvait la famille Marat.

C'étaient Virginie et Barbera qui arrivaient ainsi rieuses et sans gêne.

— Eh bien ? dit Virginie à Paul, après avoir salué avec une rondeur tout amicale M. et Mᵐᵉ Marat, eh bien, Jean-Paul, es-tu prêt ?

— Nous venons te chercher, dit Barbera, puisque tu ne viens pas.

— Romain est désolé de ton absence, reprit Virginie, et s'il n'avait été tenu à la maison, pour recevoir les invités, il serait ici. Pour nous, nous ne retournerons qu'avec toi : c'est bien convenu.

M. et Mᵐᵉ Marat écoutaient en silence ce petit plaidoyer vif et animé qui assiégeait leur fils. Ils souriaient au charmant babil de ces deux belles filles dont l'innocence trouvait tout naturel de venir à la recherche d'un ami d'enfance, qui était tout aussi naïf qu'elles-mêmes.

Heureux âge, heureuses natures ! disait à part lui monsieur Marat, pendant que Paul, regardant son père et sa mère, semblait leur demander un bon conseil qu'il ne trouvait pas en lui.

— Allons, va, mon ami ! répéta M. Marat, pendant que Mme Marat déposait sur la joue de son fils un long baiser pour tout conseil.

IV.

Paul partit donc avec ses deux compagnes, qui se disputèrent en folâtrant les rênes pour la conduite de la voiture. Paul eût dû naturellement, comme le représentant du sexe fort, avoir cet honneur ou cette charge ; mais Virginie arguait de son droit d'aînesse, et Barbera mettait en avant l'expérience qu'elle avait acquise à la ferme pour bien gouverner un cheval. Paul fut donc évincé. Ses compagnes s'élevèrent de leur autorité privée à la dignité d'automédon, qu'elles exercèrent tour à tour, quand elles ne l'exercèrent pas toutes deux ensemble.

Mais si le zèle enfante des merveilles, si l'union fait la force, ni l'un ni l'autre ne font toujours l'habileté. Le pauvre cheval mal conduit fut lancé dans des écarts si imprudents et si souvent répétés, qu'il finit par briser une fois ceci, une autre fois cela de son équipage, si bien que le voyage fut long et quelquefois périlleux.

Il y eut donc du retard dans l'arrivée de ce petit train de plaisir. Les tables du festin étaient déjà

garnies de leurs invités, qui fonctionnaient sans
soucis comme sans remords. Avait-on pensé seulement aux retardataires ? On pourrait en douter s'il
n'y avait pas eu dans le coin d'une table quelques
couverts en disponibilité. Mais il n'y en avait que
deux : c'était grave car ils arrivaient trois convives.
Lequel couvert manquait-il donc? Ce n'était ni celui
de Virginie, ni celui de Barbera assurément. C'était
donc celui de Paul. Paul n'était donc pas attendu ?
Ce fut la pensée qui frappa le petit collégien.

Paul était jeune, mais il était fier : cet oubli lui
parut une inconvenance qui le froissa. Virginie
n'eut pas de peine à s'en apercevoir. Elle voulut lui
donner le change en reprochant plaisamment aux
serviteurs de la maison de l'avoir oubliée, elle, à la
table du festin. Mais elle eut beau dire, Paul n'était
pas assez naïf pour accepter cette sorte d'excuse.

Romain, de son côté, qui s'aperçut de la situation,
voulut prouver à son ami qu'il n'était dans l'oubli
de personne en lui envoyant de sa place un sourire
profondément amical. Mais il ne bougea pas, car il
tenait un côté de Frédéric Habner, qui était un personnage autrement important que le fils du docteur
Marat.

Personne autre, du reste, ne s'aperçut de l'arrivée
du petit collégien, pas même le maître de la maison,
M. Delahart, qui était trop occupé de sa conversation avec Mme la chancelière Habner, qui était à
son bras droit.

Paul se mit cependant à manger de bon appétit, ce qui prouvait que sa mauvaise humeur n'était pas celle d'un enfant boudeur, mais bien celle d'un homme qui sait classer un fait dans ses souvenirs pour s'en servir au besoin. Pourtant il causa peu, répondant distraitement au feu roulant des paroles de Virginie et de Barbera, car la conversation générale l'intéressait bien autrement : c'était de la philosophie sociale et pratique qu'on y faisait. On parlait de la guerre. On ne pouvait pas moins faire à cette heure, sous le règne d'un prince guerrier, le suzerain de Neufchâtel, le protecteur et le maître d'une bonne partie des convives.

Il va sans dire que Frédéric II, qui pour eux était déjà le grand Frédéric, était un guerrier incomparable, un grand philosophe, un homme unique au monde.

— Eh! eh! il est fâcheux seulement, dit une voix en ricanant, d'un rire sec que Paul reconnut parfaitement, il est fâcheux que sa grande épée ait transpercé trop d'hommes innocents, pour avoir quelque coin de terre de plus, ou venger quelques mots indiscrets.

— Oui, c'est un grand malheur, s'écria tout à coup comme malgré lui, le petit Paul, qui se dressa sur sa chaise en jetant sa tête en arrière et déposant sa fourchette un peu vivement sur son couvert.

Ses petits yeux étaient brillants, sa figure animée,

sa large poitrine était toute gonflée. Puis il se remit tranquillement sur sa chaise, tiré par les pans
de son habit, de chaque côté, par Virginie et Barbera, qui paraissaient effrayées de la hardiesse du
petit convive. Tous les yeux étaient fixés sur lui, les
uns étonnés, les autres indignés. M. Delahart
sourit à moitié en haussant les épaules. Il chercha à détourner l'attention des convives en lançant brusquement quelques petites anecdotes qui
défrayaient en ce moment les loisirs des nouvel-
listes de la ville de Neufchâtel.

Il réussit à peu près, et tout commençait à rentrer dans le calme lorsque le convive au rire de
crécelle, qui savourait plus, il paraît, le thème de
la guerre que les anecdotes de M. Delahart, se mit
à lancer un javelot quelque peu empoisonné au milieu de la conversation.

— Eh! eh! à propos de la guerre, dit-il, savez-
vous, messieurs, où en est la guerre du chien de Boudry?

— Oh! la guerre, la guerre! répondit un convive
en dandinant sa tête : ce n'est pas une guerre. Le
juge a jugé, condamné, et voilà tout.

— Pardon... j'ai bien dit en disant la guerre du
chien de Boudry, et je n'ai pas voulu plaisanter,
car il y a guerre, sinon le sabre au poing, le fusil
à l'épaule, au moins guerre de langues. Allez à
Neufchâtel, à Boudry et dans tous les environs, et
vous verrez.

5

— Mais enfin de quoi s'agit-il? riposta le convive en haussant les épaules comme pour rapetisser la question que l'on cherchait à faire trop grande. Il s'agit d'un chien qui a cruellement mordu un enfant. Le chien a été condamné, son maître a été condamné. Voilà tout.

— Eh! eh! pardon encore, monsieur... reprit l'homme au rire de crécelle. Une preuve que la chose n'est pas si simple que vous la faites, c'est que tout le monde en parle et que cette petite affaire divise les opinions dans tout le canton : il y a guerre de langues enfin, je le disais bien. Racontez d'ailleurs l'affaire telle qu'elle s'est passée, je vous prie, puis nous jugerons... Eh! tenez, la voici au juste :

Un chien doux d'habitude et aussi intelligent qu'un homme, plus que bien des hommes même, est occupé à manger la pâtée que son maître lui a servie. Un enfant de douze ans assez mal avisé l'aborde et le taquine du bout de son bâton. Le chien gronde et garantit sa pâtée de son mieux. Rien de plus naturel. Jusque-là tout allait bien; aucun des deux adversaires ne dépassait le but de la plaisanterie. Mais le petit garçon s'enhardit; il attira avec le bout de son bâton la gamelle du dîner assez prestement pour que le chien, qui craignit de la perdre, crût devoir montrer ses crocs menaçants en s'élançant sur elle pour la ramener à lui. De son côté le petit garçon, qui vit l'écuelle sur le point de lui échapper définitivement, voulut la reprendre avec ses mains; mais ses mains reçurent un coup de griffe. Il se fâcha tout net alors et lança au chien un si vif coup de bâton qu'il lui fendit l'oreille. Le chien s'en vengea en happant la main de l'ennemi, et si solidement qu'un doigt en fut détaché.

Voilà l'affaire telle qu'elle s'est passée.

— Ce chien était bien dangereux, dit un monsieur.

— Et l'enfant? demanda un autre.

— Ah! dame! un chien est toujours un chien.

— Oui, mais un chien en légitime défense.

— Sans doute, mais ce n'était toujours qu'un chien.

— Pour être chien, on n'est pas obligé de se laisser assommer.

— Le cas fut déféré au juge, reprit le narrateur. Le juge condamna le chien à être abattu, et le maître à payer une forte amende.

— C'est une injustice, s'écria le petit Paul tout hors de lui-même et ne pouvant plus contenir l'indignation qu'il retenait à deux mains depuis le commencement de l'histoire. D'ailleurs, ajouta-t-il en crispant ses lèvres, attendez donc de la justice d'un homme qui juge tout seul.

— Donc, vous auriez puni le petit garçon! lui dit un monsieur en riant de toutes ses forces.

— Sans aucun doute, riposta Paul en redressant la tête.

— Oui, mais comme il fut jugé autrement, reprit

le narrateur, il fallut se soumettre, laisser abattre le chien et payer les mille francs d'amende. C'est ce qu'a pensé le maître du chien, le docteur Marat.

Paul bondit sur sa chaise à cette révélation inattendue, qui complétait le mot de Buttlander. Puis il se rassit en pâlissant. Quelques larmes lui vinrent aux yeux ; il ne dit plus rien.

— Monsieur le comte est charmant, dit en minaudant la voisine de l'historien du chien de Boudry. Avec quelques mots il a électrisé ce petit jeune homme de là-bas, qui est vraiment drôle dans ses réponses. Vous l'appelez ?....

— Le fils du docteur Marat, Madame.

— Ah ! je comprends maintenant, reprit la dame, pourquoi ce petit jeune homme se montre si froissé de l'histoire de son chien.

— Froissé ! non, madame ; Jean-Paul n'est pas froissé, mais atterré. L'histoire de son chien, qui lui est arrivée comme un coup de feu en plein visage, est une histoire bien pénible pour lui, car il aime son père, et son père parait très-affecté de sa condamnation ; il adore sa mère, et sa mère, qui est déjà d'une santé débile, s'affaisse visiblement sous le chagrin.

— Comment ! tant de malheurs pour un chien ? Oh ! vous n'y songez pas, monsieur le comte.

— Pardon, Madame. Ce chien a été élevé par M. Cabrol père ; il est pour la famille un sauveteur qui aurait pu être médaillé deux fois. Dans une

partie de plaisir faite sur le lac de Genève, Mlle Cabrol, aujourd'hui Mme Marat, tomba à l'eau.
Elle fut sauvée par le chien. Elle ne voulut
plus dès lors s'en séparer. Elle fit bien, car ce petit
jeune homme que vous voyez là, madame, étant
tout enfant, jouait un jour sur les rochers du Jura.
Il tomba dans un ravin au fond duquel stationnait
une large flaque d'eau. Le chien l'arracha de l'eau,
le déposa sur l'herbe, puis courut chercher son
maître. Croyez-vous, Madame, que ce chien-là, parce qu'il n'est pas un animal de notre espèce, ne
puisse pas être un ami bien cher? Si d'ailleurs vous
ne voulez pas, madame, que je vous parle des chagrins d'un bon cœur qui perd un ami quel qu'il
soit, je vous rappellerai que M. Marat doit payer
une amende de mille francs.

— Eh bien, on ne meurt pas pour perdre mille
francs.

— Non, mais son fils ne passera pas au collége
une année de plus, sa femme n'aura pas une servante dont elle aurait eu grand besoin dans le mauvais état de sa santé. Tout cela sera peut-être cause
que le fils manquera sa position dans le monde, et
que la mère mourra. Des petites causes produisent
souvent des grands effets.

— Les pauvres gens! fit la dame en s'humanisant
tant soit peu; vous m'intéressez à eux, monsieur le
comte. Je vois d'ailleurs avec plaisir que cette fa-

mille a un bon ami en vous, ajouta-t-elle en souriant à son interlocuteur.

Le comte rendit à la dame son aimable sourire et ne répliqua pas.

Le repas était fini; les conversations paraissaient se ralentir. Mme Delahart se leva alors à moitié de son fauteuil, et, se tournant vers le comte : Monsieur le comte Pepin, lui dit-elle, je suis en grande discussion avec monsieur le chancelier, qui ne veut pas croire aux merveilles du magnétisme animal, ni à la double vue, ni à la chiromancie, ni à la divination par le marc de café, ni enfin à toutes les sciences occultes. J'ai beau lui dire que vous les possédez toutes, que vous nous en avez donné mille et mille fois des preuves, il ne veut rien entendre. Prouvez-lui donc, je vous prie, qu'il est un incrédule à grand tort, et faites-en un croyant.

— Je suis à vos ordres, ma chère Madame, répondit le comte Pepin. Rien ne me sera plus agréable que de convertir monsieur le chancelier. Que monsieur le chancelier veuille seulement m'obéir un instant.

Un petit murmure d'approbation parcourut la salle du festin, qui paraissait heureuse de se changer en salle de prestidigitation : ce qui ne pouvait être qu'un grand agrément après l'agrément d'un bon dîner.

La réputation du comte, d'ailleurs, était connue de beaucoup. On disait des merveilles de quelques-uns de ses actes, de sa divination surtout, pour laquelle il employait des moyens d'une simplicité parfois incroyable.

Aussi quelques-uns se demandaient-ils sérieusement d'où venait cet homme; s'il était dieu ou diable, s'il avait été créé ou s'il était éternel. — Qui êtes-vous donc? lui dit un jour un de ses amis. — Je suis... Eh! mon Dieu! le sais-je? répondit-il. Pour l'instant, on m'appelle comte Pepin de Béelzébuth, mais je ne verrais pas d'inconvénient à ce qu'on m'appelât Jacques Bonhomme ou son frère, car j'ai le droit de porter ce nom. En tout cas, je suis la science, je suis l'histoire, je suis la vérité... ce qui ne m'empêche pas d'être la victime du mal, ajouta-t-il d'une voix agressive. Le mal, c'est cette incarnation qui a pris une tête, deux bras, deux jambes et un estomac pour vivre éternellement en se renouvelant toujours : on l'appelle *homme*.

Des hommes plus positifs disaient qu'il était Allemand, d'autres Italien, quelques-uns Français. Lui-même ne paraissait le savoir ou vouloir le dire au juste, car il n'était pas rare de l'entendre parler soit de la Chine, soit des Indes, soit des contrées les plus inconnues de l'Afrique, où il serait peut-être né, où il aurait au moins passé son enfance.

Pour sa famille, elle était inconnue de tous; il n'en parlait jamais ou il en parlait d'une manière si étrange et si bizarre qu'on prenait toujours ses réponses pour des plaisanteries. Pour les uns aussi, cet homme était fou, pour d'autres il était simplement un esprit fantasque; pour quelques-uns il était un homme unique au monde pour la profondeur de sa philosophie, pour la perspicacité de son esprit et la variété immense de ses connaissances.

Ceux qui l'accusaient de folie ne manquaient pas de rappeler avec quelle excentricité il déguisait son âge, qu'il était du reste impossible de fixer, même à peu près. Il n'était pas rare de l'entendre parler du Paradis terrestre comme s'il l'avait vu; les premiers âges du monde lui étaient parfaitement connus, et il y avait joué quelque rôle.

Il est bien problable que le but du comte était de dépister la curiosité, en s'entourant de mystères inextricables, à moins qu'il ne fût réellement un de ces êtres innommés que l'on ne rencontrerait que dans une sphère qui n'est pas la nôtre, bien qu'il eût tous les traits de notre espèce.

Si pourtant le comte de Béelzébuth était bien ce qu'il paraissait, ne pourrait-on pas, au lieu de l'accuser de folie ou de le voir comme un être de l'autre monde, le considérer tout simplement comme un profond et mystique philosophe qui voulait faire toucher du doigt tous les accidents du globe et des peuples, lesquels, mourant toujours et renaissant sans cesse, n'ont ni passé ni avenir, mais sont tout entiers dans le présent?

Le comte aurait jugé alors que l'homme ne de-

vait être considéré que comme une entité qui ne
change pas, le corps comme une forme qui ne
change que de nom, selon son individu; que dès
lors le temps ne devait plus être vu sous la succession d'âge, d'époque et de lieu, mais sous la forme
d'un vaste tableau renfermant tous les êtres de la
création, évidemment posés diversement dans son
cadre, et vers chacun desquels il suffit de lever les
yeux pour voir ce qui s'y passe et prendre part aux
faits, intentionnellement du moins.

Était-ce bien là son système? on n'en sait rien au
juste. Il faut cependant bien l'admettre, à moins de
reconnaitre en effet cet être pour le prince des démons ou pour un fou. Il n'était pas fou.

Quoi qu'il en soit, pour l'instant il était le gai convive de son ami Delahart, et il se disposait à donner quelques preuves de son savoir en divination.

Le chancelier Habner se prêta avec la meilleure
grâce du monde à l'invitation du comte. Il se leva
et, s'efforçant de garder tout le sérieux désirable
dans un acte qu'on lui dépeignait comme sérieux
mais qu'il ne regardait, lui, que comme un petit jeu
de société, il s'avança gravement vers le comte qui
l'invita à s'asseoir en face de lui d'un côté de
la table, tandis que lui-même s'asseyait de l'autre.
Le comte fit emplir alors une carafe d'eau bien lim-
pide et la plaça entre le chancelier et lui. Deux candélabres éclairaient les flancs de la carafe.

Ces dispositions étaient bien simples; elles ne sen-

taient en rien la mise en scène du sorcier. Tous les
convives les regardaient cependant avec un peu
d'émotion, comme dans l'attente d'un événement
dont personne assurément ne grossissait l'importance dans son esprit mais que l'on avait peine
pourtant à ne considérer que comme un jeu. Quelques croyants pâlirent dans l'attente de ce qui allait
advenir, craignant de voir à chaque instant une
formidable apparition surgir de quelque coin de la
salle.

On n'est jamais si crédule, a dit un sage, qu'après
un bon dîner.

Le fait est que la physionomie du comte n'était
rien moins que rassurante. Le visage de cet homme
bizarre, qui ricanait si facilement sur tout, paraissait transfiguré : il ne riait pas pour l'instant. Ses
yeux restèrent quelques minutes silencieusement
fixés sur la carafe, puis se levèrent perçants et
comme lançant du feu vers la figure du chancelier qui frémit sous ce regard, malgré qu'il en
voulût.

— J'attends les questions de monsieur le chancelier, dit le comte en souriant d'un sourire étrange,
et en caressant d'une main la carafe.

— Vraiment, vous m'embarrassez beaucoup, monsieur le comte, répondit le chancelier. Que vous de-
manderais-je? Je n'en sais en vérité rien. Vous demander par exemple quel temps il fera demain, ce
serait absurde.

— Non, mais vous pouvez me demander mieux que cela en fidèle serviteur de Sa Majesté Frédéric II, roi de Prusse et prince de Neufchâtel, quand finiront, par exemple, et comment finiront les guerres qu'il soutient en ce moment contre l'Autriche et la Russie.

— Comment! vous pourriez nous dire cela, monsieur le comte? Ce serait réellement merveilleux.

— Le merveilleux n'est pas de savoir cela : le merveilleux est que Sa Majesté Frédéric II qui s'épuise autant par ses succès que par ses revers, succomberait...

— Impossible! dit le chancelier avec beaucoup de chaleur.

— Succomberait, continua tranquillement le comte sans s'occuper de l'interruption, si la mort de l'un des principaux combattants ne venait à son aide.

— Ah! et qui doit mourir? dit le chancelier avec un soupir de soulagement.

— L'impératrice Élisabeth de Russie.

— Ce n'est guère probable, Monsieur. Sa Majesté l'impératrice Élisabeth ne va pas au combat, on ne l'y tuera pas, et personne ne se porte mieux qu'elle aujourd'hui.

— C'est possible : dans deux ans pourtant elle sera morte. Pierre III, son successeur, qui est un admirateur passionné de votre roi philosophe, fera avec lui un bon traité d'alliance, qui permettra à votre maitre de s'entendre appeler pendant vingt cinq ans encore du nom de Frédéric le Grand.

Le chancelier pinça ses lèvres sur lesquelles parut vouloir se dessiner un léger sourire d'incrédulité, mais il ne répondit rien. Les faits étaient trop bien précisés pour que le comte n'eût pas imprimé lui-même cette page du Destin.

— Monsieur le chancelier ne me croit pas, je le vois, reprit le comte; peut-être aura-t-il plus de confiance si je viens à lui parler de lui-même.

— Peut-être, répondit M. Habner : voyons toujours.

Le comte tourna la carafe sur elle-même et promena en plusieurs sens les mains sur ses différentes faces; puis il lut dans son eau comme dans un livre.

— Vous ne mourrez pas chancelier de la principauté de Neufchâtel, dit-il sans lever les yeux sur M. Habner, qui pâlit légèrement... Oh! rassurez-vous, ajouta le comte, comme s'il eût compris l'anxiété du chancelier, la principauté mourra peu de temps après vous. La Suisse sera envahie, pillée; ses femmes et ses filles déshonorées par les vainqueurs...

— Je ne crois pas ça, moi! s'écria subitement Paul en se haussant sur la pointe des pieds et rejetant sa longue chevelure noire en arrière comme dans ses grandes émotions.

Il grinçait des dents et serrait les poings, comme si l'ennemi eût été là. Tous les convives, même ceux qui avaient été jusque-là peu bienveillants pour lui, ne purent s'empêcher d'admirer l'énergie de ce tout petit jeune homme, et de sourire en regardant le feu que lançaient ses yeux,

— Non! répéta-t-il, je ne crois pas ça : la Suisse ne sera jamais envahie et pillée.

— Elle le sera par vous, jeune homme, répondit le comte Pepin.

Paul se prit à rire d'un rire fou qui niait énergiquement l'assertion du Destin.

— Vous viendrez à la tête de l'ennemi, continua le comte.

— Moi? riposta vivement Paul d'un ton qui sentait l'homme fâché d'une mystification qu'il ne trouvait pas de bon goût.

— Si ce n'est pas vous ce seront les vôtres, dit toujours le comte Pepin. Les vôtres ne seront pas les Suisses.

— Qui seront-ils donc? demanda Paul Marat avec toute l'importance d'un homme qui ne veut pas être rayé de sa nationalité.

— Vous n'êtes d'aucun pays, jeune homme, répondit le comte avec un flegme qui contrastait singulièrement avec le petit air vif et piqué de Paul, vous êtes cosmopolite. Vous venez de l'Italie, vous êtes aujourd'hui campé en Suisse, et à partir de demain vous irez vous asseoir au foyer de tous les peuples, pour ne plus revenir en Suisse que comme son adversaire.

— Non, non, non! jamais, jamais! s'écria Paul en frappant fortement du pied le sol de la salle à manger.

— Oh! mais vous ne détruirez pas la Suisse, monsieur Marat. Elle se relèvera de vos coups; la principauté de Neufchâtel même sera piteusement rétablie pendant quelque temps contre son gré, pour disparaitre enfin et compléter le corps de la Suisse républicaine. Et vous, Jean-Paul Marat, où serez-vous? dit le comte Pepin de Béelzébuth, en jetant un seul coup d'œil sur son petit interlocuteur qui se tenait en face de lui, derrière le siége du chancelier qui s'était à moitié tourné vers le héros du moment pour ne pas perdre un seul de ses mouvements... Vous serez presque roi... presque Dieu, continua le comte en posant sa figure sur la carafe, sans doute pour mieux lire.... Non! Vous serez mort... assassiné.

— Comme Henri IV, puisque je serai roi, repartit Paul d'un petit air dégagé qui voulait dire qu'il entendait la plaisanterie à cette heure; comme le Christ, ajouta-t-il, puisque je serai presque Dieu.

— Assassiné, reprit le comte d'une voix lente, comme s'il eût cherché dans un nuage... par la main d'une très-jolie fille, ajouta le devin d'un ton ferme indiquant que son œil venait enfin de percer le nuage.

Cette prédiction n'avait rien de bien gai, cependant elle fit éclater de rire tous les convives, qui ne la prirent que comme un bon trait décoché sur le petit Marat, dont l'exaltation bien naturelle dans une âme jeune et forte fut prise pour de la fatuité.

Paul, lui, ne perdit pas contenance : il ne répondit que par une grimace de moquerie, pendant que Virginie et Barbera lui faisaient chacune sa petite moue de reproche en souvenir de la très-jolie fille de la prédiction.

— Ai-je au moins quelques années encore devant moi ? dit Paul en regardant le comte, le sourire sur les lèvres et l'œil narquois.

— Beaucoup d'années, répondit le comte sérieusement et sans lever l'œil de dessus la carafe.

— Ça me suffit, dit Paul avec beaucoup de sang-froid et un air de grande importance cette fois. Peu m'importe comment je meure, pourvu que j'aie le temps de faire quelque chose ici-bas.

Un murmure d'improbation accueillit ce mot, qui parut du plus mauvais goût. Paul se tut dès lors : il regagna son petit coin, où il resta triste et rêveur.

Tous les convives, du reste, ne parurent pas beaucoup plus gais que lui dès ce moment. Mme Delahart était morose d'avoir vu Paul, qu'elle n'aimait pas, attirer sur lui l'attention de ses invités ; le chancelier restait tout frémissant de mécontentement des prédictions du comte, bien qu'il les prît pour des sornettes ; le comte, de son côté, haussait imperceptiblement les épaules en voyant qu'il ne parlait qu'à des sourds. De fait, tous étaient mécontents ou désappointés. On s'était attendu aux terribles émotions du sabbat; on s'était cuirassé contre les apparitions les plus étranges... et l'on n'avait entendu que des mots malsonnants ou incompréhensibles; et l'on n'avait vu qu'une carafe pour servir de porte-voix au Destin : c'était peu récréatif.

Aussi la soirée ne tarda-t-elle pas à prendre fin. Comme la maison de M. Delahart était isolée sur la route entre Boudry et Neufchâtel, beaucoup prirent le prétexte de l'éloignement de leur habitation pour s'échapper au plus tôt. Il ne resta bientôt plus que les amis les plus intimes qui devaient rester jusqu'au lendemain. Le comte de Béelzébuth était de ce nombre.

Paul, lui, n'en fut pas. Négligé par Romain qui obéissait à l'injonction de sa mère, foudroyé par les regards haineux de Mme Delahart, qui commandait en maître dans la maison, il était parti.

La rage d'avoir été bafoué toute la soirée lui donnait des ailes. Il cheminait lestement sur la grande route de Boudry, jetant de temps en temps aux échos des rochers quelques mots de mépris contre les petits tyrans de la société.

Au détour d'un sentier qui arrivait sur le grand chemin et qui se trouvait caché par une légère colline du Jura, il se trouva tout à coup face à face avec un homme qui paraissait l'attendre. Il recula de quelques pas avec un peu de surprise.

— C'est moi, Jean-Paul, lui dit le comte de Béel-

zébuth, car c'était lui : je vous attendais. Je vous ai
vu partir sans nous dire à revoir, seul, et à cette
heure, lorsque vous pouviez attendre à demain : j'ai
voulu savoir pourquoi.

Paul sourit amèrement.

— Qui a dit à monsieur le comte que je pouvais
ne partir que demain ? répondit-il.

— Pourquoi pas demain ? répartit le comte en enveloppant Paul d'un regard profond et tant soit peu
narquois. Croyez-vous qu'il n'y ait pas chez M. Delahart un petit coin de reste pour que vous puissiez
y passer la nuit ?

— Je ne sais, dit Paul d'un ton ému ; mais comme
je ne pense pas que ma présence soit très-agréable
à Mme Delahart, je serais bien fâché de compro-
mettre la placidité de M. Delahart et les intérêts de
Romain par mon séjour chez eux.

Paul avait donc bien observé et bien vu. Le
comte n'en doutait pas, car il avait bien observé
aussi, lui. Il admira d'autant la sagacité et la noble
fierté de l'enfant, que d'autres auraient appelées
susceptibilité ridicule. Il prit le petit collégien par
le bras.

— Marchons un peu, lui dit-il. Le temps est beau,
la promenade me fera du bien ; je vous accompa-
gnerai pendant quelques minutes. Donc, ajouta-t-il
alors, vous n'êtes pas content de votre soirée. Vous
vous imaginiez avoir du plaisir en gagnant les
bonnes grâces de tout le monde, et voilà que vous

6

vous êtes trompé. Pauvre enfant inexpérimenté, que voulez-vous donc demander aux hommes, vous qui ne pouvez rien leur donner? Des égards? de la bienveillance? de la justice? Hélas! tout cela n'est qu'un mot, mon ami.

L'homme a des égards pour ceux de qui il attend quelque chose ou qu'il craint; de la bienveillance pour ses amis, quand il en a; de la justice, si elle ne froisse pas ses intérêts ou ses préjugés. L'homme est naturellement égoïste, injuste et méchant, sachez-le bien. Il n'est pas meilleur que les autres animaux : s'il n'est pas plus méchant, c'est douteux. Il commet, en tout cas, plus de méfaits qu'aucune autre espèce animale.

Et pourtant l'on a dit que l'homme est l'être le plus parfait de la création, l'image de Dieu ; c'est de l'orgueil. L'homme ne parait plus parfait que parce qu'il a la parole; mais parce qu'il a la parole, il est plus méchant. Sur ses lèvres il y a continuellement des mots de sensiblerie qui vous feraient pâmer d'admiration pour son bon cœur. Mais n'en croyez rien, car cet homme si sensible tue son frère avec sa langue; il fait plus, il lui arrache la bouchée de pain qui allait l'empêcher de mourir, afin d'en avoir deux, lui; il lui vole l'habit qui couvre sa nudité, le toit qui l'abrite du froid, le femme qui le console, l'enfant qui lui donne l'espérance. S'il n'avait qu'à cligner de l'œil pour le tuer, il le tuerait. L'homme enfin dévore l'homme.

Combien, mon ami, ajouta le comte, sur cent hommes croyez-vous qu'il y en ait qui pratiquent cette maxime éminemment sociale : faire à autrui ce qu'on voudrait qui vous fût fait, et ne pas faire ce qu'on ne voudrait pas qu'on vous fît?... Si vous m'en trouvez un sur cent, je pardonne aux autres.

C'est désolant. Mais vous ne changerez pas l'homme, Jean-Paul : ne l'essayez pas. Je vous dirai aussi : ne vous en froissez pas. Riez de ces gens-là, de leurs sottises, de leurs passions ineptes, de leurs préjugés ridicules, et garez-vous, si vous le pouvez, de leur méchanceté. Prenez garde à ces dents qui s'allongent au milieu des sourires, et qui voudraient bien vous mordre. Puis faites comme eux : poussez des pieds et des coudes pour faire votre trouée dans le monde; soyez égoïste enfin, ou vous serez dupe. Mais ne soyez plus triste, à moins que vous ne soyez triste d'être homme; car rien n'est plus triste que d'être obligé de dire : l'honnête homme n'est qu'un sot. Sa probité l'empêchera toujours de faire son chemin au travers de l'improbité de tous.

Le comte se tut alors. Il fit encore quelques pas avec Paul, puis il s'arrêta tout à coup.

— Allons, dit-il, à revoir, mon ami!.. Ah! ajouta-t-il en se ravisant, un bon conseil : prenez en note le nom de tous ceux qui n'auront pas été justes à votre égard, afin qu'à l'occasion vous leur rendiez la pareille. Dent pour dent! œil pour œil! a dit Dieu le père. Le conseil est bon... Allons, à revoir, Jean-Paul !

Le comte partit allègrement alors, souriant entre ses dents aiguës de s'être si heureusement soulagé du trop-plein de venin qui gonflait son âme. Paul, lui, chemina plus lentement, baissant la tête et le cœur brisé par les désolantes maximes de ce mauvais génie.

Son arrivée inattendue ne surprit pas M. Marat, mais l'affligea, car s'il trouvait bon que son fils fût instruit des misères de la vie et de la méchanceté humaine, il craignit en voyant son air consterné que l'expérience qu'il lui avait souhaitée, ne l'ulcérât avant le temps, et ne déflorât ces belles illusions de la jeunesse, qui la font vivre en la faisant espérer. Pourtant il ne fit aucune question ; il se contenta de serrer affectueusement la main de Paul en lui souhaitant une bonne nuit.

Le comte cependant rentrait de son côté à la maison de son ami Delahart. Le plus grand silence régnait dans l'intérieur, où son absence n'avait été remarquée que par son ami qui l'attendait sur le seuil de la porte. M. Delahart paraissait tout disposé à la conversation. Mais le comte ne sembla pas le comprendre. Il serra la main de son ami et rentra dans sa chambre.

Au lieu de se coucher de suite comme tout l'y invitait, il s'assit dans un fauteil, les jambes croisées l'une sur l'autre, un coude appuyé sur un bras du

fauteuil et le front dans une main. Il rêvait, à quoi ?
sa figure était impassible, sa bouche sérieuse, ses
yeux à moitié fermés. Sa poitrine ne battait pas plus
vite que d'habitude ; tout son corps était immobile.
On aurait pu croire qu'il dormait.

Il se leva tout à coup, se prit à sourire singulièrement ; puis, restant debout en face de la porte de
sa chambre, il sembla fixer son regard au delà pendant quelques instants. Il se retira ensuite pour faire
les apprêts de sa toilette de nuit.

La porte de sa chambre s'ouvrit au même instant
Une femme à moitié nue, portant tous ses vêtements sous son bras, s'avança tendant la main devant elle, comme pour s'orienter, bien que la chambre fût éclairée. Puis, sans rien dire et sans regarder
le comte, elle découvrit le lit, où elle se coucha en
poussant un profond soupir.

. . . .

Lord North, qui avait déjà largement bâillé plusieurs fois, parut se réveiller un peu en ce moment :
Diable ! dit-il, l'auteur des *Lettres de Junius* — il y
tenait — ne me paraît pas tout à fait, jusqu'à cette
heure, le petit monstre que je cherchais. Cependant,
en lisant encore quelques pages, peut-être trouve-
rai-je enfin, car je crois le voir à bonne école entre
les griffes de M. de Béelzébuth.

Lord North trompait la gravité du ministre en
disant qu'il allait lire quelques pages encore, malgré
l'heure avancée de la nuit, pour dépister le petit

6.

monstre. Il cherchait tout simplement le nom de la somnambule du comte Pepin de Béelzébuth. Tout ministre qu'on soit, on peut parfois être indiscret comme un petit jeune homme.

Il continua donc sa lecture...

V

La matinée du lendemain eut encore un petit air de fête, égayée par la bonne humeur des convives de la veille. Mais ceux-ci disparurent bientôt les uns après les autres, laissant dans la maison de M. Delahart toute la tristesse de la solitude. Le comte Pepin seul ne partit pas. Il était commensal de M. Delahart depuis quelques jours ; il se proposait de passer aux pieds du Jura le reste de la belle saison. Il habitait ordinairement Paris.

Le reste de la journée eut quelque chose de plus que le froid d'une fête passée. On se parla peu, on se regarda à peine. Le dîner eut peu d'entrain : la gêne y présida en souveraine, et n'eût été la présence du comte, il est à présumer que Mme Delahart eût fait un éclat. Aussi, après le repas, le comte se hâta-t-il de s'échapper dans les jardins pour se distraire et oublier.

M. Delahart le rejoignit bientôt. Sa figure était toute bouleversée; il serra les mains de son ami comme pour lui demander aide et protection contre sa douleur.

— Qu'y a-t-il donc, mon cher Delahart? lui dit le comte.

— Il y a, mon cher Pepin, que ma maison est un enfer et Mme Delahart un démon. Elle nous a fait hier au soir une scène ignoble à l'occasion de ce malheureux petit Jean-Paul qui est l'ami de mon fils; elle l'a chassé par ses dédains. Depuis ce matin c'est à ma fille qu'elle en veut. Elle lui reproche de trop choyer les Marat. De là elle est partie pour m'accabler de ses sarcasmes, comme tous les jours du reste. J'ai à ses yeux tous les défauts qu'un homme peut avoir; je la rends malheureuse, je la tyrannise. Moi qui ne suis pas maître de ma fortune, moi qui n'ai pas le droit d'avoir des amis; moi qui ne peux avoir d'autres plaisirs que ceux que madame me permet; moi qui ne peux pas avoir chez moi ma fille; moi qui n'ai pas le droit d'avoir une pensée à moi, de manger à ma guise, de dormir à mon aise, je ne suis qu'un tyran ! et l'on crie partout que je suis un tyran ! et le monde croit que je suis un tyran !

M. Delahart était hors de lui-même; il criait comme un enfant qui s'exalte d'autant qu'il est plus loin du maître qui porte la férule. C'était réellement pitié de voir un homme qui avait toutes les apparences de la virilité montrer tant de faiblesse.

— Et cette femme, mon cher ami, ajouta suspicieusement M. Delahart après un instant de silence, cette femme qu'on appelle Mme Delahart... elle n'est pas Mme Delahart.

— Je le sais, dit tranquillement le comte de Béelzébuth.

— Vous le savez! s'écria M. Delahart avec terreur, car il croyait que tout le monde ignorait ce mystère.

— Ne sais-je pas tout ce que je veux savoir, répondit flegmatiquement le comte.

Cette réponse était d'une profondeur effrayante.

Elle n'avait, en tout cas, rien de bien prodigieux dans l'affaire présente, car en compulsant quelques feuillets du passé, en remontant jusqu'à une quinzaine d'années peut-être le cours de ses souvenirs, le comte de Béelzébuth pouvait sans peine découvrir seul, s'il le voulait bien, ce que Delahart lui cachait si soigneusement.

En tournant avec lui quelques-uns de ces feuillets, nous pourrons sans peine aussi, nous, apprécier à sa valeur l'arriéré de Mme Delahart, en même temps qu'il nous sera permis d'entrevoir les jours de la première enfance de Jean-Paul et de Virginie, que nous avons oubliés jusqu'à cette heure.

Or, vers la fin de l'année 1741, M. Delahart qui était marié depuis peu, perdit sa femme, qui mourut en donnant le jour à une petite fille, précisément cette Virginie que nous connaissons déjà. Il était pauvre alors et sans amis.

Il était aussi sans espérance, et il avait presque raison, car rien ne lui réussissait dans ses travaux, qui étaient les travaux de l'enfant de la plèbe. Pourtant il y avait un peu d'espoir à concevoir dans sa vie, car, bien que toute sa famille fût à peu près dans l'indigence, un membre de cette famille néanmoins, plus heureux que tous les autres, avait réussi à se créer dans le commerce une place et une fortune assez importantes en Allemagne, dans la ville aux grandes affaires, à Francfort. Ce n'était qu'un tout petit parent, il est vrai ; mais il ne s'était pas créé de famille à lui : il était resté seul, seul au milieu de nombreux amis toutefois ; les riches n'en manquent jamais. Parmi ces amis était le comte de Béelzébuth, auquel il voulut léguer sa fortune au jour de sa mort.

Le comte ne l'accepta pas : il lui fit en revanche agréer un bon conseil, celui de laisser ses richesses aller enrichir sa famille, bien qu'il ne la connût pas. Le moins éloigné des héritiers se trouva être M. Delahart, qui, après la mort de son parent, rencontra à Francfort le comte Pepin, qui se servit de ses connaissances et de son crédit pour conduire cet héritage à bien.

La liquidation de cette succession fut longue. M. Delahart s'installa donc pour la suivre à Francfort. Il était jeune ; l'arrivée de la fortune et de son bien-être ranima ses pensées. Il se rattacha à la vie et à ses espérances ; ses désirs furent plus gais, le plaisir lui sourit : il crut qu'il y avait du bonheur à prendre encore sur la terre.

Le premier qui se présenta à son imagination, comme à ses yeux, se présenta sous les traits d'une jeune femme fort belle, originaire des campagnes environnantes, mais pauvre et vivant maigrement de son travail de tous les jours dans la ville de Francfort.

M. Delahart s'en éprit ; il voulut l'épouser. Mais il prit d'abord l'avis de son nouvel ami, par condescendance évidemment, car son idée était bien arrêtée.

— Connaissez-vous Mme Muller ? lui demanda-t-il un jour.

— Mme ou Melle Muller? répondit le comte avec un peu d'embarras.

— Mme Muller ; elle est veuve.

— Peut-être bien ; oui, je la connais : pourquoi le demandez-vous ?

— Parce que je l'aime, répondit M. Delahart. Je crois qu'elle est sur le point de se remarier ; mais je crois aussi qu'elle renoncerait à son union projetée, si je voulais l'épouser.

— Mais... n'a-t-elle pas un enfant? dit le comte en rougissant quelque peu.

— Son enfant est mort.

— Ah ! son enfant est mort !.. dit le comte avec un air rêveur que remarqua M. Delahart.

— Voyons, voyons, parlons net, mon cher comte, dit vivement M. Delahart. Dites-moi ce que vous savez sur Mme Muller.

— Que voulez-vous que je sache sur elle ? Je vis ici depuis quelques années, cela est vrai ; je connais beaucoup de femmes évidemment ; mais celle-ci se trouve tout à fait en dehors de mes habitudes, je ne peux rien dire sur elle. Pourtant je vous dirai : Ne l'épousez pas. Vous êtes jeune, vous êtes riche actuellement ; si vous voulez rentrer dans le mariage, vous pouvez facilement y rentrer par une porte plus brillante.

— Je ne cherche plus la fortune, puisque je l'ai trouvée, répondit M. Delahart. Il me suffit que cette femme soit sage.

— Sage... sage... fit le comte, ce n'est là qu'un mot. Pour moi, le sage est celui qui n'est pas fou. Je ne crois pas que Mme ou Melle Muller soit folle.

— Mme Muller : elle est veuve, dit vivement M. Delahart.

— Ah ! c'est vrai, répondit le comte ; vous l'avez déjà dit.

La conversation continua assez longtemps sur ce ton entre les deux amis. Elle se renouvela pendant quelques jours encore à chacune de leurs rencontres. M. Delahart parut enfin vaincu ; il n'en parla plus. Puis, ses affaires liquidées, il repartit pour Paris...

Quelque temps après, Mme Muller l'alla rejoindre; elle s'installa chez lui, mais M. Delahart ne l'épousa pas. Seulement, il donna une certaine satisfaction aux exigences de sa nouvelle compagne en quittant Paris pour aller s'installer entre Boudry et Neufchâtel, dans ce petit chalet si coquet où nous l'avons trouvé. Là Mme Muller fut acceptée comme Mme Delahart. M. Delahart chercha même à abuser ses amis, le comte entre autres, en leur écrivant une lettre d'excuse de ne les avoir point attendus pour la célébration de son mariage.

Le comte sourit en jetant la lettre d'avis au feu, et souhaita *in petto* à son ami tout le bonheur qu'il pouvait lui souhaiter.

Delahart était trop épris de sa femme, il lui savait en outre trop gré d'avoir brisé pour lui les avantages qu'elle pouvait espérer, disait-elle, d'une union légitime avec un autre; Mme Muller de son côté, ou plutôt Melle Romaine-Muller, quoi qu'en eût dit Delahart, se trouvait trop heureuse d'être sortie enfin des bas-fonds de la société, où elle se débattait avec d'amers regrets, pour que les premiers temps de ce mariage interlope ne parussent pas tissus d'or.

Un enfant leur naquit bientôt. Mme Delahart s'en réjouit, car elle se sentait plus fortement agrafée à l'existence de son mari. Cette naissance équivalait presque pour elle au *oui* sacramentel de la loi.

Delahart, au contraire, s'en attrista. Bien qu'il n'eût pour l'instant aucun motif de crainte, il pressentit cependant que c'était là une chaîne qui venait de se river à son pied, et il préférait être libre. Mais ce n'était qu'un sentiment instinctif, car il n'était pas d'un caractère à jamais ressaisir la liberté au passage, quoi qu'il advînt. La force de l'habitude et par dessus tout la délicatesse excessive du point d'honneur, étaient pour Delahart une chaîne autrement forte que la venue d'un enfant.

L'enfant cependant grandit ; mais à côté de lui grandissait aussi la fille que Delahart avait eue de son premier mariage. Delahart les aimait tous deux, peut-être même autant l'un que l'autre, mais il paraissait plus affectueux pour sa fille. Il semblait qu'il voulait la dédommager de n'avoir plus les caresses de sa mère, qui était bien morte à jamais pour elle, car Mlle Muller ne lui en tenait aucunement lieu. Elle aimait uniquement son fils : sa belle-fille n'était pour elle qu'une étrangère, une ennemie même qui semblait lui reprocher par ses petites caresses enfantines, par ses douces appellations de mère l'illégalité de sa position, à elle.

Le pauvre père ne tarda pas à s'en apercevoir. Ses bons avis à ce sujet furent mal accueillis ; des discussions aigres s'ensuivirent souvent, si bien que Delahart finit par ne plus voir qu'un moyen convenable pour rappeler la paix chez lui, ce fut d'éloigner Virginie.

7

Mais Virginie n'était encore qu'un bien petit enfant. C'était donc une mère qu'il lui fallait et non une institutrice. Une mère est difficile à trouver: ce trésor, quand on le rencontre, ne se rencontre guère que dans la maison d'un ami. Ce fut ce que pensa aussi le pauvre père en jetant un regard du côté de Boudry. Là en effet il y avait une maison amie, celle du docteur Marat.

Le docteur Marat était installé depuis peu à Boudry. C'était un homme grave, comprenant toute l'importance et la délicatesse de sa profession, ennemi par conséquent de ces sourires de commande, de ces complaisances ignobles avec lesquelles les habiles savent piper des amis d'un bon rapport. Aussi, s'il établissait solidement, il établissait lentement son crédit.

M. Delahart n'avait pas tardé à l'apprécier; il l'avait adopté pour son médecin. Il savait aussi sa détresse. Il pensa donc que la place de sa fille était là; que ce serait du reste un excellent moyen d'être utile à son ami, tout en se tirant lui-même d'un cruel embarras.

Sa proposition fut acceptée. Mme Marat était bonne et fort instruite; elle donna tout son cœur et ses soins à l'enfant qu'elle adoptait. Elle lui apprit à bégayer les principes de l'amour filial tout en lui insinuant les premiers éléments de l'instruction de l'enfance.

Mme Marat semait en bonne terre, ses soins ne

furent pas perdus. Virginie était intelligente et d'un cœur bien disposé. Son intelligence et son cœur s'épanouirent de jour en jour aux douces leçons de sa nouvelle mère, qui en était tout émerveillée et s'attachait d'autant à sa petite élève.

Mme Marat avait un fils au berceau, un enfant chétif qui lui avait coûté bien des soins jusqu'alors, et qu'elle aimait aussi plus peut-être qu'une mère ne peut aimer son fils, car les soins, les inquiétudes de toutes les minutes rendent l'être qui vous les donne cher avant tout. Mais lequel des deux enfants, de Jean-Paul son fils, ou de Virginie l'enfant de l'étranger aimait-elle le mieux? Elle ne l'eût point su, si on lui eût fait cette question.

Virginie répondait à cet amour par un amour qui refluait jusque sur Paul. Pour elle, Paul était son frère, plus que son frère, car elle avait pour lui des soins et des tendresses presque maternels. Il était pour elle comme une poupée vivante dont elle se faisait avec un sérieux charmant la petite mère, au grand ébahissement de M. et de Mme Marat, qui se prêtaient volontiers aux fantaisies sentimentales de la petite fille.

Leur enfant, de son côté, n'était point ingrat, car l'amour attire : il rendait affection pour affection à sa petite compagne. Il comprenait ses caresses, ses gronderies gracieuses et veloutées, et leur obéissait. Il n'était morose et difficile que lorsqu'il était loin d'elle.

Ces deux enfants grandirent ainsi côte à côte, ne se quittant jamais, s'aimant avant tout. Lorsqu'ils furent en âge, ils suivirent les mêmes études sous la direction de M. ou de Mme Marat. Leur entente parut toujours si parfaite aux amis de la maison, leur émulation était si franche, que le fermier Buttlander, l'un des premiers qui avaient accepté et proclamé la bonne venue du docteur, vint un beau jour, tenant sa fille Barbera par la main, et la jeta dans les bras de Mme Marat en lui disant : Faites, Madame, je vous en supplie, de cette enfant une bonne fille; elle aussi n'a plus de mère.

Mme Marat ne put refuser. Elle n'eut point à s'en repentir, car Barbera était une charmante enfant qui ne fut qu'une petite sœur de plus dans cette intéressante famille.

Mais cette douce vie ne dura que quelques années. Virginie avait douze ans à peine quand on l'enleva aux soins de Mme Marat. Elle avait besoin, disait-on, de s'adonner à des travaux plus complets. Ce n'était qu'un prétexte, car M. Marat suppléait volontiers Mme Marat là où sa science à elle s'arrêtait. Il y avait une autre cause.

Virginie n'était pas si loin de la maison de son père qu'elle n'y allât souvent, ou que son père ne vînt souvent la voir. C'était un déplaisir pour Mme Delahart : les reproches et les mauvais procédés ne se faisaient jamais attendre après les visites à la petite fille.

Que faire ? comment apaiser. cette femme aca-
riâtre que M. Delahart ne voulait pas briser? Il ne
vit qu'un moyen : ce fut d'éloigner encore la pauvre
Virginie. Le parti fut donc pris de l'envoyer achever
son éducation à Paris. Là du moins elle trouverait
encore une maison amie, un père au défaut d'une
mère, car à Paris était fixé depuis quelque temps le
comte Pepin de Béelzébuth. Ce fut à lui que fut
confiée la surveillance de cette enfant qui fut placée
dans une institution de jeunes filles.

La paix parut revenir alors au chalet de M. Delahart, pendant que la désolation entrait dans la
maison de M. Marat, car Paul resta atterré de l'éloignement de sa petite sœur.

Il sut se résigner cependant : tout enfant qu'il
était il eut assez de force pour étouffer son chagrin.

Virginie, de son côté, fut obligée d'accepter la vie
nouvelle qu'on lui imposait, sans qu'elle pût entrevoir quelle en serait la fin, car elle comprit parfaitement qu'elle n'était point désirée au chalet de
Boudry. Aussi n'y vint-elle jamais qu'une fois par
an, pour en repartir presque aussitôt, afin de ne pas
réveiller par un trop long séjour les soucis de la
mésintelligence, qui ne manquait jamais de dresser
les oreilles chaque fois que la jeune fille abordait la
maison paternelle. Le comte, qui l'avait adoptée, lui
donnait seul les soins de la famille...

Pendant que mademoiselle Muller torturait ainsi
M. Delahart et sa fille, Paul, lui, arrivait tout

doucement aux dernières années de la première enfance, se livrant avec ardeur aux travaux de la science, tout en récréant ses heures de loisir dans les heures de loisir de Barbera, sa seule compagne désormais, jusqu'à ce qu'elle eût disparu de chez lui comme Virginie. Son père l'initiait petit à petit aux secrets des études accessoires de la science médicale. L'histoire naturelle, la physique surtout étaient grandement du goût du petit jeune homme.

Aussi, lorsque le cours de ses études le permettait, aimait-il à parcourir les ravins du Jura; à grimper sur les rochers les plus abruptes ; à contempler de là le ciel et la terre et à analyser tous les phénomènes qu'ils développaient sous ses yeux; à produire des échos qu'il écoutait d'une oreille attentive, comme le musicien écoute les différents sons de l'instrument qu'il étudie. Le bruit des torrents qui coulaient à ses pieds le rendait rêveur; les vents qui se déchaînaient parfois dans les gorges de la montagne semblaient parler à son imagination comme à l'imagination d'un savant qui cherche à résoudre un théorème. Si le ciel voulait le rendre heureux, c'était de déchaîner les nuages les uns contre les autres, de faire gronder le tonnerre au-dessus de sa tête avec ces roulements magiques, effroyables qui sont si imposants dans les montagnes. Alors on voyait le petit Paul se dresser sur la pointe des pieds comme pour se rapprocher du bruit; relever la tête en aspirant l'air avec bonheur, comme on voit le coursier d'élite ouvrir ses larges naseaux et aspirer l'odeur de la poudre sur le champ de bataille.

D'autres fois, lorsque le temps était doux, lorsque surtout l'esprit de Paul était au beau calme; que son imagination rêveuse éprouvait le besoin de s'attendrir sur le calice d'une fleur, d'étudier sa naissance, son développement et ses propriétés, il prenait une sorte de houlette emmanchée d'un long bâton qui lui servait aussi pour la marche, puis sa boîte à herbier en bandoulière, et il allait herboriser. Barbera était ordinairement sa compagne dans ces excursions-là. On voyait alors ces deux enfants grimper comme deux jeunes chamois sur les rochers les plus accessibles, avec toute l'ardeur de leur âge et tout le désir de petits savants à la recherche de la science. Paul se faisait le professeur de Barbera, qui écoutait avec toute la docilité d'un bon élève.

Un jour ils avaient voyagé plus que d'habitude dans la montagne. Le plaisir, bien naturel chez les enfants qui pensent moins à l'impossible qu'au plaisir de posséder, les avait fait courir avec des peines infinies après des fleurs qui semblaient se multiplier sous leurs yeux. Le soleil avait des chaleurs lourdes à peine rafraîchies de temps à autre par une légère brise que leur envoyaient quelques rochers : ils s'assirent pour étudier en se reposant. Mais les oreilles de Barbera avaient peine à saisir les explications de son professeur; ses yeux regar-

daient les fleurs comme au travers d'un nuage, et
sa voix répondait sans comprendre.

— J'ai envie de dormir, dit-elle enfin à Paul.
C'est singulier comme mes yeux se ferment malgré
moi.

— Eh bien, dormions un quart d'heure, répondit
Paul : aussi bien j'ai la tête tout alourdie. L'ombre
de ce rocher nous protégera : nous travaillerons
après.

Paul avait à peine fini de parler que la tête de
Barbera était déjà appuyée sur la poitrine de son
petit compagnon, qui ne trouva rien de mieux que
de s'étendre tout de son long sur la mousse et de
fermer les yeux pour s'endormir aussi.

Ils dormaient profondément tous deux, Paul
ayant un bras passé sous sa tête, l'autre autour de
la taille de Barbera, qu'il semblait soutenir, lorsqu'un cavalier s'arrêta devant eux et les contempla
avec des yeux inquiets. Barbera avait sa figure
collée sur la poitrine de Paul, ses deux mains sur
le buste de l'enfant, et une jambe passée sur ses
jambes. Elle était ainsi à moitié étendue sur lui.

Le bruit des pas du cheval réveilla Paul, qui
regarda, sans bouger, quoiqu'il reconnût son père.

— Mon ami, dit M. Marat, tu as tort de dormir
ici : il y a danger pour ta santé comme pour celle
de Barbera. Le soleil est ardent, puis les serpents
ne sont pas rares.

— Je vous demande pardon, père, si je ne me

dérange pas, répondit Paul. Mais vous voyez, Barbera s'est endormie et je ne voudrais pas la réveiller. Nous étions si fatigués de nos courses dans la montagne, que par ma foi, nous nous sommes endormis malgré nous.

Barbera ouvrit les yeux en ce moment, reconnut M. Marat et, se relevant tout doucement comme d'une position toute naturelle, elle partit d'un grand éclat de rire.

Paul avait quatorze ans alors, Barbera, une année de moins.

M. Marat vit dans leur réveil tant de candeur naïve, qu'il ne suspecta pas un seul instant leur innocence. Mais en homme prudent il pensa qu'il ne fallait pas laisser tant de liberté à l'innocence sans l'exposer à faillir. Dès cet instant sa résolution fut arrêtée; il s'occupa de rendre Barbera à son père. Il alla voir le fermier dès le lendemain.

— Mon ami, lui dit-il, Barbera sait parfaitement lire, écrire et déchiffrer son arithmétique; elle sait en outre toute l'histoire de la Suisse et quelque peu de l'histoire des autres pays. Elle sait que Paris n'est pas la capitale de la Turquie, et que Constantinople n'est pas la capitale de la France. Que voulez-vous que nous lui apprenions encore? le latin?

— Oh! que non pas! s'écria Buttlander en poussant un gros rire.

— Nous n'avons plus rien alors à lui enseigner,

7.

reprit le docteur. Voilà qu'elle a ses treize bonnes années ; elle est forte comme une femme, c'est à vous d'achever son éducation en lui apprenant à faire bouillir votre marmite.

— Oh ! pour ça, répondit le fermier, que je n'en suis guère en peine : Mme Marat le lui a appris, j'en suis bien sûr.

— Cela est vrai : Mme Marat, tout en instruisant votre fille dans la petite science des écoles, n'a point oublié de l'instruire aussi dans la science du ménage, car elle savait qu'elle doit tenir dans votre ferme la place de la mère absente. Nous vous rendrons donc votre fille, lorsque vous le voudrez, suffisamment instruite, candide et bonne par-dessus tout. Nous la regretterons, mon ami : Mme Marat et moi, nous l'aimons comme notre fille, et nos enfants, comme une sœur.

— Merci ! merci, mon excellent docteur ! dit Buttlander en serrant la main de M. Marat, et le cœur si gros qu'il ne put exprimer par plus de mots toute sa reconnaissance.

Quelques jours après Barbera était installée dans la maison paternelle, tandis que Paul faisait ses préparatifs de départ pour le collége de Neufchâtel, dans lequel il devait passer plusieurs années pour achever son éducation si bien conduite jusque-là par son père. Mais il n'y passa qu'une année seulement. Une cause complétement en dehors des prévisions du docteur le força d'arrêter brusquement l'exécution de son projet... Cette cause ne fut autre que celle racontée par le comte Pepin dans la soirée de M. Delahart, où l'histoire du malheureux *Turc* tomba sur le cœur de Paul comme un plomb meurtrier....

Lors donc que M. Delahart eut soulagé son cœur dans le cœur de son ami Pepin en lui racontant toutes ses peines, tout en se promenant de long en large dans son jardin, il s'arrêta droit devant lui et le força de s'arrêter aussi en lui posant une main crispée sur le bras : Eh bien! lui dit-il, puisque vous savez tout; puisque vous savez que Mlle Muller n'est pas Mme Delahart; puisque vous voyez qu'elle n'est ici qu'un démon, que dois-je faire? Dites!

— Faire des rentes à Mlle Muller, répondit le comte, et revenir seul à Paris.

— Elle en mourra, dit M. Delahart avec un ton de voix contristée qui décelait l'homme toujours faible et bon.

— Oh! pour ça, non! repartit vivement le comte : une femme ne meurt jamais de recevoir des rentes.

— Au moins, reprit le pauvre M. Delahart, dont le cœur trop expansif était toujours prêt à oublier les soucis, au moins elle en sera bien malheureuse.

— Que voulez-vous? c'est son affaire : le bonheur est là, qu'elle le prenne.

M. Delahart resta rêveur; la tête penchée vers la terre, qu'il labourait de la pointe de ses pieds; il ne répondit pas. Il avait presque peur de s'être trop avancé en découvrant aux yeux de son ami la chaine qu'il portait au cou et qu'il n'osait pas briser.

— Je suis bien lâche, s'écria-t-il enfin avec désespoir. Je ne sais pas diriger ma vie, que je gaspille comme un sot. Cette femme-là, voyez-vous, Pepin, gâte mon repos; elle m'avilit à mes yeux; elle finira par prendre ma vie. Pourtant je ne me déciderai jamais à lui dire : Va, malheureuse femme; que le ciel te conduise où il lui plaira. Plaignez-moi, mon ami.

— Oui, je vous plains sincèrement, mon pauvre ami, et je veux vous consoler un peu en vous disant : Je vous aimerai toujours, moi; votre fille vous aimera toujours. Pour elle, quoi qu'il arrive, elle ne manquera jamais de rien auprès de moi, ni de soins, ni de bonheur, et cela jusqu'à sa dernière heure.

— Oh! merci, merci! dit le pauvre père en serrant le comte dans ses bras.

Il lui semblait que les promesses de son ami devaient l'amnistier lui-même de l'abandon qu'il faisait de sa fille. Mme Delahart lui parut moins coupable, et, fermant les yeux, il ne songea plus qu'à laisser sa barque descendre à son gré le cours du fleuve sur lequel il s'était aventuré.

En rentrant au logis, il trouva que les affaires n'avaient pas marché dans sa famille comme les siennes avaient marché avec le comte en se terminant par une résolution de calme et d'espérance. Mme Delahart avait les yeux irrités; Romain paraissait tout ahuri comme s'il eût assisté à quelque scène pénible; Virginie avait la figure rougie du feu des larmes.

M. Delahart jeta sur le comte un regard de désolation que chercha à adoucir un geste de son ami. Personne ne souffla mot; chacun se sépara, emportant silencieusement dans son cœur une impression diverse.

Le lendemain, le comte prétexta le besoin impérieux de retourner à Paris pour mettre ordre à des affaires qui ne pouvaient souffrir aucun retard. Il proposa de reconduire Virginie à sa pension. L'offre fut acceptée. Il n'y avait cependant que quelques jours qu'elle habitait chez son père, chez lequel elle n'était pas venue depuis deux ans.

Le départ de la jeune fille fut plein de tristesse et de larmes. Elle ne fit d'adieux à aucun ami, pas même à Barbera, pas même à Paul, auquel elle écrivit cependant un mot de bon souvenir et de regret de ne pouvoir l'embrasser, pour ne plus le revoir jamais peut-être...

Ici lord North bâilla une dernière fois. Il souffla ses bougies et il s'endormit en disant entre ses dents : Pastorale! Où diable Thompson m'a-t-il été chercher ce Corydon-là qu'il me donne pour un Junius?... Tandis que... ce n'est qu'un homme... apprivoisé.

Évidemment le premier lord de la trésorerie dormait déjà.

Mais le lendemain, aussitôt qu'il se fut éveillé, il se remit à sa lecture.

VI

Paul, cependant, avait repris ses occupations habituelles de travail, bien décidé cette fois à ne les interrompre sous aucun prétexte. Les maximes du comte de Béelzébuth, bien qu'au-dessus des forces compréhensives du jeune homme qui manquait encore de l'expérience qui pouvait les lui faire apprécier, l'avaient influencé. Il n'avait pas de peine à comprendre pourtant que les égards, la bienveillance et la justice ne l'avaient point trop caressé jusqu'à cette heure ; mais, prenant ces maximes à son point de vue honnête et moral, il se dit fermement qu'il n'avait qu'une chose à faire pour l'instant, travailler, afin de pouvoir s'imposer plus tard à la société bon gré mal gré, et prendre, sur la table du festin, qu'elle avait dû dresser pour tous, le pain de tous les jours, non avec l'impudence du parasite, mais avec le courage et le droit de l'homme utile.

Ses progrès furent rapides, car son travail fut opiniâtre. Il le devint même tant, que M. Marat finit par craindre une catastrophe. Paul, en effet, était d'une constitution chétive, bien que l'ampleur de la poitrine et les fortes dimensions de la tête indiquassent que les sources de la vie étaient abondantes chez lui. Le reste du corps était peu développé ; il pouvait laisser craindre que là se préparât quelque mine qui ferait sauter prématurément le reste de l'édifice. Aussi le docteur força-t-il son fils à reprendre de temps à autre au moins ses excursions au dehors, dans la montagne, où il trouverait toujours à apprendre.

Paul suivit les conseils de son père. Il partit donc comme autrefois, seul souvent, quelquefois avec son frère cadet, Jean-Pierre, pour escalader les rochers du Jura. Mais ces excursions nouvelles avaient perdu pour lui une grande partie de leurs charmes. Elles lui rappelaient trop brutalement un passé, qui n'était pas loin encore, dans lequel il avait goûté bien des plaisirs qu'il n'avait plus. C'est qu'autrefois aussi, il y avait toujours à ses côtés une voix gracieuse qui lui demandait ou lui offrait un service, une main amie qui lui désignait les plantes qu'il ne voyait pas, une bouche charmante qui souriait à ses efforts et le récompensait amplement de ses fatigues.

A cette heure il était seul. Seul ! Mais il pouvait ne pas l'être. Pour arriver à la naissance de la

grande chaîne du Jura, ce n'était pas faire un bien
long détour que de passer par la ferme de Buttlander. Pourtant il ne le fit pas d'abord. Pourquoi? On
ne sait. Mais il le fit un jour, puis chaque fois qu'il
alla herboriser. Plusieurs fois même, il faut tout
dire, il oublia ses excursions de la montagne pour
rester à la ferme. Ce temps-là, toutefois, n'était pas
perdu pour l'étude; l'étude seulement devenait
plus agréable à Paul.

Depuis que Barbera était à la ferme, c'était à elle
seule qu'étaient dévolus les petits travaux du ménage, qui la tenaient occupée une grande partie de
la journée. Lorsque Paul venait, Paul se mettait
volontiers de moitié dans la besogne. Chacun alors
se hâtait avec une ardeur singulière pour ménager
plus de loisir au tête-à-tête.

Lorsqu'ils étaient libres, on les voyait alors assis
côte à côte; Barbera posait ses deux pieds sur les
barreaux de sa chaise, afin que ses genoux, carré-
ment relevés et recouverts de son tablier bien tendu,
pussent former une table sur laquelle gisaient les
plantes qu'on avait cueillies dans le jardin ou le
long du chemin. Barbera tenait ordinairement la
plante entre ses doigts, tandis que Paul, un bras
passé autour de la taille de la jeune fille et la tête à
moitié appuyée sur ses épaules, lui donnait les explications scientifiques dont elle avait besoin. S'il
avait bien dit, s'il n'avait pas bronché dans ses explications, Barbera lui donnait alors un gros baiser

sur la joue, mais il ne le rendait pas, car ce baiser
était celui d'une sœur qui lui disait ainsi : Je suis
contente de toi.

Paul n'était point un lovelace en herbe à l'affût
d'un plaisir coupable; Barbera, de son côté, n'était
pas une coquette prématurée en plein laisser-aller.
Il est bien évident cependant qu'il y avait entre eux
un sentiment plus tendre qu'entre amis. Comment
donc s'aimaient-ils? D'amour? Ils n'en savaient
rien : ils n'entendaient rien à cette pensée brutale, à
cette douce pensée, si l'on veut, qui rend heureux
ou bouleverse. Ils s'aimaient, voilà tout. Se serrer
la main, se voir, causer ensemble, se promener et
jouer ensemble, s'embrasser naïvement sur les
joues, leur suffisait. Ils ne pensaient pas que l'a-
mour pût donner d'autres plaisirs.

Toute une année se passa dans cette douce intimité, Barbera attendant continuellement la visite
de son ami dans les douces émotions de l'espérance,
Paul, lui, fermant les yeux sur son avenir, qu'il
voyait un peu brumeux, et s'en laissant consoler
par les joies du présent.

Un jour vint pourtant où il fut forcé d'ouvrir les
yeux, car l'avenir qu'il craignait menaçait d'arriver
déjà. Sa mère, qui était d'une misérable com-
plexion, allait s'affaiblissant depuis quelques mois
d'une manière insensible. Aucune maladie cependant ne se révélait fixement, et son courage ne se
ralentissait pas, il était trop ardent. C'était là pro-

bablement l'ennemi qui minait la place. Seule pour suffire aux nécessités du ménage, pour répondre aux besoins de sa famille avec les maigres revenus du docteur, elle se multipliait.

Cette année elle se multiplia d'autant plus, elle se réserva d'autant plus dans ses besoins, qu'il y avait à couvrir une amende et les frais d'un procès, le procès pour le malheureux *Turc*. Ces frais, c'était la mort. La sentence inique et cruelle du juge avait donc condamné cette femme à mort, et sa famille à la désolation pour toujours.

Un soir, Paul revenait de la montagne; il n'était resté chez Buttlander que le temps de serrer la main au fermier. Il était triste; un pressentiment le rappelait vivement chez lui. Il tremblait de tous ses membres en approchant de sa maison : ce fut à peine s'il put ouvrir la porte. Le plus profond silence régnait dans l'intérieur : ni son père, ni son frère, ni ses sœurs ne vinrent au devant de lui comme d'habitude. Il se précipita en trébuchant dans la chambre de sa mère : tout le monde était là. Les enfants de Mme Marat entouraient son lit, sur lequel ils cachaient leur figure; M. Marat était assis en face de sa femme, dont il tenait une main dans sa main appuyée le long du lit.

Ce spectacle impressionna vivement Paul, qui se jeta sur le corps de sa mère, versant un torrent de larmes.

— Pourquoi pleures-tu, Jean-Paul? lui dit

Mme Marat d'une voix à peine intelligible. Il paraît
que je suis tombée en faiblesse, et ils ont eu peur.
Mais tu vois, je reviens; ce ne sera rien.

Paul sourit alors en regardant son père comme
pour l'interroger. Heureux de voir le mal moins
grand qu'il ne l'avait cru, il poussa un profond
soupir de soulagement et se prit à consoler tout le
monde par de bonnes paroles d'espérance, comme
si l'espérance eût dû repousser au loin la triste
réalité...

Le lendemain, Mme Marat était morte.

Je renonce à dépeindre ici le désespoir d'une famille si bien unie qui venait de perdre, à l'instant
qu'elle voulait espérer, l'ange protecteur de la maison. Si le ciel eût été clément pour elle, il se fût
effondré sur toutes ses têtes pour réunir dans un
même tombeau des cœurs qui n'auraient jamais
voulu être séparés. Tous eussent dit : Merci !

Un mois à peine après cette horrible catastrophe,
Paul entra un matin dans le cabinet de son père.

— Je n'y tiens plus, lui dit-il. Je ne suis bon à
rien ici; je ne peux même plus étudier. Votre charge
est assez lourde, père, sans avoir la mienne à sup-
porter encore. Il me semble que je n'ai pas oublié
tout ce que vous m'avez appris, et que je peux
faire de l'argent de cela à présent. Vous aurez mon
frère et mes sœurs pour vous aider dans vos
affaires, pour vous consoler dans vos peines; je
vais partir.

— Où veux-tu donc aller, Jean-Paul? répondit le docteur d'une voix attendrie.

— Je ne sais : le monde est grand, j'irai là où le monde me sourira le plus gracieusement.

— Le monde! fit le pauvre père en secouant tristement la tête.

— Le monde me donnera le pain de tous les jours, père, je le veux! dit Paul en relevant fièrement la tête et en se redressant sur la pointe des pieds, comme dans ses grandes résolutions. Et puis, ne me donnera-t-il pas aussi, ajouta-t-il d'une voix plus douce et en crispant ses lèvres comme pour sourire, quelques écus pour envoyer à mes sœurs?

Cette résolution de Paul consterna M. Marat. Bien qu'il craignît de parler inutilement, car il connaissait la ténacité de son fils, il s'efforça cependant de lui démontrer la témérité de son dessein, les difficultés qu'il rencontrerait partout pour se caser à son âge, l'inexpérience de sa science, le besoin qu'il avait de s'appuyer sur son père, sur les quelques amis puissants qu'il avait dans le canton et qui pouvaient le servir. A quoi donc espérait-il arriver tout seul? Ne serait-il pas plus prudent de souffrir encore un peu la gêne pendant quelques années ensemble, afin d'acquérir son diplôme de docteur pour se fixer ensuite soit à Boudry, soit à Neufchâtel, soit à Genève au milieu de la famille?

Paul eût peut-être cédé aux instances paternelles, mais le chagrin incessant de ne plus voir sa mère et le besoin d'une vie active et variée pour adoucir quelque peu au moins ce mal irréparable le rendirent sourd à toutes les propositions qui lui furent faites.

Vaincu enfin par cette ténacité de son fils, qu'il n'accusait en rien, dont le mobile lui paraissait plutôt un acte d'héroïsme filial; confiant du reste dans son savoir, dans son amour du travail, dans les ressources de son esprit, M. Marat finit par lui dire un jour : Eh bien, va, Jean-Paul, et que le ciel te conduise!

Paul venait d'entendre sonner sa seizième année.

Il partit le soir même que son père le lui avait permis. Sa première étape ne fut pas longue; il alla coucher à la ferme de Buttlander. C'était encore une maison amie qu'il trouvait là, un lieu de repos, de consolation et d'espoir. Au moment de partir en compagnie du hasard pour des contrées inconnues auxquelles il avait à demander une existence pleine d'hypothèses, il eût été bien malheureux de ne pas serrer dans ses bras son vieil ami et sa sœur Barbera. Et puis il lui semblait que son départ aurait moins de tristesse, si de sa première station il pouvait, en regardant derrière lui, apercevoir encore le toit de la maison où il était né.

Il arriva à la ferme portant un petit paquet attaché à son bras gauche, appuyant la main droite sur un bâton noueux coupé dans la haie de son jardin. Il avait dans sa poche quelques écus que son père y avait laissé tomber. Il allait à pied : ses ressources ne lui permettaient pas de voyager autrement. Et puis, savait-il où il allait, pour aller plus vite? Il allait devant lui, sans autre perspective et sans autre dessein que de saisir au passage la première occasion heureuse qu'il rencontrerait sur son chemin.

La nouvelle de ce départ si peu prudent étonna péniblement Buttlander; Barbera resta atterrée. Aussi la soirée fut triste comme la soirée d'un condamné.

Lorsque Barbera fut retirée dans sa chambre, Buttlander resta seul avec Paul.

— Ah ça, mon ami, dit alors le fermier, causons maintenant tous les deux. Ton départ me contrarie vivement, je ne te le cache pas. Aussi dans ce moment je n'ai qu'un regret, c'est que tu ne sois pas un simple paysan comme moi, car alors je te dirais : Reste avec nous. Tu seras un jour mon fils en devenant le mari de ma fille unique, qui a maintenant ses quinze ans. Elle est une belle et bonne fille, comme tu sais, et t'aime autant que je t'aime. Je suis riche, j'ai de grands pâturages aux pieds du Jura et de nombreux troupeaux de bêtes : tout cela serait pour toi. Mais ne parlons pas de cela; tu es un savant et ta place n'est pas dans la montagne; elle est dans les grandes villes. Les motifs qui t'éloignent de nous

d'ailleurs sont sacrés; je les connais et les respecte.
Laisse-moi donc alors t'aider un peu à atteindre
ton but. Ton père est un grand savant, mais il n'est
pas riche, avoue-le, Jean-Paul, car ce n'est pas un
crime. Aussi je gage qu'il ne t'a pas beaucoup
garni la bourse. Je veux achever ce qu'il n'a fait
que commencer. Tu ne refuseras pas un bon ami
comme moi, tu me ferais la plus grande peine du
monde. Je ne veux pas qu'à ton âge, faible comme
tu es, tu partes à pied.

Buttlander sortit en même temps une grande poignée d'écus du tiroir de son secrétaire : il les mit,
sans compter, dans la poche de Paul, qui resta tout
ébahi et n'osa refuser.

— Avec cela, vois-tu, ajouta le généreux fermier,
tu atteindras une grande ville; tu t'y installeras et
attendras le moment favorable. Je ne te demande
rien en échange qu'une lettre de toi de temps en
temps pour avoir de tes nouvelles, et une bonne
poignée de main à ton prochain retour. Maintenant
embrasse-moi et va te reposer. Demain tu partiras
à la pointe du jour; je t'attendrai dans la salle à
manger. Nous ne dirons rien à Barbera : ses larmes
me feraient mal à voir et attristeraient ton départ
plus qu'il ne faut.

Le lendemain, le soleil était à peine levé que Buttlander avait déjà dressé la table du déjeuner. Il
l'avait dressée seul, en silence, pour n'être point entendu de sa fille. Il s'assit en face de Paul pour lui

tenir compagnie et lui parla à voix basse. Paul répondait à peine, tant son cœur était gros de chagrin. Il mangea peu; puis, se levant tout à coup, il embrassa longuement son vieil ami et partit.

Il se trouva sur le seuil de la porte face à face avec Barbera, qui l'attendait, les yeux rougis par l'insomnie et les larmes de la nuit.

— Tu pars? lui dit-elle d'une voix déchirée par un sentiment indéfinissable.

— Oui, répondit Paul en détournant la tête pour cacher son trouble.

— Eh bien, partons, dit la jeune fille.

Paul la regarda avec étonnement.

— Je puis bien t'accompagner un peu, ajouta-t-elle: mon père ne me le reprochera pas.

Après avoir fait quelques pas dans la campagne, Paul qui ne savait en vérité où il allait, s'arrêta un instant. Il se dressa sur la pointe des pieds, regarda tout autour de lui en relevant la tête et ouvrant les narines, comme pour aspirer un air favorable à ses projets, puis il se dirigea résolûment vers la grande route de France.

Barbera le suivit, marchant à ses côtés et lui tenant la main serrée dans sa main: elle baissait la tête. De temps en temps, un gros soupir s'échappait de sa poitrine.

Ils marchèrent ainsi silencieusement au travers des champs pour gagner la grande route. Lorsqu'ils furent sur le point de s'y engager, Paul regarda sa compagne d'un regard qui voulait dire : C'est ici le lieu de la séparation. Et il s'arrêta.

Barbera s'arrêta aussi, mais elle ne répondit rien. Ils étaient tout près d'un talus sur lequel ils s'assirent, car Paul n'était pas plus pressé de quitter Barbera, que Barbera n'était pressée de le quitter. Ils restèrent un instant silencieux. La jeune fille éclata tout à coup ; son cœur ne pouvait plus contenir les sanglots qui l'étouffaient ; puis, sans rien dire, elle se jeta dans les bras de Paul, qu'elle inonda de ses larmes.

Le calme se rétablit enfin après cette explosion pénible de tendresse.

— Je reviendrai, Barbera, dit alors Paul d'une voix à peu près ferme.

— Oui, reviens bientôt, Jean-Paul, lui répondit la jeune fille en sanglotant ; car il me semble qu'en ne te voyant plus je serai seule au monde.

— Je reviendrai, reprit Paul. J'aurai alors une position heureuse, je l'espère : m'attendras-tu, toi ?

— Peux-tu me demander cela, Jean-Paul ! Je t'attendrai jusqu'à ce que tu reviennes... si tu reviens, ajouta-t-elle en soupirant.

— Je te le jure ! s'écria le petit voyageur avec un accent de grande conviction.

Là conversation continua pendant quelque temps encore au milieu de promesses et de résolutions fermement arrêtées. Puis enfin il fallut se séparer. En ce moment, Barbera parut tellement atterrée,

8

qu'elle n'eut plus la force ni de parler, ni de pleurer. Elle reçut le dernier baiser de Paul sans le lui rendre et le regarda avec hébétude s'éloigner d'elle. Il s'enfuit à toutes jambes, pour ne plus entendre les douces voix qui voulaient le retenir auprès de son amie d'enfance.

Toute la matinée il marcha sans s'arrêter nulle part. Il était triste jusqu'à la mort, car les adieux de son amie l'avaient brisé, et il ne savait où il allait. Son expérience du monde n'était pas grande encore, pourtant il n'ignorait pas que l'homme est égoïste, partant peu enclin à secourir un homme lorsqu'il faut lui donner autre chose qu'une obole ou un morceau de pain. Pour lui, il avait besoin de tout. Il avait bien quelque science, mais qu'en ferait-il, s'il n'était point aidé pour la faire valoir? Comment pourra-t-il seulement gagner de quoi payer son pain et son gîte de tous les jours?

L'inconnu seul lui répondit en ricanant. Ce ricanement lui parut le ricanement sec et désespérant du comte de Béelzébuth. Triste souvenir qui le fit frémir en ce moment en lui rappelant les maximes haineuses et énervantes de ce philosophe méphistophélique.

Vers le milieu du jour il s'assit pour se reposer un instant sur le revers d'un fossé qui bordait la route. Il se prit à rêver là sur le passé et sur l'avenir, à combiner ses projets pour arriver le plus sûrement à son but. Ses réflexions ranimèrent son esprit naturelle-

ment porté à l'espérance. Ses jambes s'en raffermi-
rent d'autant. Son parti fut pris dès lors : voyager
à petite journée, mais à pied, pour économiser ses
ressources, et gagner Paris, où le travail ne pouvait
manquer, pensait-il, au courage et à l'énergie du
savoir.

Il allait donc se lever et se remettre en route,
lorsque son attention fut éveillée par un bruit dont
il ne saisit pas bien de suite la nature, car il était
lointain encore, et la route qui faisait un coude devant lui l'empêchait de voir plus loin qu'à quelques
pas. Mais bientôt ce bruit devint plus expressif: c'é-
tait celui d'une voiture, de chevaux au grand galop,
et de voix effrayées qui s'élevaient au milieu de
tout.

Tout à coup, en effet, apparut au détour de la
route une voiture attelée de quatre chevaux dont
la course furieuse était aiguillonnée par des harnais
brisés qui leur battaient les jarrets, et peut-être aussi
par les cris du postillon et des voyageurs qui étaient
véritablement effrayants.

Paul se leva brusquement et il s'élança avec plus
de courage que de prudence vers l'attelage en péril.
Mais avant qu'il n'arrivât, une roue se rompit; la
voiture fut violemment renversée et traînée quelques pas encore par les deux chevaux de devant
qui, seuls, n'étaient pas tombés.

Il n'y avait que deux voyageurs dans la voiture,
le père et le fils, qui sortirent de cette mésaventure

avec quelques contusions insignifiantes seulement. Le postillon, lui, gisait sous la voiture, grièvement blessé et sans connaissance.

Paul aida les deux voyageurs autant qu'il put. Mais la voiture était horriblement brisée, les chevaux peu sûrs, le postillon hors de service, et l'on était loin des maisons. Les voyageurs et Paul se communiquaient leur embarras, mais sans s'entendre, car leur langue n'était pas la même. Comment faire ?

Une idée vint subitement à l'esprit de Paul: il pensa que les deux voyageurs avaient dû recevoir une éducation convenable à leur position sociale; que de cette éducation la langue latine avait dû faire partie. Il leur parla donc en latin. Il fut compris.

Cette idée était aussi simple que celle du problème de l'œuf de Colomb, mais il fallait l'avoir. Elle émerveilla les voyageurs, et la facilité avec laquelle ce jeune homme parlait une langue d'un assez difficile usage leur donna une bonne opinion de son savoir. L'embarras dans lequel ils se trouvaient leur fit entrevoir la nécessité d'avoir à leur côté un guide qui pourrait en tous lieux leur servir d'interprète.

Paul avoua qu'il connaissait en outre de la langue dont il faisait usage avec ses interlocuteurs, le français, l'allemand et l'italien. C'était plus qu'il n'en fallait au deux riches voyageurs.

— Monsieur, lui dit le plus âgé des deux, je vous remercie bien sincèrement de vos bons offices. Je n'ai qu'un regret, c'est de ne pouvoir les mettre à l'épreuve tout le temps de mon voyage. Si cependant vos projets n'avaient rien d'impérieux; si le but que vous voulez atteindre pouvait s'atteindre par un chemin détourné, je vous offrirais une place dans ma voiture, à côté de mon fils. Votre titre serait d'être son ami, son compagnon d'étude, avec des appointements convenables toutefois. Je suis riche, je suis un grand d'Espagne, don Gomez-y-Valladolid-y-Badajoz. Je voyage avec mon fils unique pour achever son instruction en visitant les universités de France et d'Allemagne. Vous travaillerez ensemble, si vous le voulez bien, et vous profiterez d'autant tous les deux, tout en nous guidant dans ces pays que nous ne connaissons que sur des renseignements pris chez nous.

Cette proposition était des plus opportunes: c'était la rosée qui tombe sur une terre desséchée. Paul accepta. Après avoir demandé au village voisin les secours nécessaires aux voyageurs, il jeta son bâton sur la route et s'installa dans la voiture avec toute l'aisance et la confiance d'un homme qui se sait utile.

Paul était réservé, un peu froid même dans ses relations amicales, mais plein de franchise et se donnant tout entier à celui qui se donnait à lui. Don Gomez ne tarda pas à l'apprécier à sa juste valeur; son fils Alonzo devint son ami, tout en reconnaissant en lui son maitre dans les sciences. La

8.

meilleure intelligence s'établit donc entre tous, et plus d'une fois les deux Espagnols eurent à s'applaudir de céder aux avis et à la direction de cet enfant-homme.

Ils parcoururent ainsi toutes les villes d'Allemagne, étudiant dans les différentes universités dont elle est enrichie, parcourant les villes et les campagnes pour approfondir la science des mœurs et du sol, s'adonnant à toutes les expériences les plus délicates de la physique où Paul excellait, scrutant les secrets de l'art médical, qui est là aussi profond et aussi progressif qu'en aucun lieu du monde.

Trois grandes années furent employées dans ces voyages. Il entrait dans les plans de don Gomez de visiter en outre la patrie dégénérée d'Horace, de Cicéron, de Virgile, mais une dépêche lui fit renoncer à ses projets en le rappelant en Espagne, où quelques-uns de ses intérêts se trouvaient menacés. On reprit donc le chemin de la France, qui fut traversée à pas lents pour la voir au moins un peu en attendant qu'on pût la revoir plus à l'aise et plus fructueusement.

Les voyageurs s'arrêtèrent quelques jours à Bordeaux, où don Gomez ne demanda pas mieux que de séjourner un peu, car les dépêches qu'il trouva là étaient moins pressantes.

Pourtant le jour du départ arriva. Don Gomez s'était si bien habitué à considérer Paul comme un fils adoptif, qu'il ne songea point à lui demander s'il traverserait les Pyrénées avec lui, tant cela lui paraissait évident.

Paul cependant, le matin du départ, entra dans la chambre de don Gomez, les yeux baissés et un sourire d'embarras sur les lèvres.

— Monsieur, lui dit-il, j'ai trouvé dans ma petite existence trois grandes années de bonheur, ce sont les trois années que j'ai passées près de vous. Vous avez été·pour moi un bon père, Alonzo un bon frère. Je ne pouvais pas tant demander au ciel. Pourtant je dois renoncer à ce bonheur. Il me semble que j'ai autre chose à faire encore ici-bas que d'aimer et de respecter deux hommes qui m'ont fait heureux et légitimement fier de mon existence. Une carrière tout autre que celle que je suis depuis trois ans s'ouvre devant moi. Quelque chose me pousse vers elle : c'est la carrière de la haute science. Serai-je plus heureux là ? Je n'en sais rien. Mais qu'importe ! J'aurai peut-être un peu plus de gloire. Que voulez-vous, signor ? Si je suis destiné à la lutte, je n'éviterai pas ma destinée, car l'homme n'est pas tout à fait libre.

Je vais donc rester ici, à Bordeaux, le temps de me recueillir, de travailler encore, un an, deux ans peut-être ; puis je verrai ce que le ciel m'ordonnera.

Don Gomez voulut réfuter Paul ; Alonzo voulut parler : mais la figure de Paul s'illumina d'une profonde et ferme résolution. Il se dressa sur la pointe des pieds et rejeta ses longs cheveux en arrière en redressant la tête. Don Gomez reconnut ces symptômes de la volonté du petit jeune homme, et se tut.

— N'ajoutez pas, je vous prie, signor, au chagrin que j'ai de vous quitter, en combattant ma résolution, dit Paul. Laissez-moi tenter ma voie d'abord ; et si un jour je succombe, j'irai vous redemander, si vous le permettez, votre main et vos bienfaits, avec toute la confiance du fils prodigue qui revient vers un bon père.

Don Gomez serra la main de Paul avec l'affection d'un ami ; Alonzo l'embrassa avec une larme dans l'œil, puis ils se séparèrent.

Paul n'avait point jusque-là cessé d'entretenir des relations avec sa famille, comme avec Barbera. Il avait même pu de temps en temps se rappeler à leur souvenir par de petits présents d'argent faits à ses sœurs, et par quelques riens gracieux qu'il avait envoyés à son amie. Après le départ de don Gomez, il écrivit deux longues lettres à Boudry et à la ferme, pour avertir de sa résolution et de l'espérance qu'il avait de retourner sous peu en Suisse. En attendant il s'installa de son mieux à Bordeaux. Les libéralités de don Gomez le mirent à même de se donner le confortable de l'aisance.

———

VII

Occupé de ses affaires seules en ce moment, Paul n'eut plus qu'à suivre ses goûts et son aptitude. Ses goûts et son aptitude paraissaient toujours être pour les sciences physiques et médicales, auxquelles il s'adonna entièrement.

Persuadé que l'on ne s'instruit jamais si bien qu'en enseignant, il ouvrit un cours public dans la ville, tout en donnant des leçons dans les écoles privées. Le soir, réuni à plusieurs jeunes gens laborieux, il faisait des répétitions sur la science d'Hippocrate, développant devant ses amis tout ce qu'il avait appris, soit avec son père, soit dans son voyage en Allemagne.

Les jours s'écoulèrent ainsi tout doucement dans la ville de Bordeaux pendant une année, deux années même, sans aucun incident bien remarquable. Le travail prenait la plus grande part dans la vie du jeune étudiant-professeur; le plaisir y avait peu de place. Aussi une bonne notoriété arriva-t-elle petit à petit sur cette tête ardente qui avait abandonné la vie calme et assurée pour courir après les duretés et les incertitudes de la gloire.

Les habitants de Boudry n'étaient point oubliés

dans les souvenirs et les rêves de Paul : cependant il ne leur avait écrit qu'une lettre depuis qu'il était à Bordeaux, celle où il avait annoncé son installation dans la ville. Son plus grand désir était d'aller les embrasser après une si longue absence. Le plaisir qu'il caressait avec le plus d'illusion dans son cœur était de les surprendre, de se présenter à eux avec la petite auréole de la renommée, avec la bonne et légitime aisance du savant prisé. Il était sur cette voie : nul doute que son crédit ne s'arrêterait pas en route.

Mais la renommée, quand elle vient, ne vient pas toujours d'un pas joyeux, semant sur son passage le respect et les plaisirs, couvrant le savant d'une auréole visible et invulnérable. Il était écrit que le retour à Boudry, que Paul entrevoyait si gai et si triomphant, serait quelque peu attristé par des humiliations préliminaires.

Il y avait deux ans que Paul habitait Bordeaux. Lorsqu'il voulait se distraire, il avait l'habitude d'aller aux environs de la ville, assez loin quelquefois, sa petite bêche à la main et sa boîte de ferblanc sur le dos pour herboriser. Un jour qu'il était sur la lisière d'un bois, très-occupé à arracher des plantes, il entendit retentir tout à coup un cri perçant qui venait de dessous les grands arbres de la forêt. Ce cri se renouvela : c'était un cri de détresse, le cri d'une femme, il lui sembla.

Il délaissa ses plantes et, sa bêche à la main, il

courut tout d'un trait vers le lieu d'où partait le bruit. Il aperçut dans une clairière une jeune fille toute en désordre, qui se débattait avec l'énergie du désespoir contre deux valets galonnés d'une livrée seigneuriale. Ils l'entraînaient comme deux loups qui veulent dévorer une brebis.

Cette vue l'irrita. Il était petit, mais fortement musclé ; de plus, il avait toute l'énergie d'un homme indigné. Sans calculer l'inégalité du combat, il attaqua les deux ravisseurs, qu'il frappa à coups redoublés avec sa bêche tant et si bien qu'ils lâchèrent leur proie pour se défendre. La jeune fille profita de cet instant de répit pour fuir au plus vite. Les deux lâches, que Paul cessa de frapper dès lors, songeaient à battre en retraite, lorsqu'une voix impérieuse s'éleva derrière eux : c'était la voix du maître.

— Ah ! ah ! très-bien, s'écria celui-ci en ricanant avec dépit. Monseigneur Bayard n'eût pas mieux fait pour défendre sa belle. Maintenant sus, garçons ! Prenez-moi cet avorton-là et amenez-le-moi ici pour qu'il me chante un *oremus* sur sa meilleure gamme. Puis il ira conter ça aux gentes dames ou aux savants de la ville. Allons vite et dépêchons. Ne fût-ce que pour lui apprendre à ne plus se jeter au travers de nos plaisirs.

Paul eut beau faire des pieds, des mains et de sa bêche, les deux valets ainsi poussés contre lui le saisirent à bras-le-corps et le portèrent vers leur maître, qui déchira les vêtements du jeune savant, puis lui cingla de nombreux coups du fouet qu'il tenait à la main sur les reins dénudés. On l'attacha ensuite au tronc d'un arbre afin d'avoir le temps de fuir sans être importuné par les cris et la poursuite de la victime en fureur.

Les liens qui attachaient Paul n'étaient pas fortement serrés ; aussi n'eut-il pas beaucoup de peine à les dénouer. Mais le désordre de sa toilette était tel qu'il fut grandement embarrassé pour la rétablir. Il était dans cette occupation lorsqu'il entendit le galop d'un cheval à quelques pas de lui seulement.

A sa vue le cavalier s'arrêta et, le regardant fixement, il s'avança vers lui.

— Vous, Jean-Paul ! s'écria le cavalier, que diable faites-vous donc là, en cet équipage ?

Et le cavalier mit pied à terre pour serrer la main de Paul, qui était rouge de honte et de rage.

C'était le comte Pepin de Béelzébuth.

— Voyons, mon ami, qu'y a-t-il ? reprit le comte avec l'intérêt le plus affectueux. Votre position me paraît étrange. Parlez : puis-je quelque chose en votre affaire ?

— Oui, répondit brièvement Paul : Prêtez-moi votre épée.

— Mon épée, mon pauvre Jean-Paul, est toute à vous et mon bras aussi, lui dit le comte, mais encore de quoi sa'git-il ?

— Il s'agit que le baron des Escouffes, dont le

repaire est là, répondit Paul en étendant la main du côté par où le baron et ses hommes avaient disparu, est un lâche qui a attiré une jeune fille dans un guet-apens; qu'il la faisait enlever par deux de ses valets pour la dévorer mieux à son aise dans son antre immonde, lorsque je suis accouru au secours de la pauvre fille, qui criait à fendre l'âme : il s'agit que ces trois lâches m'ont saisi, terrassé, fouetté comme un esclave et attaché à un arbre.

— Ah! ah! comme aux beaux temps on fustige les manants, dit le comte avec une grimace railleuse. C'est juste, du reste, ajouta-t-il ; n'êtes-vous pas, vous, un vaincu, et le baron des Escouffes n'a-t-il pas tous les droits du vainqueur? Mais parlons sérieusement : j'allais chez lui, il m'attend ; et pourtant il ne me verra pas. L'on vous doit une réhabilitation, je vous la donnerai moi, autant que je le pourrai, en n'allant pas chez lui d'abord, puis en vous ramenant en ville, non pas triomphalement, mais honorablement, en vous donnant le bras et en tenant mon cheval en laisse. Pour le reste nous verrons.

Le comte de Béelzébuth n'était que depuis quelques jours à Bordeaux ; il y était seul, selon son habitude. D'où venait-il? Paul ne le lui demanda pas, il ne lui demanda rien. Il n'y avait plus qu'une pensée dans son esprit, celle de l'affront qu'il avait subi : elle y était d'autant plus vivement incrustée que le comte sembla affecter de ne point parler de leur rencontre dans le bois : dans quel but? Paul aurait dû croire que c'était dans un but de bienveillance, mais il eut peur que le silence obstiné du comte ne prît sa source dans un soupçon désobligeant et qu'il ne voulût plus parler de cette affaire qu'au jour où il aurait acquis la preuve que son jeune protégé n'avait pas démérité.

Cette idée rongeait le cœur de Paul, qui trépignait d'impatience. Il n'osa cependant point entamer son apologie sous les regards impérieux et fascinateurs du comte; il attendit.

Le comte fit comme il avait dit : il l'accompagna dans son entrée dans la ville. Depuis ce jour il le reçut ouvertement chez lui et lui rendit ouvertement aussi ses visites.

Le baron des Escouffes, de son côté, ne parut point à la ville pendant quelque temps, et son affaire avec Paul ne fut pas ébruitée. Le comte était-il là pour quelque chose? Paul n'en sut rien. Le cœur de Paul, en tout cas, était trop profondément ulcéré pour que la bienveillance du comte et le silence du baron pussent lui donner toute satisfaction. Il résolut enfin de donner à son honneur la légitime vengeance qu'il avait trop laissée dormir sous l'influence stupéfiante du comte.

— Monsieur le comte, dit-il un jour en entrant brusquement chez le comte de Béelzébuth, enseignez-moi, je vous prie, quelques passes de l'escrime; car je ne puis plus rester sous le coup de la criminelle insolence du baron.

Le comte sourit.

— Eh! eh! mon ami, lui dit-il d'un ton à dessécher les illusions les mieux assises, je regrette que vous ne soyez pas aussi habile à manier l'épée que la parole et la plume; car, pour se venger, quelques passes d'escrime ne suffisent pas. Votre indignation vous dira : Si! mais mon expérience, à moi, vous dira : Non! et croyez-moi.

Si pourtant vous êtes trop pressé d'arriver au but, il y en a qui vous diront de vous adresser aux tribunaux. Mais moi, je vous dirai : Ne vous y fiez pas. Le baron et le tribunal vous accableront d'arguties. Ils auront le talent de vous faire passer pour un calomniateur, un rêveur peut-être, s'ils ne sont pas trop méchants, en tout cas pour un homme hargneux; et vous paierez l'amende.

Cela vous fait redresser la tête, Jean-Paul. Vous vous dites sans doute tout bas : Et la loi! Eh bien, moi, je vous dirai : Et les hommes! La loi a été faite pour tout le monde, je le sais; mais, comme ce sont des hommes qui interprètent et appliquent la loi, les hommes la pèsent toujours dans leurs idées étroites d'égoïsme, de préjugés et d'ignorance. Malheureusement, mon pauvre Jean-Paul, cet égoïsme, ces préjugés et cette ignorance sont toujours contre les intérêts de ceux de votre caste. Que voulez-vous? le monde a toujours été, il est et il sera certainement toujours ainsi.

Après tout, vos témoins, mon cher, où sont-ils?

Les témoins sont les coupables, ils ne se trahiront pas.

Donc, mon pauvre ami, restez en repos jusqu'à nouvel ordre au moins. Plus tard, si vous pouvez... plus tard, vous verrez. En attendant, restez coi, croyez-m'en. Seulement, prenez bonne note de tout cela; et puis... Puis ceux qui frappent aujourd'hui seront frappés plus tard, et ceux qui sont frappés frapperont à leur tour. Les rôles seront changés, mon ami, vous le voyez; mais, malheureusement, il y aura toujours des gens qui tiendront le fouet à la main... Eh! eh! dit le comte en lançant de ses yeux des flammes ardentes et en crispant ses lèvres sous une grimace sarcastique, cela ne doit pas vous surprendre. L'homme n'est-il pas le plus lâche, le plus méchant, le plus sournois des animaux? Il est anthropophage. Regardez bien autour de vous : sur cent sujets, vous en trouverez quatre-vingt-dix-huit qui ont les lèvres toutes dégoûtantes des chairs pantelantes de leurs frères. De leurs chairs? non, j'ai mal dit; mais de leur honneur, de leur repos et de leur fortune. Eh! eh! eh!

Et le comte ricana de ce ricanement qui faisait toujours frémir Paul, car il ne semblait jamais venir de la gorge d'un homme, mais d'un soupirail de l'enfer.

— Tenez, Jean-Paul, dit le comte après un instant de silence, je vous dirai franchement une chose : quittez Bordeaux. Que voulez-vous faire ici? Rien. Allez à Paris, fixez-vous-y. Faites de la France votre

patrie, et la France vous paiera cette adoption avec
de la gloire. En attendant, je vous soutiendrai de
tout mon pouvoir et je vous ferai des amis qui
adouciront vos travaux...

Paul se laissa convaincre. Il n'oublia pas pourtant le fouet du baron des Escouffes; mais, reconnaissant son impuissance du moment, il ajourna sa
vengeance.

La veille de son départ, il reçut une visite impré-
vue qui l'émut profondément. La jeune fille qu'il
avait arrachée des mains impures du baron des
Escouffes vint le remercier avec sa mère du secours
si généreux et si opportun qu'il lui avait donné.
Elle lui offrit, comme souvenir de cet acte, une petite
bourse de soie tricotée sur laquelle elle avait brodé
en relief une bêche, en souvenir de celle qui lui avait
sauvé l'honneur. Paul tremblait d'y voir au revers
un fouet sanglant.

— Que dieu vous garde désormais, mademoiselle.
dit Paul avec un sentiment profond de sensibilité,
de la rencontre des barons!

— Merci de votre bon souhait, monsieur Marat!
répondit la mère en baissant les yeux; il ne saurait
être fait plus à propos qu'en s'adressant à nous.

— Auriez-vous aussi, vous, madame, à vous
plaindre de ces loups qui se sont introduits furtivement dans la bergerie sociale? répondit Paul.

Un gros soupir sortit de la poitrine de la pauvre
femme.

— Pardon, madame, reprit vivement Paul, si j'ai réveillé en vous un mauvais souvenir. Oubliez! Il faut oublier pour ne pas trop souffrir, dans ce monde, avec toutes ces bêtes sauvages qui rôdent sans cesse autour de nous.

— Je suis veuve, monsieur, et Véronique est ma fille unique. Nous étions dans une belle aisance autrefois; aujourd'hui nous vivons péniblement de notre travail, depuis un affreux malheur qui est tombé subitement sur nous et que vous ne connaissez probablement pas, car il y a trop peu de temps que vous êtes dans cette ville. De ce malheur on ne parle plus qu'à voix basse et le moins possible.

Mon mari s'appelait Gennareau. Il était carrossier, fortement établi à Bordeaux, occupant de nombreux ouvriers; il faisait de brillantes affaires. Il avait pour clients tous les nobles et tous les commerçants riches de la ville et des environs. S'il eût été libre, il eût délaissé bon nombre de ses clients de la noblesse, car ils payaient mal, ils étaient insolents, et ceux dont on avait le moins à se plaindre faisaient toujours souffrir mon mari par des humiliations qui le rendaient malheureux.

M. Gennareau avait un jour un fort paiement à faire et sa caisse n'était pas suffisamment garnie. Un de ses clients nobles lui devait une grosse somme qui s'était amassée depuis plusieurs années. On avait négligé de se présenter chez lui pour régler, parce qu'on le savait dur en affaire et violent. Cependant, le besoin le pressant, mon mari prit du courage et partit.

Le débiteur ne s'attendait certainement pas à cette démarche; la demande de mon mari le mit en fureur. Il lui jeta au visage les injures les plus grossières. M. Gennareau resta calme; il attendit, sans répondre autre chose qu'en exposant ses besoins. Ce calme irrita tellement le noble débiteur, qui se reconnut sans doute dans cette situation l'inférieur de l'ouvrier, que, tout hors de lui-même, il prit mon mari par les épaules pour le jeter à la porte. Mais, soit que ses mouvements fussent trop impétueux et mal calculés, soit que la brusque retraite que fit mon mari pour échapper à cette contrainte ignoble fît perdre l'équilibre à son agresseur, toujours est-il que celui-ci tomba et se luxa l'épaule...

Enfin que vous dirai-je, monsieur Marat? Le coupable fut M. Gennareau. On l'accusa d'avoir frappé et meurtri lâchement son débiteur, qui soutint effrontément cette accusation. L'ouvrier ne fut pas cru dans sa défense : on le condamna à une forte amende qui le ruina, et à la prison où il mourut de honte et de chagrin.

— Assez, madame Gennareau! dit Paul d'une voix solennelle. Je vous plains, comme je plains la lâcheté de ceux qui souffrent de pareilles horreurs. Je ne vous demande pas le nom de l'homme qui a jeté le malheur sur vous, je le haïrais trop. Permettez-moi, Madame, de vous serrer la main en demandant au ciel de nous renvoyer l'égalité et la justice qui ne sont plus chez nous depuis des siècles.

Le lendemain Paul fut conduit au coche du voyage par le comte de Béelzébuth, qui lui dit : Mon ami, vous descendrez à mon hôtel, où l'on vous attend, car j'ai écrit votre arrivée. Vous vous installerez là pour toujours, si vous le voulez. J'irai vous rejoindre dans quelques jours, j'ai besoin de rester encore un peu dans ce pays. Chez moi vous serez chez vous, entendez-le bien : vous y trouverez d'ailleurs quelqu'un qui vous attend certainement avec impatience.

Paul regarda le comte d'un œil interrogateur.

— Oh! ne me demandez rien, répondit le comte, car je ne vous dirai rien. Vous avez probablement laissé derrière vous assez d'amis pour que vous ne puissiez pas deviner celui qui vous attend là. Vous aurez partant plus de désir d'arriver à Paris, tout en devisant le long du chemin, ce qui vous distraira, sur l'énigme que je pose à votre sagacité.

Paul partit donc de Bordeaux après un séjour de deux années. On était au commencement de l'année 1764. Il avait alors vingt un ans.

VIII

Le voyage de Bordeaux à Paris dura plusieurs jours, bien que la voiture ne s'arrêtât point. Mais le trajet est long, et les véhicules, quoiqu'ils allassent plus vite que ceux des rois fainéants, allaient beaucoup trop lentement pour arriver tôt au gré des voyageurs. Mais enfin on arrivait.

Paul arriva donc à Paris : il était plein d'espérance. Il se dirigea lestement et avec une pointe de curiosité bien légitime vers l'hôtel qui devait le recevoir, dans l'attente de la figure amie qu'il allait y trouver et qu'il n'avait pu deviner le long du chemin.

L'hôtel du comte de Béelzébuth était situé dans le haut de la rue du Bac. Il avait une aristocratique porte cochère flanquée de chaque côté d'un pavillon à l'usage du concierge et du portier. Ces pavillons un tant soit peu séparés des autres bâtiments par une courette, étaient là comme deux sentinelles avancées. Ils protégeaient deux ailes de la hauteur d'un étage seulement, qui bordaient la cour. Le fond était fermé par un joli chalet. Là étaient les salons qui servaient de trait d'union aux deux ailes et qui pouvaient leur être communs aux jours des grandes réunions. Un vaste jardin s'étendait derrière le chalet.

Une aile de ces bâtiments était spécialement affectée à l'habitation du comte lorsqu'il était à Paris, ce qui était rare; l'autre pouvait servir, et servait en effet en ce moment, à l'habitation de quelque commensal auquel le comte voulait laisser liberté entière.

9.

Le confortable était si princièrement offert aux regards dans toutes les parties de cette habitation, l'intérieur des appartements était si luxueux, que Paul en resta tout ébahi. Il se demanda plus d'une fois s'il était bien dans la demeure du comte de Béelzébuth, cet homme auquel il ne connaissait des amis que dans la caste la plus modeste de la bourgeoisie, et qui lui serrait la main à lui comme à son égal ; cet homme qui maudissait l'opulence au sein de laquelle il vivait et qui foulait aux pieds un titre dont le hasard sans doute l'avait affublé. Qu'était-ce donc que cet homme ?

Paul fut introduit dans le petit salon privé du comte par un domestique qui lui demanda respectueusement ses ordres.

— Monsieur le comte n'est point encore de retour de Bordeaux, répondit Paul en souriant de curiosité, mais il a laissé ici un ami : ne pourrais-je lui être présenté ?

— Monsieur le comte n'a laissé aucun ami dans ses appartements ; vous êtes, Monsieur, le seul maître ici pour l'instant.

— C'est étrange, grommela Paul à part lui. Eh bien ! dit-il au valet, laissez-moi seul un instant pour me reposer de mon voyage.

— Monsieur peut se reposer dans sa chambre à coucher, dont voici la porte, reprit le valet en lui désignant une porte qui était à côté de lui. Tout près de la chambre de monsieur, il y a le cabinet

de toilette. Si Monsieur le permet, je l'aiderai à
refaire sa toilette.

— Merci, répondit Paul ; je désire rester seul.

Le valet fit un grand salut, puis sortit.

Lorsque Paul se vit seul il donna libre cours aux
soupçons qui venaient de naître dans son esprit. Il
se reprocha de s'être abandonné comme un maître
sot aux suggestions d'un homme qu'il connaissait
à peine, bien qu'il l'appelât son ami. Cet homme-là
n'était-il pas l'affidé du baron des Escouffes ? Ses
conseils pleins d'un fiel doucereux et cette affectation
d'amitié pour lui n'étaient-ce pas un piége ? Triple
sot qu'il est, il a quitté la proie pour l'ombre. A Bordeaux il vivait honorablement ; mais à Paris que
fera-t-il ? On l'a trompé, on lui a promis des amis,
un ami d'abord qui l'attendait impatiemment : personne ne l'attend.

Paul était défiant comme tous ceux qui ont
souffert des déceptions. Il croyait facilement que le
destin mauvais avait lâché contre lui toute une
meute d'ennemis acharnés. La porte du doute et des
soupçons, une fois ouverte, il s'y lança à corps
perdu. Il eut peur du comte ; il eut peur de ses gens
et de leurs sourires. Il songea aux oubliettes des
vieux temps ; il se prit à sonder les planchers, les
murailles ; il regarda derrière les tableaux pour voir
s'il n'y aurait pas quelque ouverture suspecte ; il
toucha toutes les têtes de clous saillants pour s'assurer si en les poussant il n'ouvrirait pas la porte

de quelque escalier dérobé. Il ne trouva rien, dans sa chambre à coucher rien non plus, rien dans le cabinet de toilette. Alors il se prit à rire de sa sottise, de ses soupçons, et le ciel du présent comme le ciel de l'avenir redevint plus riant à ses yeux. Aussi commença-t-il à se rappeler qu'il y avait longtemps qu'il n'avait pas mangé. Il se dirigea vers un cordon de sonnette pour commander de lui servir à déjeuner, lorsque la porte du salon s'ouvrit.

— Virginie ! s'écria-t-il en s'avançant précipitamment vers une jeune fille qui lui tendit ses deux bras largement ouverts, dans lesquels elle le serra avec une affection vive et pétillante.

— Je t'attendais, lui dit-elle, car le comte m'a annoncé ton arrivée ; mais je voulais te surprendre. T'ai-je au moins un peu surpris, Jean-Paul ?

— Beaucoup, car je te croyais encore dans ta pension. J'étais, en vérité, loin de supposer que l'ami qui m'attendait c'était toi.

— Ah ! en pension, à vingt-trois ans ! fit Virginie avec une petite moue dédaigneuse. Je suis assez savante, va, puisque je sais t'aimer encore et toujours. Mais nous parlerons de cela plus tard ; pour l'instant, tu vas venir chez moi, là, de l'autre côté de la cour. Là je suis chez moi, j'ai mes domestiques à moi, ma table, mes chambres d'amis. Allons, viens ! je veux déjeuner avec toi. Tu dois avoir bien faim, n'est-ce pas ? La table est servie. Ton lit est tout prêt aussi pour te reposer quand tu le voudras ; mais, chez moi, entends-tu ! Ici tu es chez le comté Pepin.

Virginie prit en même temps Paul par le bras, lui fit traverser les appartements du comte, les salons du chalet, puis entra chez elle, dans l'autre aile des bâtiments.

La table était servie ; ils s'y assirent tous les deux et mangèrent d'un bon appétit en devisant de choses et d'autres sur le départ de Paul de Boudry, sur son séjour et ses études en Allemagne, sur ses aventures de Bordeaux, enfin sur son voyage à Paris.

— Parle-moi de ta famille et de Barbera, dit Virginie à la fin du repas. Il paraît qu'il y a longtemps que tu ne leur as écrit.

— C'est vrai, répondit Paul en rougissant un peu, mais je croyais avoir une excuse dans une folle raison qui m'a fait illusion. Je voulais les surprendre agréablement, leur montrer enfin un homme lorsqu'ils n'attendaient probablement qu'un écolier.

— C'est mal cela, Jean-Paul, car on est bien inquiet là-bas. Ton père m'a écrit pour avoir de tes nouvelles ; Barbera, de son côté, m'a écrit une lettre pleine de désolation. Oui, c'est très-mal de ta part, répéta la jeune fille en embrassant Paul pour adoucir l'amertume de son léger reproche.

— J'irai les voir, dit Paul en soupirant, et bientôt.

— Oui, nous en reparlerons, riposta vivement Virginie ; nous leur écrirons d'abord. D'ailleurs nous aurons des nouvelles positives et toute fraîches par le comte à son retour. Le comte est parti il y a un mois pour la Suisse, où je le croyais encore, lorsque j'ai reçu de lui une lettre de Bordeaux pour m'annoncer ton arrivée. Il nous parlera de ta famille, de ton père, de notre pauvre Barbera. Cette chère amie ne m'a pas écrit depuis six mois. Les idées les plus noires grouillaient sous sa plume ; elle ne cessait de répéter : « Si Jean-Paul n'était pas mort, il m'écrirait. »

— Et M. Delahart ? demanda Paul pour faire diversion aux reproches qu'il commençait à s'adresser : en as-tu des nouvelles ?

— Pauvre père ! dit Virginie en versant une larme.

— Qu'y a-t-il donc ? dit Paul avec inquiétude.

— Il est mort. Il y avait longtemps déjà que les chagrins l'avaient anéanti lorsqu'il fut pris par la paralysie. Il resta deux mois sur un lit d'agonie, où il mourut sans me voir. Celle qui se disait ma mère ne m'a point écrit. Comme je savais que mes visites lui déplaisaient et qu'elles étaient pour mon père une source de chagrins, je n'allais plus à Boudry. Je n'ai donc su sa maladie qu'en apprenant sa mort. Sa compagne fut bien obligée de me faire prévenir à cette heure, pour aller rendre les derniers devoirs à mon père et recueillir son héritage. Mon père

avait fait un testament en faveur de mademoiselle
Muller, mais il l'avait anéanti avant de mourir.
Cependant, comme Romain était un peu mon frère,
j'ai assuré sa position. Il s'est, je crois, fixé à Berlin,
où il occupe une place assez lucrative. Si sa mère
est avec lui, je n'en sais rien. Je n'ai d'elle aucune
nouvelle, pas plus que je n'en ai eu de mon frère,
depuis que nous nous sommes dit adieu sur le cer-
cueil de notre père, il y a de cela deux ans.

A cette époque, mon ami, j'ai vu toute ta famille :
tes sœurs sont grandes et jolies ; ton frère est bien
gracieux et bien élevé. Ton père travaille sans joie
et sans grande espérance, suffisant à peine aux soins
qu'il doit à ses enfants. J'ai vu aussi Barbera, qui
m'a fait sur toi mille et mille questions auxquelles
j'ai répondu de mon mieux. J'ai surtout dit que tu
étais un homme fidèle à tes promesses, que si tu lui
en avais fait, tu les tiendrais. Elle a rougi alors jusqu'à la pointe de ses cheveux. Cette fille-là t'aime
bien, Jean-Paul ; mais je crois qu'elle n'est pas la
seule, ajouta-t-elle en pressant dans ses mains les
mains de Paul qui écoutait en rêvant.

La journée se passa ainsi dans des causeries ré-
trospectives. Que n'avaient-ils pas à se dire, en
effet, depuis cinq ans qu'ils ne s'étaient pas vus ! Ils
étaient redevenus enfants comme autrefois, parcourant, les mains enlacées les unes dans les autres,
les appartements et les jardins, comme autrefois ils
parcouraient ensemble les montagnes.

Le soir venu, Paul se retira dans sa chambre à coucher, où Virginie voulut l'installer elle-même avec un sans-gêne qui troubla quelque peu le jeune étudiant, car il sentait qu'il n'avait plus le cœur d'un enfant, et que Virginie avait tous les attraits d'une belle fille.

La science, depuis longtemps déjà n'avait plus seule toutes les affections, tous les soupirs de Paul : pourtant il n'avait point encore failli à l'amour de la science. Malgré tous ses désirs, malgré toute l'effervescence de son être, malgré toute son énergie physique et nerveuse, malgré les pétillements et les ardeurs de sa jeunesse, Paul n'était pas homme à éteindre ses feux dans la boue du vice. Cette belle fleur de l'amour qu'il nourrissait dans son cœur, pour rien au monde il n'eût voulu la souiller. Il la caressait avec toute l'emphase de la candeur qui désire, il la couvait des yeux de ses plus douces illusions et il cherchait encore la main blanche et virginale qui la cueillerait. S'il avait des désirs, ses désirs avaient toute la timidité et les gaucheries de l'inexpérience.

Virginie elle, tout au contraire, avait des hardiesses inconcevables. Il est vrai que la candeur aussi puise parfois dans son ignorance le droit d'être hardie. Cependant, en entrant dans la chambre de celui qu'elle appelait autrefois son frère, il lui sembla sans doute que sa démarche avait quelque chose d'étrange, car elle perdit là toute sa jovialité habituelle. Elle ne prononça pas une parole tout le temps qu'elle prépara les objets nécessaires au coucher de son hôte. Ses mains tremblaient, elles avaient une gaucherie inusitée. Elle plaçait et déplaçait continuellement les mêmes objets.

Paul la regardait sans rien dire. De son côté son cœur n'était pas calme et ses yeux lançaient à la dérobée sur sa trop obligeante amie des flammes ardentes.

— Ah! ah! ah! fit tout à coup Virginie en riant aux éclats, nous sommes deux sots. Assieds-toi là, Jean-Paul, lui-dit-elle en lui montrant un fauteuil, puis causons! Personne n'a le droit de nous en empêcher, car nous sommes ici chez nous, et nous sommes majeurs, partant maîtres de nous-mêmes. Or ça, m'aimes-tu, Jean-Paul? ajouta-t-elle en s'asseyant sur les genoux de Paul qui s'était jeté sur le fauteuil.

— Si je t'aime! dit Paul en passant ses bras autour de la taille de Virginie qu'il serra sur sa poitrine.

— Oui, mais comment? dit la jeune fille... Comme à Boudry, lorsque nous jouions au petit ménage?

— Oh! non! répondit Paul en soupirant et appuyant sa tête sur la poitrine de Virginie, et toi, Virginie? ajouta-t-il.

— Oh! moi, dit-elle, je t'aime comme un ami avec lequel je voudrais passer toute ma vie.

— C'est comme moi, répondit Paul...

Une fois entrée dans cette voie sentimentale, la causerie alla loin, mais lentement, côtoyant toujours des précipices dont les deux amis savaient se garer tout en cueillant sur leurs bords des fleurs d'un doux parfum... Mais enfin, vint un moment où Virginie tout éperdue, hors d'elle-même, oublia les préceptes du sage et laissa tomber les unes après les autres, tout en causant, différentes parties de sa toilette qui la gênaient et paraissaient l'étouffer... Paul alors se leva ; il éteignit les bougies pour avoir un peu plus de hardiesse... et le silence se fit bientôt dans la chambre.

Le lendemain Paul se sentit toute l'assurance d'un homme expérimenté. Il souriait avec bonheur et sans rougir, la tête appuyée sur son oreiller, tandis que Virginie, le coude enfoncé dans le sien, le regardait avec amour, à moitié penchée sur lui. Ils paraissaient heureux tous les deux : pourtant chacun avait une pensée opposée sur le même sujet.

— Maintenant, dit Paul, qui n'était pas sûr qu'en restant sur le seuil du temple sa vertu ne serait pas entamée, nous n'avons plus qu'une chose à faire, Virginie : c'est de nous marier.

— Nous marier ! répondit la jeune fille avec une sorte d'effroi : quelle idée et comme tu dis cela !

— Pourtant si nous voulons réparer...

— Réparer quoi ? dit brusquement Virginie en lui fermant la bouche avec sa main. D'ailleurs, ajouta-t-elle, tu n'as pas de position, et je ne suis pas sûre, moi, d'être assez riche pour vivre à deux.

— Moi, je suis sûr, répondit Paul avec beaucoup de fermeté, de gagner assez pour nous deux par mon travail.

— Ton père sera plus raisonnable que nous; il ne consentira jamais à cette union.

— Tu te trompes, mon père consentira.

— Mais songe donc, mon ami, à ta carrière entravée par les soins du ménage. Et la gloire! là la gloire, mon pauvre Jean-Paul, qui est toute ton ambition, où la trouveras-tu, lorsque tu seras obligé de lutter contre les ennuis, les tracas et le prosaïsme du pot-au-feu?

— Virginie, tu veux m'éprouver, mais ne continue pas ainsi, car en vérité tu me découragerais. Je ne veux plus cependant me séparer de toi.

— Oh! mon bien chéri, dit Virginie en entourant amoureusement Paul de ses deux bras, tu m'aimes bien, je le sais, tu m'aimes bien aujourd'hui, mais demain, dans six mois, dans un an, qui sait ce que dira ton cœur?

— Je t'aimerai toujours.

— Ne jure pas, Jean-Paul; tu n'as pas le droit de dire que ton esprit et ton cœur ne changeront jamais. Tout change dans la nature : nos pensées changent avec le temps, avec l'expérience. Nous n'avons qu'une demi-autorité sur notre cœur, souvent nous n'en avons pas du tout; car tu sais bien que notre raison dit souvent *oui*, quand notre cœur dit *non*. Donc ne promettons rien pour l'avenir. Restons libres, c'est le meilleur moyen de nous aimer peut-être toujours,

Paul ne répondit pas à cette singulière philosophie d'outre-mœurs : il se prit à rêver. Le jeu de sa physionomie exprima toutes ses déceptions. Son silence parut inquiéter la jeune fille, qui comprit qu'elle avait ouvert trop facilement et trop tôt surtout le fond de son cœur.

— A quoi penses-tu, Jean-Paul ? lui dit-elle en posant une joue sur la joue du pauvre rêveur.

— Je pense à ta logique, ma mie, et je la trouve effrayante.

— Bah ! c'est pour rire, répondit Virginie en se redressant sur le lit et sautant dans la chambre pour prendre ses vêtements. J'ai voulu te taquiner, voilà tout.

— Embrasse-moi alors, dit Paul en avançant sa tête en dehors du lit, et ne me taquine plus ainsi, car tu me rends trop malheureux. Donc j'ai bien dit alors, n'est-ce pas ? Nous n'avons plus qu'une chose à faire, nous marier.

— Encore ! dit Virginie en agrafant sa robe avec un mouvement de brusquerie qui froissa le pauvre amoureux. D'ailleurs veux-tu que je te dise, ajouta-t-elle en continuant d'ajuster sa toilette sans regarder Paul ?... eh bien, je suis mariée.

— Mariée ! s'écria Paul en se levant tout droit
sur le lit et pâlissant de stupeur.

Oui... Avec le comte Pepin de Béelzébuth, répondit Virginie sans paraître émue, quoiqu'elle fût loin
d'avoir le calme qu'elle affectait.

Sur sa figure il y avait peut-être un peu de honte
bien naturelle en face d'un amant qui croyait avoir
succombé dans les rets d'une vertu défaillante et
non faillie.

Paul ne riposta pas : il se leva en trébuchant et
se vêtit à la hâte.

Virginie cependant le regardait, immobile, les
bras croisés, souriant d'un sourire indéfinissable
mais plein de compassion. Ses yeux suivaient tous
les mouvements du pauvre Paul, en attendant qu'il
daignât la regarder aussi.

— Jean-Paul, lui dit-elle enfin, en lui présentant
la main, me pardonnes-tu ?

— Qu'ai-je à te pardonner, Virginie ? répondit
Paul d'un ton sec, sans regarder la jeune femme et
sans lui serrer la main.

— D'avoir brisé tes illusions, de ne pas t'avoir dit
que j'étais mariée.

— Il est probable que je te pardonnerai plus tard,
répondit Paul en regardant enfin fixement Virginie, et avec un regard plein de reproches, mais
pour l'instant laisse-moi déplorer le crime que j'ai
commis en prenant la femme de l'homme qui me
reçoit avec tant de bienveillance sous son toit.

— Oh ! là tu n'as rien à déplorer, et tu vas le comprendre, car je veux ouvrir tout grand sous tes yeux le livre de ma vie. Je suis mariée, cela est vrai, mais devant Dieu seulement. Je l'étais déjà la dernière fois que nous nous trouvâmes ensemble chez mon père, tu sais ? à ta sortie du collége de Neufchâtel. Grâce à la haine et aux calculs malveillants de la compagne de mon père, j'ai été éloignée de la maison paternelle, tu le sais encore. Le comte Pepin fut chargé de surveiller mes besoins dans l'institution où l'on me mit à Paris. Il s'en acquitta avec beaucoup de soin et d'affection, il faut le reconnaître : mais aussi livrée seule à sa surveillance je fus bientôt livrée à son amour. Je t'ai dit et je dis encore que je suis mariée avec lui, bien que ce mariage n'ait point eu lieu avec les précautions que notre société actuelle a l'habitude de prendre. Il a été contracté à la guise du comte qui, comme tu as dû le voir plus d'une fois, ne se gouverne pas selon les règles admises aujourd'hui chez nous.

On est marié, ce sont les idées du comte que j'émets ici, on est marié lorsque réunis sous le même toit, le mari donne à sa femme aide, protection et le pain de tous les jours, tandis que la femme elle, lui reste obéissante. Eh bien, mon ami j'obéis au comte qui me donne aide, protection et le pain de tous les jours, car je suis ici chez lui. Sa bourse m'est toujours ouverte, et à sa mort mon existence sera assurée par sa prévoyance. Rien donc

ne manque à notre mariage, que des signatures
qui n'enchaîneraient pas plus le comte, que le comte
ne se trouve enchaîné par sa parole. Le comte Pepin, entends-le bien, Jean-Paul, ne manque jamais
à sa parole.

Mais, écoute-moi bien attentivement et en te plaçant au-dessus des principes qu'on t'a enseignés
pour me comprendre sans me jeter la pierre, le
comte de Béelzébuth, qui est singulier dans sa morale comme dans sa conduite, me laisse aujour-
d'hui libre dans mes actions comme dans mes affections. C'est là son divorce, un divorce moral qu'il
m'a fait admettre, après m'en avoir prêché tous les
avantages et toutes les conséquences, qu'il serait
trop long de t'énumérer aujourd'hui. Aussi il n'est
plus pour moi qu'un père bienveillant et tolérant
jusqu'à l'extrême.

Si là le comte m'a fait commettre une faute, et je
ne dis pas non, comme aussi je ne dis pas oui; s'il
m'a jeté dans une voie de traverse qui pourrait ne
pas bien conduire tout le monde, je peux considérer qu'il s'en est puni en diminuant sa fortune en
ma faveur et en me rendant cette liberté qu'il avait
confisquée à son profit. Il est vrai qu'en échange il
m'a laissé des principes qui ne sont pas les tiens et
qui te froissent. Que veux-tu mon ami, je suis depuis longtemps nourrie de ces principes, et j'y suis
si bien habituée, comme toi tu es habitué aux tiens,
que je suis tentée de les trouver bons, bien qu'on

puisse les trouver étranges dans la société. Mais la société, me suis-je dit bien des fois d'après le comte, est fondée sur des principes qui ne sont pas toujours invariables. Ses mœurs et ses vertus sont tout simplement des habitudes acceptées, lesquelles habitudes varient à l'infini selon les lieux, selon les climats et même selon les temps. Aussi, me suis-je dit dans mon petit raisonnement : une habitude n'est toujours qu'une habitude. On n'est pas coupable devant Dieu pour s'y soustraire. Quant aux hommes mes égaux, je me demande si le droit qu'ils s'arrogent de m'imposer leurs vues, en contrariant celles de la nature, n'est pas une usurpation. Le comte prétend que si. En tout cas, nous sommes moins coupables que les enfants d'Adam, sans lesquels nous ne serions pas ici, car nous, nous ne sommes pas frère et sœur.

Mais je m'arrête, mon ami, ajouta Virginie en souriant de sa philosophie, qu'elle ne débitait peut-être que comme un plaidoyer en faveur des hardiesses de sa conduite, je m'arrête, car je te vois froncer les sourcils, et je ne veux pas que tu fronces les sourcils puisque je veux t'aimer toujours. A cette heure je ne veux plus vivre que pour toi, et jouir de la liberté qu'on m'a rendue que pour te suivre partout où tu voudras, pour t'épouser enfin selon le rite qui te plaira. Le comte, j'en suis sûre, ne s'opposera point à ma volonté.

L'assurance de cette bonne disposition du comte

de Béelzébuth ne flatta que médiocrement Paul, dont la morale qui luttait à corps défendant avec la morale de Virginie ne se sentait pas vaincue. Ses illusions seules étaient flétries, son pur amour était taché: il ne reconnaissait plus dans son amie d'enfance qu'une vierge folle, une sorte de philosophe raisonneur qui arrivait à lui tout bardé de mathématiques et lui disant: $a + b =$ l'amour. Or, si l'amour est à b ce que le droit est à a, et je vais te le prouver d'après le comte Pepin, nous avons le droit de nous aimer : aimons-nous donc!

Le parti de Paul fut pris dès lors, ce fut de sortir au plus tôt de cette école pestilentielle qui menaçait de tuer son esprit et son cœur. Mais il avait de trop bons souvenirs de son amie d'enfance pour ne pas ménager le dévouement avec lequel elle s'offrait à lui. Il lui serra vivement la main, ce qui, enfin de compte pouvait être pris pour une acceptation bienveillante, bien que réellement cette pression de la main ne dit rien pour lui. Puis il ajouta gaiement : Bien dit, ma mie! Mais nous causerons de cela devant le comte puisque aussi bien il devient notre bienfaiteur à tous deux. En attendant, laisse-moi me promener un peu dans les jardins pour rafraîchir ma pauvre tête, car elle est toute en feu.

Paul se dirigea effectivement vers les jardins, mais ce fut afin de se recueillir un instant et d'aviser au moyen de quitter ses hôtes le moins impoliment possible. Il avait hâte surtout de partir avant l'arrivée

10

du comte, dont il appréhendait les regards et les sarcasmes. Le comte, il n'en doutait pas, devinerait ce
qui s'était passé chez lui en son absence et, quoi
qu'en dit Virginie, il ne croyait pas que ce mari si
singulièrement divorcé fût insensible à l'affront qui
lui avait été fait.

Au moment où Paul ouvrit la porte des grands
salons qui conduisaient du chalet au jardin, il entendit une autre porte s'ouvrir derrière lui. Il resta
atterré en voyant le comte Pepin s'avancer tout souriant vers lui en lui tendant la main. Ce sourire fit
frémir Paul, car il crut le voir plein de haine et de
vengeance.

— Mon cher Jean-Paul, lui dit le comte, vous êtes
prédestiné. Je venais ici avec un souhait de bonheur
pour la première personne amie que je rencontrerais
en mon hôtel, et cette personne, c'est vous. Donc,
soyez heureux en tout et que vos désirs s'accom-
plissent toujours! Vous saurez, mon ami, pour attacher plus d'importance à mes souhaits, que j'ai reçu
de Jupiter le don de faire la pluie et le beau temps,
non pas en bâillant, mais en faisant un souhait.

Paul ne répondit rien : il n'entendit pas d'ailleurs
la moitié des mots du comte de Béelzébuth, occupé
qu'il était à chercher dans les premiers qu'il lui avait
dits le sens caché qu'il leur supposait. Cet embarras
du jeune homme fut précisément ce qui apprit au
vieux philosophe ce qu'il ignorait encore. Il connaissait assez Paul, il connaissait surtout assez les

hommes pour tirer une conséquence certaine de ce problème de morale : si un jeune homme plein de désirs passe une nuit seul auprès d'une jeune fille dont le cœur lui a déjà entr'ouvert sa porte depuis longtemps et qui ne voit pas d'obstacle à la lui ouvrir tout entière, qu'arrivera-t-il?...

— Mon ami, lui dit le comte en passant un bras sous son bras et l'entraînant au jardin, qu'avez-vous? Vous me paraissez soucieux. N'avez-vous point encore oublié cette sotte affaire de Bordeaux? ajouta-t-il en lançant à Paul un regard qui l'eût vivement piqué s'il l'eût vu. Vous auriez tort de vous en préoccuper, car le baron des Escouffes n'y pense plus. Seulement, je le crois tout prêt à recommencer, tant l'esprit humain est mal fait.

— Monsieur le comte, dit Paul en s'arrêtant et se dressant fièrement sur la pointe des pieds, ni le baron ni autre n'insultera plus désormais, car je l'ai juré, Jean-Paul Marat, sans que j'aie sa vie ou qu'il ait la mienne.

— Bien dit, Jean-Paul, car l'homme qui ne punit pas ou ne cherche pas à punir une insulte, n'est pas un homme bon, plus grand que l'insulte, c'est un lâche.

— Alors, je suis un lâche, moi, dit Paul en redressant la tête et dardant sur son interlocuteur deux yeux pleins de feu.

— Vous! C'est qu'alors vous ne m'avez pas compris, répondit le comte avec un sourire intime, dont lui seul pouvait savoir toute l'expression, ou bien c'est que j'ai oublié quelque chose dans mon principe. Je le répète : l'homme qui ne punit pas ou ne cherche pas à punir une insulte un jour ou l'autre, lorsqu'il a le plus de chance de réussite, n'est pas un homme bon, c'est un lâche : N'ai-je pas dit cela ?

— Pas tout à fait, répondit Paul.

— C'est là cependant ce que je voulais dire, mon ami, répliqua le comte. Mais laissons cela et parlons de vous. Vous êtes, je l'espère, mon hôte pour longtemps. Virginie se chargera de vous rendre le séjour de ma maison le plus agréable possible. Vous organiserez ici tout à votre aise vos travaux journaliers; vous vous installerez comme vous l'entendrez et préparerez votre avenir sans inquiétude du présent. A Paris, mon ami, vous trouverez l'occasion favorable pour vous faire savant et devenir un grand homme. De ce côté je n'ai rien à vous recommander, car en fait de science, c'est vous qui m'en remontreriez; mais en fait d'expérience du monde vous n'aurez rien de mieux à faire que de me demander mes maximes. Pour l'instant, je ne vous dirai qu'un mot : prenez garde aux leçons de votre éducation, aux préjugés sociaux, aux hallucinations du sentiment; ne demandez jamais conseil qu'à la raison, à l'intérêt de votre existence, aux besoins de votre vie. Ce que je vous dis là, mon ami, c'est pour que vous l'appliquiez surtout dans l'affaire de l'amour, la grande affaire des jeunes gens de votre âge. Ne

trompez jamais, c'est-à-dire, ne promettez jamais
ce que vous ne pouvez pas donner. Hors de là vous
êtes libre, et vous ne seriez qu'un triple sot si vous
ne restiez pas libre après comme avant votre action.
Gêner sa carrière, tuer son avenir, c'est-à-dire sa
prospérité, son bonheur, pour un baiser donné à
celle-ci ou à celle-là, vraiment ce serait horrible.
Après tout, la partie ne serait pas égale; vous demandez du bonheur, on vous en donne, mais en
échange de celui que vous donnez : partant, quitte.
En fin de compte, vous avez faim, vous trouvez
devant vous une table bien servie, vous mangez,
rien de plus naturel. N'est-ce pas pour cela que la
nature vous a donné une bouche et un estomac?
N'écoutez donc pas ces philosophes ascètes qui ont
pris à tâche, sous prétexte de vertu, de vouloir corriger l'œuvre de Dieu, et qui vous imposent des
devoirs imaginaires et impossibles.

Impossibles! oui, j'ai bien dit, Jean-Paul, et vous
le savez bien, car vous savez qu'un front large et
bien tourné donne le génie; qu'un cervelet bien développé donne l'amour. Vous savez bien aussi que la
vertu, c'est un coin du cerveau en bon état; que le
crime n'est qu'une circonvolution maladive de la
masse encéphalique. Un peu de fièvre rend vertueux
ou vicieux, un petit caillot sanguin rend idiot, un
peu d'inflammation dans la pulpe cérébrale déve-
loppe des vices ignobles qui poussent jusqu'à l'abru-
tissement.

10.

Parlez nous donc après cela d'amour, de fidélité, de vertus et de vices. Autant dire au pommier de produire des poires. Chacun fait selon qu'il est fait.

Croire autrement, c'est du sentiment, mais ce n'est pas de la raison. Deux et deux font quatre : voilà la raison. Le sentiment vous dira insidieusement, en vous tendant la bourse de quêteur philanthropique, que deux et deux font cinq, à bien réfléchir.

Voilà l'homme : il n'a pas en lui de quoi être bien fier, cela est vrai. Mais, puisque vous êtes homme, restez homme.

Maintenant je vous laisse, mon ami, ajouta le comte de Béelzébuth. Faites encore un tour de jardin en attendant le déjeuner. Méditez mes paroles sérieusement en vous plaçant au-dessus des conventions sociales, qui ne sont que des conventions qu'on changera un jour, et vous verrez que j'ai raison de ne vouloir pas faire de l'homme une idéalité.

Le comte partit en disant ces mots. Paul remonta dans sa chambre, où il s'enferma sans être vu de personne. Il écrivit une lettre à l'adresse du comte ; puis, fermant son porte-manteau, il se glissa au dehors de l'hôtel en disant tout bas : Cet homme, si c'en est un, a entrepris de corrompre mes plus belles pensées, mes plus beaux sentiments. Il est l'ennemi du genre humain, l'ennemi de la vertu ; c'est le prince des démons. On mourrait de haine et de désolation dans cette maison, il faut la fuir à jamais. Ah !

ma mère, ma mère, si vous entendiez ces maximes! Si vous voyiez le désordre qu'elles voudraient jeter dans le cœur et l'esprit de celui que vous aviez cultivé avec tant de soin et d'amour! Non, je ne croirai jamais tout cela: je ne me nourrirai jamais de ces mets frelatés qui empoisonnent et tuent.

Le comte vit partir Paul; il ne s'en étonna pas, bien persuadé que Paul n'était point encore à la hauteur de sa philosophie, mais qu'il y viendrait. Il ne crut point ses leçons perdues; il savait qu'un grain semé dans une bonne terre finit toujours par germer.

Il était trop expérimenté et connaissait trop bien le jeune homme pour songer qu'il partait sans rien dire. Il alla donc dans sa chambre, où il trouva en effet sa lettre qui était ainsi conçue:

« Je prie M. le comte Pepin de Béelzébuth de vouloir bien me pardonner l'instabilité de mon esprit. A peine arrivé à Paris, où je venais avec joie et espérance, je me sens pris du mal du pays, et je pars immédiatement pour la Suisse. Pour éviter de rougir de cette sottise devant un bienfaiteur et une amie, je pars sans les voir, espérant qu'ils comprendront assez ma faiblesse pour l'excuser généreusement. »

Paul, cependant, marchait à grands pas, pour perdre de vue le plus tôt possible la maison qu'il fuyait. Sans hésiter un seul instant, il se dirigea vers la Suisse, où il espéra retrouver toutes ses affections perdues et surtout le calme de son cœur et de son esprit....

Lorsqu'il arriva en vue de Boudry, un triste pressentiment le saisit. Rien cependant ne paraissait changé dans la ville ni dans la campagne. Il chercha des yeux la maison où il était né; elle était toujours là, au bas de la ville, mais calme, silencieuse, ne se réjouissant pas de sa venue. Aucun bruit ne vint d'elle, et il n'en était qu'à deux pas; personne n'ouvrit ses portes; ses cheminées ne laissaient tourbillonner dans les airs aucun nuage de fumée. Qu'était-il donc advenu depuis son départ? Un malheur serait-il tombé là depuis deux années qu'il n'avait pas reçu de nouvelles? Il resta quelque temps rêveur et le cœur gonflé d'une inquiétude qu'il tremblait d'éclaircir.

Il s'enhardit pourtant: il alla s'agenouiller d'abord sur la tombe de sa mère, puis il se dirigea vers le toit paternel. Tout le monde était là, son frère et ses sœurs grandis et embellis, mais le pauvre père... Il était desséché, la figure hâve et jaunie. Sa barbe et ses cheveux étaient blancs comme ceux d'un vieillard avancé en âge. Il était triste, affaissé; à peine si l'arrivée inattendue de son fils le dérida.

Depuis la mort de Mme Marat et le départ de Paul, la joie n'était point entrée dans ce pauvre logis, et l'aisance s'en était éloignée de plus en plus. Le premier et le meilleur ami du docteur, M. Delahart, l'avait délaissé avant de mourir. Le procès qui avait été intenté à M. Marat à cause de son chien, la condamnation qui s'en était suivie, mais surtout, la fermentation que cette condamnation avait fait naître dans presque tout le canton de Neufchâtel, les uns tenant pour le docteur, les autres pour le tribunal, avaient singulièrement nui à la position du condamné. Mme Delahart, qu'on retrouvait partout où il y avait du mal à faire, s'était jetée à corps perdu dans la mêlée. Non contente de repousser de sa maison M. Marat, elle avait été de porte en porte jeter sa haine et son venin sur le nom et la science du docteur.

Dans cet état de choses, que pouvait faire Paul pour sa famille? Il n'avait à lui offrir qu'une science improductive et des espérances. Pauvre Paul! ce n'était pas là ce qu'il avait promis en partant.

Aussi songea-t-il, à peine arrivé, à couper de nouveau un bâton de voyage dans la haie de son jardin. Il éprouva pourtant le besoin de se reposer un peu, d'oublier quelque chose du passé dans les embrassements de sa famille, de reprendre du courage et des forces pour une nouvelle étape dans la vie. Et puis, il avait besoin de revoir Barbera.

A son arrivée, personne ne prononça ce nom; personne ne parla ni de Buttlander, ni de la ferme. Était-ce un parti pris ou un oubli? Était-ce de l'indifférence de la part de vieux amis refroidis? Était-ce le silence de ceux qui ne veulent pas réveiller le souvenir d'un malheur? C'est étrange, mais Paul n'osa pas non plus prononcer un nom qui était toujours dans son cœur et qui arrivait souvent sur ses lèvres sans oser en sortir. C'est qu'en effet, ce nom était un reproche pour lui. Qu'avait-il fait de ses promesses à la pauvre fille qui lui avait tant juré de l'aimer toujours ? Lui rapportait-il un cœur candide comme autrefois? Avait-il encore le droit de lui redemander à elle son amour tout entier? Comment le lui redemanderait-il sans rougir, sans laisser deviner une faute grave? Ne valait-il pas mieux dès lors l'oublier, et pour l'oublier, commencer par ne pas parler d'elle.

C'est ce qu'il fit; mais le soir en se couchant dans le lit de son frère, à ses côtés, il ne put plus y tenir:

— Jean-Pierre, lui dit-il à l'oreille, et Barbera?

— Elle est mariée... lui répondit tranquillement Jean-Pierre.

Le manuscrit s'arrêtait là. Il était évidemment inachevé. La curiosité de lord North en fut grandement désappointée, car il ne lui apprenait pas ce qu'il recherchait.

— Ta, ta, ta! fit lord North en se détirant les bras, comme on fait après un travail assoupissant : où diable Thompson a-t-il pris cette bergerie-là? Ah! oui, me voilà bien renseigné. Le Marat de Thompson est un bon fils, un bon frère, un bon ami, un enfant délicat, généreux, un jeune homme vertueux auquel je n'ai plus qu'à envoyer la croix de l'ordre du Bain ou le collier de l'ordre de la Jarretière. Tandis que mon Marat, à moi, a sa place marquée à Newgate, où il ira, je l'espère, mourir dans le plus profond de ses cachots, de faim, de soif et d'insomnie.

Lord North n'a pas laissé les souvenirs d'un grand homme, ni d'un philosophe en Angleterre. Il n'est donc point étonnant que nous le voyions déraisonner si durement sur Marat. Il n'avait pas assez de logique pour s'expliquer comment on peut passer du calme à la colère, pour comprendre que personne ne doit plus s'irriter contre une injustice que l'homme juste, que personne ne se soulève plus contre un fripon que l'homme loyal, et qu'il arrive un jour où, la mesure étant comble, l'homme juste et loyal ferme parfois son cœur à toute pitié et regimbe pour sauver sa dignité outragée.

Le manuscrit que l'agent Thompson avait remis aux mains du ministre, son maître, s'arrêtait au mot naïvement cruel de Jean-Pierre. Lord North ne voulut pas s'avouer qu'il avait suivi pas à pas, avec une certaine curiosité une bonne partie de la vie de son petit ennemi du moment; il ne s'avoua pas non plus qu'il était un peu désappointé de n'avoir point entendu les rugissements du tigre auquel un rival heureux venait d'enlever sa femelle, car il ne douta pas que Marat n'eût rugi en apprenant le mariage de Barbera.

Il ne voulut pourtant pas n'avoir retiré aucun

bénéfice de sa lecture. Aussi résolut-il de faire des recherches sur le comte Pepin de Béelzébuth, sur la demoiselle Virginie Delahart, et sur la fille du fermier Buttlander. Il espéra trouver là les renseignements après lesquels il soupirait depuis qu'il croyait avoir découvert l'auteur des *Lettres de Junius*.

Thompson fut chargé de cette nouvelle mission avec ordre de fouiller à sa guise l'Angleterre, la France et la Suisse...

IX

La noyade de lord Killarney avait manqué son but, car Marat n'était pas mort. Lord North apprit cette nouvelle par les journaux du matin. Chacun la raconta avec des commentaires divers. Personne, toutefois, n'en dit autant et aussi exactement que l'avaient fait les sauveteurs du pauvre docteur, lorsqu'ils déposèrent au cottage de lady Frenchlow celui qu'ils ne croyaient plus qu'un cadavre.

Le cottage de lady Frenchlow était, comme nous l'avons dit, en dehors de la ville de Londres, à très-peu de distance de la Tamise. La courtisane était là seule avec une amie et une servante. L'amie veillait à l'administration du cottage, la servante veillait aux besoins matériels et journaliers. Aucun homme n'y était installé, aucun homme ne s'y présentait même jamais, à quelque titre que ce fût, à l'exception du prince de Belphégor, qui y venait de temps à autre, mais rarement.

Le cottage pouvait donc passer pour un petit temple de la Vertu. On n'eût pas dit qu'il était la demeure de la Frenchlow, la courtisane si débraillée et si connue dans certaines sociétés interlopes de Londres, mais si aimée et si révérée chez elle, où sa réputation de la ville n'arrivait pas.

L'amie de la courtisane pouvait assurément se trouver au cottage à l'abri de tout soupçon. La connaissait-on seulement? On ne savait dans le voisinage qu'une chose, c'était qu'elle était jeune et belle. Nous savons, nous, de plus, qu'avec son amie elle était enjouée parce que son amie aimait la gaieté, mais que lorsqu'elle était seule elle devenait rêveuse, même triste, pourquoi? nul ne le sait.

Or, le soir que lady Frenchlow rentra au cottage, après son émouvante odyssée pour empêcher un crime dont elle trouvait la victime à ses pieds, elle se rencontra face à face avec les marins sauveteurs qui n'étaient point encore partis et qui contemplaient silencieusement le cadavre qu'ils avaient apporté, pendant que l'amie de lady Frenchlow se lamentait, tenant dans ses mains les mains du mort qu'elle cherchait à ranimer.

— Il a dit que cet homme-là n'était pas mort, mais je crois qu'il s'est trompé : c'est bien fini, dit l'un des marins en secouant la tête.

— Qui donc a dit cela? répondit lady Frenchlow en joignant ses soins aux soins de son amie, et frictionnant le cadavre pour le réchauffer, s'il y avait moyen.

— C'est un gentleman, si c'en est un, qui a dit cela, répondit le naïf marin. Mais faites excuse, milady, je vais vous conter la chose comme elle est arrivée. Pour lors, nous étions dans notre barque et filions vers le rivage pour rentrer chez nous, lorsque nous entendons des rires et des chants joyeux partant d'un yacht tout enguirlandé de lumières, qui faisait ses évolutions au milieu du fleuve. Nous nous arrêtons : voyons ça, que je dis. En voilà qui sont bien gais; ils ont bu du gin. Ils se colletaient, se bousculaient, enfin ils faisaient mille folies, lorsque tout à coup j'en vois quatre tomber à l'eau, deux par deux. Vite nous courons au secours; nous plongeons, nous replongeons. Enfin on en retire trois. Il y en a quatre! que je crie. Mais bast! le yacht s'envole comme une mouette. Ohé! du yacht! que je crie, mais il y en avait quatre! Et le yacht filait toujours. Ce n'était pas bien, mais ils avaient bu du gin... Tiens, que je dis aux camarades, qu'est-ce que c'est que ça? En effet, j'aperçois sur les rives du fleuve un homme qui y dépose un autre homme qu'il a sauvé. Notre homme! le quatrième! nous écriâmes-nous. Ohé! du yacht! le voilà... mais rien ; le yacht était loin et les buveurs de gin ne nous entendaient pas. Nous arrivons là et nous regardons. Il n'est pas mort, nous dit le gentleman sauveteur en lui versant quelque chose entre les lèvres. Portez-le là, ajouta-t-il en nous montrant ce cottage. Et nous sommes venus.

— Le reconnaîtriez-vous ce gentleman? demanda lady Frenchlow au marin.

— Pas possible, milady, dans l'état incivil où il était, les cheveux et les habits, sauf votre respect, tout ruisselants d'eau. Cependant il m'a lancé un regard... De ses yeux sortait du feu ; et si je revoyais ce feu-là, je crois bien tout de même que je reconnaîtrais l'homme, si c'est un homme. Je dis ça parce que voyez-vous, milady, ça m'étonne qu'un homme que nous n'avions point vu, nous qui étions là sur le lieu de l'accident, sortît tout à coup de l'eau. Il est vrai qu'il faisait noir comme tout. Enfin il a disparu après une si belle action sans nous dire merci, pourquoi? Puis, je crois que ses vêtements ont séché tout de suite et qu'il a laissé derrière lui une traînée de flammes qui m'a effrayé. C'était-il bien un homme, milady? Enfin nous sommes venus comme il nous l'a dit. Mais je crois qu'il s'est trompé en nous disant que son homme n'était pas mort.

— Non! il ne s'est pas trompé, s'écrièrent ensemble lady Frenchlow et son amie, car son cœur bat plus fort.

Après ça, ça ne m'étonne pas, dit le marin avec conviction : celui qui l'a tiré de l'eau n'a pas voulu le laisser mourir, et je crois bien qu'il en a le pouvoir...

Marat avait été déposé sur une causeuse dans l'antichambre où il avait reçu les premiers soins qui s'étaient à peu près reduits aux serrements de main de l'amie de lady Frenchlow et à la contemplation des marins qui croyaient bien que d'autres secours étaient inutiles.

Mais lorsque les deux femmes eurent senti battre le cœur du noyé, leur espérance s'exalta et leur imagination de garde-malade se haussa jusqu'au diapason des soins intelligents. Elles le firent transporter sur un lit bien chauffé, après qu'il eut été dépouillé de ses vêtements qui ruisselaient d'eau, et là elles le ranimèrent de leur mieux.

La nature et la jeunesse qui ont des ressources plus grandes que celles de qui que ce soit, se contentèrent de la bonne volonté des deux pauvres femmes. Elles rétablirent à peu près seules les ressorts détraqués du moribond, qui parut bientôt se livrer à un sommeil normal.

A son réveil, Marat se tourna et se retourna dans son lit sans s'occuper de l'endroit où il était. Le savait-il seulement? Probablement non, car bien qu'il ouvrît parfois les yeux il ne fixa rien. Sa figure était fortement injectée et les artères de ses tempes battaient violemment. La réaction avait dépassé le

but naturel d'un sommeil réparateur. Il y avait de
la fièvre, mais une fièvre qui n'effraya pas lady
Frenchlow, car elle n'en comprit pas les dangers.
Aussi ne songea-t-elle point à envoyer chercher un
médecin, elle ne songea qu'à envoyer la nouvelle
au prince de Belphégor, bien persuadée qu'il arriverait à son secours.

Il vint, en effet, mais le lendemain matin. Il se présenta avec la tranquillité d'un homme qui s'attend à
trouver le malade en bonne voie de guérison. Il se
trompait un peu : la fièvre n'avait point encore quitté
Marat. Quelques éclairs de connaissance cependant
commençaient à briller dans ses yeux. Il regardait
autour de lui, cherchant à deviner le lieu où il était.
Son regard se fixa pendant quelques instants sur le
prince de Belphégor, qui lui sourit en lui serrant la
main.

— Le prince de Belphégor, lui dit le prince.

Marat ne parut pas comprendre, s'il entendit, car
il détourna au même instant les yeux d'un autre
côté. Ils tombèrent sur lady Frenchlow avec une
ténacité qui la fit frémir. Elle se glissa tout doucement en arrière du lit, où elle attira le prince de Belphégor par un signe.

— Il m'a vue, lui dit-elle à voix basse, et vous
m'avez dit...

— Permets, lui dit le prince en l'interrompant, je
t'ai dit que de l'instant où tu l'auras vu, Marat n'aura
plus que vingt ans à vivre.

— Eh bien ?...

— Eh bien! cela sera, puisque tu l'as vu.

— Non, non, cela ne sera pas, riposta lady Frenchlow en joignant les mains vers le prince. Vous ne le voudrez pas; personne ne le voudra ni le destin non plus.

— Non, cela ne sera pas, dit le prince en souriant. Je demanderai au Père Éternel qui a écrit cette sentence sur son livre rouge de vouloir bien l'effacer.

Lady Frenchlow sourit : elle parut satisfaite, car elle comprit que le prince de Belphégor avait fait une plaisanterie, pour l'effrayer, puisqu'il plaisantait encore. Elle n'osa pas cependant se représenter sous les yeux du malade; elle alla s'asseoir dans une chambre voisine dont la porte ouverte lui laissait voir le lit de Marat.

Marat cependant se tenait toujours éveillé. L'intelligence lui revenait insensiblement et il cherchait à l'essayer sur tout ce qui l'environnait. Il commençait à paraître surpris de se trouver dans une chambre inconnue, sur un lit qui n'était pas le sien, au milieu d'un ameublement qu'il n'avait jamais vu. Ses idées ne paraissaient pas bien nettes encore; elles ne dépassaient pas l'enceinte de l'appartement où il se trouvait.

Bien que l'amie de lady Frenchlow n'eût point quitté le malade jusqu'à cette heure, qu'elle l'eût soigné avec un dévouement plus que maternel, elle

perdit alors un peu de la sérénité de sa contenance.
Elle chercha à voiler sa présence en se retirant tout
doucement vers le sommet du lit, où elle était moins
en vue.

Mais Marat l'avait remarquée sans doute, car se
retournant de côté et se relevant tout à coup appuyé
sur un coude, il se prit à contempler la jeune
femme avec une persistance qui la fit rougir et la
décontenança.

— Barbera ! dit Marat d'une voix saccadée, à
peine intelligible.

La glace était rompue. La jeune femme se précipita vers son ami d'autrefois et déposa un baiser
sur son front sans qu'il s'y opposât.

— Oui, c'est moi, Jean-Paul, lui dit-elle.

— Mariée!... ajouta-t-il, en la fixant d'un œil sévère.

Barbera baissa les yeux et ne répondit pas : mais
sa main étreignit la main de Marat par un serre-
ment fiévreux.

— Merci de vos soins, Madame! dit Marat en
retirant sa main et cherchant à sortir de son lit sans
le pouvoir.

Cet effort et sans doute aussi une émotion trop
tôt venue pour ses forces jetèrent Marat dans une
prostration qui inquiéta vivement ses hôtes.

— Retirez-vous, dit le prince de Belphégor aux
deux amies. Si j'ai besoin de vous, je vous appel-
lerai.

Marat parut bientôt s'endormir. Le prince de

Belphégor, qui n'était étranger à aucune science, trouva que le pouls n'était pas mauvais. Il s'assit donc tranquillement au chevet du lit et se prit à rêver. Mais bientôt, changeant de résolution, il se leva brusquement et sortit....

La ville de Londres ne s'était aucunement émue de l'accident arrivé au chétif docteur de la Cité. Lord North lui-même ne parut pas s'en émouvoir davantage lorsqu'il lut le fait dans sa gazette. Aussi à son petit lever se dirigea-t-il bien tranquillement vers son cabinet de travail pour refléchir aux affaires de l'Etat.

Il avait à peine entr'ouvert la porte qu'un énorme chat angora, commensal chéri du ministre, bondit entre les jambes du lord et disparut dans la maison. La frayeur de lord North ne fut qu'un éclair de surprise dont il rit de bon cœur; mais quelle ne fut par sa fureur lorsqu'il jeta un coup d'œil dans son cabinet ! Tout y était bouleversé, les papiers lacérés, les meubles égratignés d'une manière horrible. Le bureau ministériel était souillé d'encre et d'immondices.

Telle était l'œuvre du chat prisonnier qu'on avait enfermé là par mégarde, et qui s'en était vengé pendant toute une nuit. A qui s'en prendre? Un simple gentleman eût grondé sa domesticité; un sage n'eût rien dit; mais un ministre avait mieux que cela à faire. Lord North rentra dans sa chambre: ne pouvant travailler aux grandes affaires, il relut son journal, et cette fois, il parut s'émouvoir grandement de l'affaire Marat. Son âme exaspérée par les dégâts de l'angora se trouva juste au diapason convenable pour entamer une querelle à quelqu'un.

Ce quelqu'un fut Thompson, qu'il fit de nouveau demander. Il l'accabla de reproches ; il lui jeta au visage tous les soupçons qu'il avait contre lui, et l'odieux qui allait retomber sur l'administration pour le crime commis sur le docteur Marat.

Thompson n'était pas seulement un agent hardi, il était encore un habile physionomiste. Il comprit que la colère du lord passait par dessus la tête de quelqu'un pour arriver à lui ; que par conséquent il ne fallait pas trop s'effrayer.

Il n'était pas encore sorti de chez le ministre lorsque le prince de Belphégor se présenta, demandant une audience qui lui fut accordée de suite. C'était à cet effet qu'il avait quitté si brusquement le chevet du lit de son malade.

Il venait accuser Thompson d'être l'âme du crime commis sur le docteur Marat, bien que ce crime eût été exécuté par lord Killarney, dont il raconta l'infâme machination. Puis il cria vengeance.

Lord North, dont la colère n'était point encore trop baissée et qui se trouvait par conséquent dans une disposition très-favorable à la sévérité, lord North promit qu'une enquête sérieuse serait faite et que la justice aurait son cours.

Le prince quittait à peine l'hôtel du ministre, que

11.

Thompson, qui avait deviné son but, frappait déjà à la porte du cabinet ministériel, dans lequel il entra.

— Sa Seigneurie m'a demandé ? dit l'agent rusé.

— Non, répondit le ministre d'un ton sec, mais j'allais le faire, car je connais maintenant ce que vous ne disiez pas; je sais l'affaire de M. Marat. C'est vous, Thompson, qui avez ourdi cette trame, et c'est lord Killarney qui l'a exécutée. Je sais, en outre, que c'est le prince de Belphégor qui a retiré le docteur du fond de la Tamise. C'est lui qui le fait soigner dans le cottage de lady Frenchlow, sa protégée. Saviez-vous cela, Thompson ?

Thompson ouvrit deux grands yeux et resta la bouche béante pendant quelques instants, comme s'il eût été tout émerveillé de surprise.

— Ce qui m'étonne, dit-il enfin, ce n'est pas ce que vient de m'apprendre Sa Seigneurie, mais c'est de voir un prince de Belphégor soutenir si vivement un misérable libelliste qui a écrit les *Lettres de Junius* et les *Chaînes de l'esclavage.*)

Lord North sourit aux jolis mots de son agent ; sa colère était tombée tout à coup. Dès cet instant, il devint douteux que justice serait rendue.

— Enfin, Thompson, soyez prudent, répondit-il. La prudence est une grande science à pratiquer pour celui qui n'est pas sûr de réussir dans ses projets. D'ailleurs, nous tâcherons d'arranger cela ; mais, je vous le répète, soyez prudent.

— Oui, dit Thompson à part lui en sortant de chez le ministre, je serai prudent; car le coupable est celui qui ne réussit pas, il paraît. Mais je réussirai.

Il en avait, en effet, grand besoin, car son plus grand adversaire n'allait plus être Marat, mais le nabab, et le nabab était un adversaire redoutable. Il dut donc aviser avec soin.

Lord Killarney, de son côté, prévenu par Thompson, se prit à rêver sérieusement à cette affaire, qui commençait à devenir menaçante, entamée à ce point de vue. Il savait aussi, lui, que le prince était un jouteur difficile à vaincre.

Aussi, lord Killarney et Thompson ne se trouvaient-ils pas peu embarrassés. Pourtant il fallait attaquer, ou abdiquer et en subir les conséquences. L'avis des deux complices fut bien le même. Le tout était d'attacher le grelot.

Thompson ne fit plus ses rondes habituelles dans la ville pour le service de son administration soupçonneuse sans rêver au bon moyen et le cherchant partout.

Lord Killarney en fit autant de son côté, demandant, lui, au hasard, ce dieu de tant de découvertes inespérées, de lui venir en aide.

Le hasard lui répondit à souhait. Aidant ses goûts probablement, il le conduisit un soir dans un salon, dans un de ces salons borgnes qui s'ouvrent devant tous ceux qui portent une bourse grande ou petite dans leur poche, et dans leur cœur la passion la plus malfaisante, celle du jeu. Là, bien qu'une poignée d'or eût toujours le don de le faire frémir d'aise et de convoitise, lord Killarney ne regarda pas l'or, mais les joueurs, dont il étudia les appétits, les espérances et les déceptions.

Un homme jeune encore, âgé d'un peu plus de trente ans peut-être, fixa toute son attention. Son visage était maigre, jauni; il portait la rature de bien des vices. Pour l'instant, il était crispé sous les doigts de l'inquiétude et de l'envie. Cet homme jouait-il depuis longtemps? Lord Killarney ne le sut pas; mais ce qu'il sut, c'est que depuis son arrivée il perdait constamment, et que, dans un instant, il lui vit descendre lentement la main dans sa poche et la retirer vide.

Un sourire horrible grimaça en ce moment sur les lèvres du joueur décavé, qui sortit.

Lord Killarney le suivit à quelques pas de distance. Le joueur malheureux marcha droit vers la Tamise. Arrivé sur les bords du fleuve, sans regarder derrière lui et sans hésiter, il prit son élan pour se jeter dans les flots. Une main l'arrêta.

— Vous êtes un sot, lui dit jovialement lord Killarney. Un homme d'esprit a mieux que cela à faire. Vous avez perdu votre argent au jeu; eh bien! qu'est-ce que c'est que cela, quand on peut le retrouver ailleurs? Ce qu'il y a de sûr, c'est que vous ne le retrouverez pas au fond du fleuve; ce qu'il y a de sûr encore, c'est que si vous voulez m'écouter un instant, je vous dirai où il est.

Le néant de la mort ne plaît à personne ; celui qui le recherche ne le fait que pour trouver l'oubli d'une peine. Le désespéré de lord Killarney, retrouvant l'or qu'il avait perdu, oublia sa peine et ne voulut plus mourir.

— Allons !... dit-il en tournant le dos au fleuve.

Et ils allèrent ensemble droit à la demeure de Thompson, qu'ils trouvèrent les deux coudes appuyés sur sa table et la tête cachée dans ses deux mains. Il pesait dans son esprit quelques projets qui lui paraissaient plus fantastiques les uns que les autres et n'aboutissaient pas sûrement.

Un conseil fut tenu alors entre les trois complices. Il fut résolu que le grelot serait attaché par le joueur malheureux. Mais l'affaire fut remise au lendemain, pour les préparatifs nécessaires et afin d'obéir à la prudence recommandée par lord North.

X

Le lendemain, le prince de Belphégor n'alla pas visiter Marat. Il croyait qu'il était trop tôt : il se trompait, car le docteur était plus calme. Ses longues réflexions de la nuit l'avaient sans doute rendu plus traitable. Lady Frenchlow s'était mise à l'écart avec sa compagne, d'après la recommandation du prince de Belphégor ; mais le malade demanda spontanément Barbera, qui se hâta de se rendre à son appel.

— Écoute-moi, mon ami, lui dit-elle en se jetant toute en larmes dans ses bras ; tu me jugeras au moins en connaissance de cause et me condamneras après, si tu le veux.

Rappelle-toi bien, Jean-Paul, la dernière lettre que tu m'écrivis ; elle était datée de Bordeaux, où tu arrivais. Depuis, tu ne m'as plus donné de tes nouvelles. Deux ans sans m'écrire ! Ni ton père, ni moi, ne savions plus ce que tu étais devenu, si même tu n'étais pas mort. Nous le pensions tous en pleurant, d'autant plus qu'une lettre que ton père t'écrivit resta sans réponse.

Cependant, je prenais de l'âge et mon père se faisait vieux. Il me dit un jour : « Ma fille, je né peux plus administrer seul ma ferme avec profit. Je dois compter sur toi pour m'aider... et puis aussi, ajouta-t-il d'une voix mal assurée, sur un gendre. Il s'en présente plusieurs, tu le sais, qui peuvent convenir à nos travaux : choisis. »

Je fondis en larmes : mon père me comprit.

Marat se retourna tout à fait du côté de Barbera, un coude appuyé sur son oreiller et lui tendant la main libre qu'elle saisit avec avidité.

— « Je te comprends, ma fille, me dit mon père, ajouta Barbera ; mais que veux-tu, Jean-Paul ne revient pas. Et, quand il reviendrait, t'accepterait-il pour sa femme ? S'il t'acceptait, pourrait-il se livrer à nos travaux ? C'est un homme de la culture des terres qu'il nous faut. Jean-Paul, lui, est un savant ; il doit rechercher une femme de la ville. Réfléchis bien. »

— Mes réflexions étaient faites : je voulus attendre. Mon père se résigna, car il lui en coûtait aussi de renoncer à toi sans t'avoir au moins parlé.

Marat serra la main de la jeune femme d'une douce étreinte qui prouvait qu'il commençait à la trouver moins coupable.

— Enfin, vint un jour malheureux, continua Barbera. C'était vers la fin de l'automne, à l'époque où tous nos bergers descendent des montagnes, ramenant leurs troupeaux à l'étable pour y passer l'hiver, après avoir passé toute la bonne saison dehors.

Nous allâmes donc, mon père et moi, au-devant des nôtres. Nous étions sur le versant du Jura, contemplant nos troupeaux avec satisfaction, car mon père les trouvait en bon état, lorsque je remarquai avec surprise qu'un de nos bergers manquait. Mon père allait demander de ses nouvelles aux autres, quand nous l'aperçûmes au détour d'un rocher, marchant difficilement et portant sur son dos un fardeau que nous vîmes bientôt être un homme. Nous fûmes bien effrayés. Cependant lorsque notre pâtre fut arrivé près de nous : ne craignez rien, nous dit-il, je crois qu'il n'est pas mort. C'est un chasseur que nous avons trouvé là-bas tombé dans un ravin. Et il le déposa à terre pour se reposer un peu.

Cet homme effectivement n'était pas mort, car en appuyant la main sur sa poitrine on sentait les pulsations du cœur. Mais il était tout meurtri et couvert de sang.

— Portez-le chez moi, dit mon père toujours bon et toujours généreux, et prévenez le docteur Marat.

Le blessé était jeune et vigoureux ; le docteur le soigna si bien qu'il en revint. Mon père le traita comme un des siens : il ne voulut pas le laisser partir de la ferme avant qu'il ne fût bien guéri. Ce qui fut long.

Ici Marat devint plus attentif et quelque peu impressionné contre Barbera. Il pressentit un événement fâcheux dont il accusa dans une pensée jalouse les imprudences de son amie d'enfance. Il laissa insensiblement sa main tomber de celle de la jeune femme, qui le remarqua mais n'en témoigna pas sa peine.

— Le costume de cet homme, dit-elle en continuant sa narration, qui commençait à lui devenir pénible, mais qu'elle voulait faire entière et sans réticence, le costume de cet homme était celui d'un homme riche. Il était attaché à l'armée prussienne : c'était un officier. Il se montra plein de reconnaissance pour nos soins. Il était si doux au milieu de ses souffrances, que nous nous attachâmes sincèrement à lui. Bientôt même il nous parut faire partie de la famille : nous le traitâmes sur ce pied-là. Il était du reste si respectueux avec moi, avec mon père il était si aimable et si ouvert, que nous nous sentîmes pleins de confiance en lui.

Les premiers jours de sa convalescence mon père le promena tout autour de la maison, en lui donnant le bras pour le soutenir; puis ce fut moi qu'il chargea de ce soin. Les forces du malade revinrent petit à petit : aussi commençâmes-nous bientôt à faire quelques pas au delà de nos promenades ordinaires. Puis nous nous engageâmes quelque peu dans la montagne; puis enfin, tout à fait loin. Je crois qu'il eût pu dès lors regagner son régiment, mais il n'en parla pas.

Marat parut en ce moment souffrir de sa position sur son lit, et il se retourna sur le dos. Barbera arrangea avec soin les oreillers autour du malade. Elle se rassit ensuite au chevet du lit, souffrant des souffrances qu'elle voyait se refléter sur le visage de son ami. Mais elle avait promis de boire le calice jusqu'à la lie, elle continua.

— Un jour nous ne sortîmes pas dans la matinée comme c'était notre habitude. Notre hôte s'était fait charmant, plein d'un entrain de gaieté folâtre. Il avait aidé mon père dans tous les petits travaux qu'il avait eus à faire dans la ferme; il s'était attaché avec moi à tous les soins du ménage, en riant et se démenant avec une grâce tout enfantine. Aussi n'ai-je pu le refuser lorsque dans l'après-midi il me convia de faire une promenade dans la montagne. Le temps était en effet si beau, que je ne fus pas même tentée d'hésiter. Il me raconta chemin faisant des historiettes de toutes sortes sur la cour de Berlin, sur les plaisirs qu'elle donnait à tous, sur les petits scandales qu'elle offrait même parfois, mais tout cela avec un langage si gai, si plein d'esprit, et toujours si convenable, que nous allâmes loin, bien loin même; sans que je m'en aperçusse.

Dans un instant il me sembla pourtant que le jour baissait. Je levai les yeux au ciel et je vis avec effroi que si le jour baissait si vite cela tenait à des nuages épais qui s'amoncelaient au-dessus de nous. La saison était trop avancée pour que nous eussions à craindre les éclats du tonnerre; mais nous pouvions avoir de fortes averses et peut-être une pluie persistante. Nous rebroussâmes donc chemin aussitôt. Mais déjà il était trop tard, car nous sentions de larges gouttes d'eau tomber sur nous. Nous nous mîmes à courir autant qu'il était possible. La pluie nous devança; de gros nuages crevèrent tout à coup sur nous, et nous nous trouvâmes très-heureux de rencontrer devant nous un auvent formé par des rochers superposés, qui nous offrit un pré-

cieux abri. Nous restâmes là longtemps et nous n'a-
vions guère espoir d'en sortir de sitôt, tant le ciel fon-
dait en eau. Nous voyions des torrents tomber comme
les cascades le long des sentiers, et là où il y avait
une plate-forme, elle était aussitôt cachée par des
flaques d'eau.

J'étais dans la désolation, car cette position n'é-
tait pas tenable. Je songeais à l'inquiétude qui devait tourmenter mon père, mais il n'y avait pas
moyen de bouger. Nous ne pouvions cependant pas
passer la nuit là. Pour surcroît d'inquiétude, je trouvais que mon compagnon d'infortune se faisait un
peu trop rieur en face de notre malencontreuse position. Puis ses paroles me parurent plus lestes que de
coutume, moins convenables de tout point. Bientôt
même il devint moins respectueux à mon égard,
sans oublier toutefois encore toutes les règles de la
discrétion qui avaient toujours régné entre nous.

Je me tins dans la plus grande circonspection. Je
ne parus pas comprendre ses plaisanteries ni ses
phrases à double entente. Pour le rappeler au respect qu'il me devait, je réveillai les souvenirs de sa
chute dans les ravins, qui aurait pu devenir mor-
telle, si elle fût arrivée par un pareil déluge ; je lui
rappelai les soins affectueux que lui avait donnés
mon père, ceux que je lui avais prodigués avec
l'amitié d'une sœur, avec toute la confiance d'une
fille vertueuse, qui ne voit qu'un devoir à remplir, celui de sauver la vie d'un homme.

Ces souvenirs refrénèrent pour un instant le laisser-aller de l'officier prussien; mais son cœur était mauvais, il paraît. L'isolement dans lequel nous nous trouvions, l'obscurité qui nous enveloppait, l'enhardirent. Son langage s'exaspéra de nouveau dans la mauvaise voie, et ses mains bientôt se livrèrent à des actes malséants. Rappelé vivement à ses devoirs d'honnête homme, il ne se contint plus, et se rua sur moi avec la frénésie d'une bête féroce; il m'étreignit dans ses bras nerveux et me jeta à terre.

La lutte fut terrible alors entre nous deux, car j'étais pleine de vigueur aussi, moi, et je préférais mourir que d'être vaincue. Je me défendis si bien et si énergiquement en effet, que mon amoureux de corps de garde dut comprendre qu'il recherchait une victoire qui n'était pas facile. Le désordre de nos vêtements à tous deux, et aussi les déchirures de sa figure à lui, je puis le dire, attestaient que la résistance était aussi sérieuse que l'attaque.

Le soldat finit par comprendre l'inutilité de ses efforts, ou peut-être un bon mouvement vint-il remuer son cœur; il s'arrêta. Une trêve acceptable parut se signer entre nous. J'en profitai pour m'élancer au dehors. La pluie tombait toujours; la nuit était noire à ne rien voir autour de soi; je risquais donc de tomber dans les ravins, mais que m'importait? Au premier pas que je fis, je me trouvai embourbée dans une flaque d'eau d'où je cherchai inutilement à sortir.

Mon adversaire vint à moi, me tendit la main en me jurant une paix éternelle et me suppliant d'oublier un instant de folie. Je n'oubliai pas, mais je pris sa main et le suivis de nouveau sous notre malheureux auvent.

Il se fit alors petit jusqu'à la bassesse après s'être fait arrogant jusqu'au crime. Il se jeta à genoux pour me demander pardon, puis s'éloigna de moi et se cramponna dans un coin du rocher pour m'ôter tout sujet d'inquiétude. Il y avait quelques instants que nous nous tenions dans cette position ridicule, lorsque j'entendis le bruit de quelques voix dans le lointain. Ce bruit se rapprocha insensiblement. Je m'avançai quelques pas en dehors de notre abri et ne tardai pas à apercevoir des lumières vacillantes. C'étaient des torches allumées et des lanternes portées par tous nos gens de la ferme et par des voisins. Mon père était en tête. Je ne saurais dire avec quelle joie je les reçus tous, et avec quel attendrissement j'embrassai mon père.

Mon père reçut froidement mes caresses; pourtant il ne me fit que des reproches amicaux. Puis, sans rien dire à son hôte, sans lui adresser un mot de condoléance sur sa malencontreuse promenade, il se remit en marche, et nous descendîmes la montagne avec mille et mille précautions que rendaient nécessaires et la pluie qui tombait encore un peu et le mauvais état du sol.

Mon père ne savait certainement pas l'horrible

scène dans laquelle j'avais fait des efforts inouïs pour défendre ma vertu ; il ne la soupçonna probablement pas : mais il comprit qu'il y avait un accroc fait à la réputation de sa fille. Pour moi, je le compris bientôt aussi.

Dès le lendemain, l'officier prussien remercia mon père de ses soins généreux et voulut partir de la ferme. Mon père s'y refusa.

— Vous avez commis une grave imprudence, Monsieur, lui dit-il, en vous attardant hier dans la montagne avec une jeune fille dont la réputation a la fragilité des fleurs. Si vous partez de suite, on dira que je vous renvoie ou que vous partez volontairement pour un motif qui nous flétrira. Vous resterez donc jusqu'à ce que je vous dise : Partez. Mais vous ne vous promènerez plus que tout seul ou avec moi. A cette condition-là je vous excuserai peut-être et ne regretterai pas le bien que je vous ai fait.

La semonce de mon père était dure, dit Barbera, pas aussi dure pourtant que le mal qui m'avait été fait. Lorsque j'allai à Boudry pour visiter les personnes de notre connaissance, chacun me fit mille et mille questions sur ma promenade dans le Jura et sur celui qui m'accompagnait. Chaque personne souriait d'un air malveillant en fixant mon visage pour voir sans doute s'il ne rougirait pas. Les jeunes filles mes amies m'évitèrent, et lorsque le dimanche je me présentai au temple pour assister aux divins offices, un peu de vide se fit autour de moi, comme si l'on eût craint d'être trop près d'une pestiférée.

Mon père eut aussi des affronts à souffrir. Plus d'une personne qui l'affectionnait lui donna le conseil de faire cesser le scandale que nous donnions à tous, lui disait-on, en me mariant avec le bel étranger.

L'opinion publique était donc partout contre nous. Sous prétexte de bonnes mœurs on flétrissait mon honneur; on jetait ma noble et heureuse défense en pâture à la calomnie. Notre position devint si intolérable, que mon père finit par prêter l'oreille aux sots conseils de ses faux amis. Pourtant il était grandement embarrassé, car que faire de ce soldat, quand même le soldat accepterait ses propositions?

Sur ces entrefaites nous reçûmes une visite que nous n'attendions guère : ce fut celle du comte Pepin de Béelzébuth, qui venait régler la succession de M. Delahart au nom de M¹¹ᵉ Virginie Delahart, dont il était le mandataire. Mᵐᵉ Delahart n'avait point encore quitté le pays : elle accompagnait M. le comte Pepin.

Le comte parla longuement avec mon père; puis, sans me demander mon assentiment, ils appelèrent l'officier devant eux.

— Monsieur, dit le comte au soldat, permettez-moi de vous faire subir un interrogatoire qui sera, comme vous le verrez, tout dans votre intérêt. L'excellent

Buttlander vous a reçu chez lui dans un instant
bien grave pour vous. C'était d'un bon cœur, mais
c'était bien imprudent de recevoir un homme jeune
dans une maison isolée et sous le même toit qu'une
jeune fille qui n'avait pas de mère pour la protéger.
Les yeux malveillants des gens du pays ont parfaitement vu cela; leurs mauvaises langues l'ont dit et
ont dit plus. Buttlander ne vous a point demandé
à qui il tendait sa main généreuse ni quel était votre nom de famille. Il sait seulement que vous êtes
lieutenant dans l'armée prussienne et que vous vous
appelez Guillaume.

— Je m'appelle Guillaume Muller, répondit le
lieutenant.

Un léger nuage passa sur le front du comte Pepin, qui fixa profondément la physionomie du
soldat.

— En quelle année et dans quel pays êtes-vous
né? ajouta-t-il.

— Je suis né à Francfort-sur-le-Mein, en l'année 1738, répondit M. Muller avec un peu de rou-
geur sur le visage, comme si son origine avait
quelque chose d'insolite.

Ici le comte fit un pas assez brusque dans la
chambre et jeta sur Mme Delahart, qui était là, les
yeux fixés sur ceux du comte, un regard profond
qu'elle parut comprendre et qui la saisit au point
de la rendre toute tremblante.

— C'est *lui!* lui dit-il à voix basse.

Mon père entendit ce mot et comprit tout. Le regard que le comte avait lancé à Mme Delahart à la réponse du lieutenant avait déjà attiré son attention. Mon père, du reste, n'avait pas vu sans surprise la bonne intelligence établie entre le comte Pepin et la veuve de M. Delahart, qui devait toujours quitter mais ne quittait pas Boudry, où pourtant elle n'avait plus rien à faire, puisque M. Delahart ne lui laissait rien par testament. Il est vrai qu'on parlait du grand désintéressement de Virginie, qui, à l'instigation du comte sans doute, devait lui laisser, ou tout au moins à Romain, une part dans ses biens.

— Eh bien, Monsieur le lieutenant Guillaume Muller — un nom tout semblable à celui de la veuve apocryphe de M. Delahart, fit observer Barbera, en soulignant les mots. — Eh bien, Monsieur le lieutenant, reprit le comte de Béelzébuth, vous sentiriez-vous en goût de demander la main de Mlle Barbera Buttlander, que vous connaissez assez, pour que je ne vous parle pas de ses mérites. Vous resterez ensuite officier dans l'armée prussienne ou vous n'y resterez pas, à votre choix : et dans ce dernier cas, je me charge de vous pourvoir. Vous savez la position de fortune du fermier; quant à la vôtre on ne s'en inquiète pas. Mais en ma qualité de vieux soldat devenu riche je doterai l'officier Muller de cent mille francs, tout en avisant pour l'avenir. Ça vous va-t-il, lieutenant?

— Il faudrait que je fusse bien ingrat, monsieur le comte, dit Muller tout rayonnant de joie, si je refusais d'unir ma vie tout entière à celle de ma bienfaitrice, quand même monsieur le comte ne diminuerait pas le mérite de ma reconnaissance par son offre inattendue. J'ai donc l'honneur de demander à maître Buttlander s'il lui convient de me donner la main de sa fille, et à M\ue Barbera, si elle daigne accepter ma demande.

Le tour était fait, mon ami, ajouta Barbera en lançant un regard sévère vers le ciel : voilà comme je fus vendue. J'eus beau protester, gémir, pleurer, mon père ne me répondit qu'un mot : Épouse le lieutenant quel qu'il soit, ou je vais me jeter dans les glaciers du Jura ; car je ne veux pas vivre avec le déshonneur sans cesse à mes trousses.

Eh bien, j'épousai...

— C'est étrange ! dit Marat en lançant un regard de haine au delà de la chambre. Le comte de Béelzébuth se trouve toujours devant moi pour empoisonner ma vie. Cet homme est un mauvais génie qui me sourit toujours et me frappe sans cesse.

— Au sortir du temple, après la cérémonie nuptiale, reprit Barbera, le comte Pepin de Béelzébuth délivra les cent mille francs promis au lieutenant Muller, qui les glissa dans sa poche et disparut immédiatement. Je ne l'ai pas revu depuis : et il y a de cela dix ans.

J'eus pourtant de ses nouvelles six mois après,

car mon pauvre père étant mort, je voulus vendre la ferme et j'eus besoin du consentement de M. Muller. Le comte de Beelzébuth me le fit parvenir. Il paraît qu'à cette époque l'ex-lieutenant prussien était à Paris, de passage sans doute, car il était sur le point d'en partir, me disait-on.

Le mariage et la disparition de M. Muller venaient de se faire lorsque tu arrivas à Boudry. Quand je sus que tu étais de retour, je me hâtai d'aller chez ton père pour me jeter à tes pieds et te crier : Grâce !.. Tu étais parti. J'en fus bien affligée, mais je n'en fus pas surprise. Ma première pensée fut de courir sur tes traces pour te dire : Me voilà, prends-moi, je suis toujours pure... Mais ton père ne me dit qu'un mot : Sais-je où il est ! Il a pourtant parlé d'aller en Angleterre.

Je rentrai à la ferme alors, résolue d'y vivre en recluse. Je pris à cet effet des habits de deuil, et je restai là dans un coin de la ferme. Mon père, hélas ! succomba bientôt au chagrin d'avoir préparé mon malheur. Je me vis seule au monde alors. Tu étais perdu pour moi à jamais, il me semblait ; je n'avais donc plus d'espoir qu'en Virginie. Je lui écrivis le malheur qui venait de m'arriver et le désir où j'étais de vendre mes biens et d'aller vivre dans la plus profonde solitude.

Je ne reçus point de lettre d'elle, mais j'eus mieux, j'eus sa visite. Elle m'apporta elle-même ses consolations et l'autorisation de M. Muller à la vente de mes biens. Virginie m'apprit alors ton passage à Paris, ta fuite précipitée de chez le comte et tout le chagrin qu'elle en avait ressenti. Nous parlâmes de toi, rien que de toi. Puis elle me confia le projet qu'elle avait conçu de voyager. Elle me pressa de la suivre, de ne plus la quitter jamais. Elle voulait rester libre. Virginie est une sorte de philosophe qui a ses idées à elle, tu le sais; mais elle est si bonne! Avec elle je pouvais si bien parler de toi que j'acceptai sa proposition.

Nous voyageâmes dans différents pays. Puis enfin, nous vînmes nous fixer dans ce cottage, où nous sommes, d'où je ne sors jamais, pas même pour entrer dans la ville, que j'ai visitée à peine un jour. Je ne sais pourquoi, mais il me semblait, mon ami, qu'en ne bougeant pas d'ici, tu viendrais peut-être m'y trouver, et je t'attendais.

Marat était naturellement bon : tous ceux qui l'ont intimement connu lui ont donné ce caractère. On aurait tort de le juger sur la rumeur de gens qui répètent, sans les apprécier, les bruits horribles que les ennemis de ses derniers jours ont semés dans les airs. A cette époque, il n'était point encore enivré par la poudre du combat; il n'était point non plus trop ulcéré encore par les tracasseries et les attaques injustes des hommes. Bien donc qu'il eût fui le comte Pepin, dont l'amitié douteuse le harcelait sans cesse de ses maximes, qu'il ne pouvait goûter; bien que les hardiesses de la morale de Virginie eussent froissé singulièrement les parfums d'amour qui avaient embaumé sa jeunesse à lui, il eut cependant, à cette heure, quelques bonnes pensées de souvenir pour ces personnages.

— Et Virginie, dit-il à Barbera, qu'est-elle devenue ?

— La voici, répondit lady Frenchlow, qui trépignait d'impatience depuis un instant à la porte de la chambre sans oser entrer.

Marat lui tendit les bras en souriant. Elle s'y précipita avec empressement pour donner et recevoir sur les joues un bon gros baiser, qui fut l'oubli du passé et le sceau de la paix pour l'avenir.

— Et le comte Pepin de Béelzébuth ? demanda Marat à Barbera, dans un instant où ils se trouvèrent seuls.

— Je ne l'ai pas revu depuis que nous sommes ici, répondit la jeune femme.

Marat regarda Barbera avec un sourire de doute qu'elle comprit.

— Oui, je sais ce que tu veux dire, lui répondit-elle : tu veux parler du prince de Belphégor.

— Oui ; eh bien ?

— Il y avait près d'une année que nous étions ici, lorsque je vis entrer un jour le prince. Je m'avançai vivement vers lui pour le saluer comme un personnage de ma connaissance, car je le prenais vraiment pour le comte Pepin. Mais il resta froid, impassible, à mes avances. Il répondit à mon salut

par un salut fort gracieux, sans doute, mais n'indiquant nullement qu'il me connût. Je le regardai bien
attentivement alors, et je vis qu'en effet le prince
était beaucoup plus jeune que le comte ; sa voix n'a-
vait pas non plus ce ton sec et saccadé de la crécelle
que tu dois lui connaître. A première vue, cependant,
c'était à s'y tromper. Lorsque Virginie vint pour le
recevoir, je trouvai le prince plus cérémonieux pour
elle que ne l'était autrefois le comte ; et elle, de son
côté, le traita comme une bonne connaissance de
société, rien de plus. Ne sois point étonné, mon
ami, si je te dis qu'elle le traita comme une connaissance de société. C'est qu'en effet Virginie fréquente les sociétés ; je crois même qu'elle reçoit
chez elle. Le cottage est notre demeure, mais il est
plutôt la mienne que la sienne. Virginie aime le
plaisir ; c'est bien naturel à son âge. Je ne la blâme
pas de n'être pas maussade comme moi. Aussi son
domicile est-il principalement au centre de Londres.
C'est là qu'elle reçoit, c'est là qu'on lui adresse ses
invitations. C'est donc dans ce monde-là qu'elle a
connu le prince, qu'elle estime plus que tout autre,
sans doute, car lui seul a ses entrées ici, mais il en
use bien rarement... Ah ! que veux-tu, mon ami, se
hâta de dire Barbera, qui vit errer sur les lèvres du
docteur une grimace d'improbation dont elle ne
comprit pourtant pas toute la portée ; moi, je n'entends rien à tout cela. Je suis toujours la fermière
du Jura et la sotte fille que tu sais. Virginie, elle,

st une folle, une frondeuse, une extravagante, si
u le veux, mais elle est bonne fille et elle m'aime
comme sa sœur. Ici, je l'appelle Virginie ; mais il
paraît que, dans son appartement de la ville et dans
a société, on l'appelle lady Frenchlow.

— Lady Frenchlow ! dit Marat avec réflexion.

— Oui, et nous en rions de bon cœur quelquefois
outés les deux. Mais que veux-tu, me dit-elle alors?
En Angleterre, il faut bien être Anglaise, et le nom
de Virginie ne l'est guère.

— Ah ! elle a nom lady Frenchlow ? reprit Marat
avec un étonnement qui finit par faire rire Barbera
aux éclats.

—Pourquoi pas? lui dit-elle. J'ai quelquefois pensé
à prendre aussi un nom anglais ; mais, comme je
ne sors pas, le mien me suffit, et je le garde.

Marat resta un instant rêveur après sa causerie
avec Barbera, dont il appréciait et admirait toute
la naïveté. Les confidences qu'elle venait de lui
faire la lui rendaient mille fois plus chère qu'autrefois. Aussi, bien qu'il n'eût aucun motif grave pour
suspecter l'affection de Virginie pour son amie, se
trouva-t-il peiné de voir celle qu'il aimait sous le toit
de lady Frenchlow. Il n'avait point oublié la morale
hardie qui lui avait été débitée dans l'hôtel de la
rue du Bac. Il ne doutait pas que cette morale ne
fût encore le pivot sur lequel tournait toute la conduite de la Frenchlow, dont le nom, d'ailleurs,
autant qu'il pouvait s'en souvenir, avait parfois

résonné à ses oreilles avec un bruit qu'il avait besoin d'écouter de nouveau pour en trouver la note.

En tous cas, il résolut de prendre un parti à la hauteur des besoins qu'il voyait en lui et autour de lui. Rien ne le retenait fortement en Angleterre. Sa clientèle de médecin était d'un maigre rapport ; sa position littéraire, bien qu'elle fût en bonne voie par la publication de son livre *de l'Homme* et de celui des *Chaînes de l'esclavage*, menaçait d'être entravée par une conspiration dont il comprenait toute la puissance ; sa vie, qu'il n'avait conservée que par un hasard providentiel, était à la merci d'ennemis invisibles et d'autant plus redoutables. Il résolut donc de quitter l'Angleterre.

— Nous n'avons plus qu'une chose à faire, ma Barbera, dit Marat en rompant tout à coup son silence, mais une chose grave, c'est de quitter l'Angleterre. Veux-tu me suivre ? ajouta-t-il d'une voix mal assurée et en regardant Barbera d'un œil inquiet de la réponse.

— Tout à toi, tout pour toi ! répondit la jeune femme avec exaltation. Je ne veux plus te quitter jamais, jamais...

XI

Lorsque Virginie rentra dans la chambre de Marat, elle ne remarqua pas l'émotion qui siégeait sur le visage de ses deux amis. Elle était trop préoccupée d'une pensée qui ne les concernait en rien pour voir ce qui se passait autour d'elle. Depuis qu'elle savait son hôte en bonne voie de guérison, depuis surtout que l'accueil bienveillant qu'il lui avait fait l'avait rassurée sur l'opinion qu'il pouvait avoir d'elle, elle ne pensait plus qu'à secouer la tristesse qui l'assombrissait depuis deux jours pour reprendre ses journées semées de roses.

Ce soir-là même était un jour de réception chez le prince de Belphégor. Virginie ne l'avait pas oublié. Bien qu'elle ne fût pas une habituée des raouts du Nabab, elle y apparaissait parfois cependant, et pour l'instant elle brûlait d'y assister.

Elle partit donc pour Londres, laissant son cottage à la garde de ses amis jusqu'au lendemain, ne promettant pas de pouvoir rentrer le soir même.

Les soirées du Nabab n'avaient rien d'oriental. Le prince recevait bien, mais n'étalait jamais pourtant un luxe à faire pâlir de jalousie les gros traitants anglais.

Ces soirées étaient fort suivies et peut être aussi un peu mêlées. On y trouvait une liberté qui plaît toujours mais qu'on ne trouve pas partout, et qui chez lui était même étrange. Les salons non-seulement étaient ouverts à tous les invités, mais l'hôtel tout entier. Il semblait, à voir cette facilité de circulation, que le Nabab ne recevait que des amis intimes et qu'il n'avait que des hôtes. Il ne paraissait pas craindre que parmi ses invités il se glissât quelque pick-pocket de haut ou de bas étage, qui le fît repentir des facilités qu'il octroyait à tous.

Il est vrai qu'il y avait autour de lui cette réputation de magie dont nous avons parlé. On racontait même à cet égard des faits assez étranges de voleurs pris au trébuchet en voulant décrocher chez lui des objets qui les tentaient. Mais il est difficile de supposer que le Nabab fût assez bonasse pour espérer une protection bien assurée dans cette réputation qui était, du reste, assez mal hypothéquée auprès d'un bon nombre d'esprits forts. Les puritains de la bonne société en riaient même à cœur joie, et pour beaucoup le Nabab avait tout simplement un grain de folie dans le cerveau.

Thompson et lord Killarney étaient un peu plus croyants que ces derniers, pas assez croyants cependant pour ne pas essayer au moins de leur puissance contre la puissance de leur ennemi, lorsque surtout ils n'allaient au combat que par procuration, procuration qu'ils donnaient, bien entendu. Bien instruits des manières du prince et sachant parfaitement que toutes les portes de l'hôtel n'étaient point difficiles à crocheter, ils poussèrent leur homme à l'œuvre. L'homme arriva si bien dans cet hôtel ouvert à tous les vents que, sans grand mérite d'imagination ni de hardiesse, il se trouva, après la fermeture des salons, dans la chambre du prince de Belphégor. Le Nabab y dormait d'un profond sommeil. Le lit était encaissé dans une alcôve fermée de tous côtés et qui n'était abordable que par devant.

Le prince était là rêvant de bonheur probablement, car sa figure était souriante. Son sourire sembla narquois à l'homme de lord Killarney, qui resta la bouche béante, la tête avancée et les jambes dans la pose d'un lutteur. Il tenait un poignard à la main, mais il hésitait à se précipiter sur cet homme endormi. Cependant il ne pouvait pas rester cloué là éternellement. Il fit donc un pas, puis deux, s'avançant d'un pied qu'il croyait léger, mais qui n'était que le pas lourd du coupable qui se cramponne au sol qu'il a peur de voir s'entr'ouvrir sous lui. Puis enfin il s'élança d'un bond, le poignard levé sur la poitrine du dormeur qui ne sourcilla pas. Au même instant une détonation éclatante partit des deux extrémités du lit et lui lança dans la figure je ne sais quoi qui l'aveugla et le jeta à la renverse.

Ce bruit réveilla le Nabab en sursaut. A la vue d'un homme étendu dans sa chambre, il sauta du lit et alla examiner la figure de son visiteur nocturne.

— Le lieutenant Müller ! dit-il entre ses dents. Parbleu je serais bien surpris qu'il en fût autrement, ajouta-t-il avec un sourire sarcastique. L'homme est si naturellement bon qu'on lui voit toujours le poignard sur la langue ou dans la main pour tuer celui qui lui a fait du bien. Tom, dit-il au domestique qui était accouru au bruit de la détonation, aide le lieutenant Muller à se relever et conduis-le dans la chambre rouge, où tu l'enfermeras à clef, en même temps que tu barricaderas les volets de ses fenêtres, parce qu'il est somnambule. Puis tu veilleras sur lui le reste de la nuit.

Le lieutenant se laissa conduire sans rien dire ; il était honteux comme un renard qu'une poule aurait pris. Lorsqu'il fut seul dans la chambre rouge il se tâta de tous côtés pour voir s'il n'y avait rien de bien endommagé dans ses membres. Il reconnut avec satisfaction que le tonnerre qui l'avait si habilement foudroyé, et qui n'était autre que la décharge d'une pile électrique de première force, ne lui avait laissé qu'un brisement général. Mais s'il fut satisfait de se voir intact, il ne fut pas peu inquiet des suites probables de cette affaire, où le beau rôle ne serait certainement pas pour lui. Il eût fait le plus gros pari pour prouver que le prince qui le claquemurait dans sa chambre rouge comme dans une prison, n'était qu'un Sybarite qui ne voulait pas perdre son repos pour punir un ennemi, mais qu'à son réveil du lendemain il n'oublierait pas de se donner ce plaisir.

Le lieutenant Muller fut donc bien étonné lorsque le lendemain matin le prince de Belphégor entra dans sa chambre seul et sans sourciller à la vue du poignard qui gisait sur un meuble auprès duquel le prisonnier était resté assis toute la nuit, et qui se trouvait à portée de la main de l'assassin.

— Muller, que me voulez-vous? lui demanda le Nabab. Vous ai-je fait quelque mal? Vous ai-je pris votre femme, votre fille ou votre sœur? Ai-je ruiné votre fortune, vos honneurs, votre réputation? Que vous ai-je fait enfin? Rien, je le jure. Vous, ou plutôt l'homme est donc bien méchant et bien féroce s'il tue pour un motif dont la raison, même la raison révoltée doit rougir.

Muller baissa la tête et ne répondit pas. Qu'avait-il à répondre qui n'eût été de suite écrasé par la logique impitoyable du Nabab? Il était humilié comme un voleur émérite qui se laisserait prendre la main dans le sac d'un bienfaiteur, et il sentit dans son cœur comme une lueur de remords. Il en eût moins eu s'il avait pu tuer le prince, s'enfuir et aller dire à Killarney : C'est fait, comptons !

— Mais entendez bien ceci, Muller, ajouta le Nabab : ni vous, ni personne, n'enfoncerez un poignard dans ma poitrine. De plus, je n'estime pas assez les hommes, ni leur société, ni leurs lois, pour leur livrer celui qu'ils poussent au crime. Je veux le

13

laisser au milieu d'eux comme une lèpre sur le dos d'un malade, pour les ronger et les punir. La porte vous est ouverte. Mais pour que d'ici ce soir vous ne soyez pas tenté de recommencer le jeu du poignard avec quelque apparence de raison, je vous offre une livre sterling pour passer votre journée. Vous reviendrez ce soir : je vous dirai alors ce que je veux de vous, et comment j'entends que vous organisiez votre existence.

Des recommandations du prince Muller ne retint bien que deux choses : la porte est ouverte, et la livre sterling. Il prit donc la livre sterling, puis s'enfuit plutôt qu'il ne sortit, se promettant bien de ne plus se laisser renfermer à l'hôtel de Belphégor, et pour cela de n'y plus jamais revenir.

Son affaire n'avait pas été assez brillante pour qu'il songeât à aller en rendre compte à ceux qui l'avaient envoyé ; elle avait de plus trop mal commencé pour qu'il lui prît envie de passer de suite au second acte qui devait se dénouer auprès de Marat.

Pour l'instant d'ailleurs il avait de l'argent. Le plus pressé lui parut donc être de se reconforter et d'aller oublier les soucis de sa mauvaise nuit dans une taverne.

Muller n'était pas membre de la société de tempérance. Il mangea donc et but comme un homme qui a besoin d'oublier et qui commence par oublier sa dignité d'homme. Après plusieurs heures passées dans les tavernes, il lui resta juste assez de raison pour sonder et apprécier le fond de sa bourse, où il vit avec terreur que la livre sterling du Nabab se réduisait à rien.

Que faire ? Le résultat de ses réflexions fut qu'il devait y avoir une issue à l'impasse dans laquelle il se trouvait.

L'issue que Muller entrevit, ce fut de parfaire la besogne qu'il avait entamée. Le premier acte de son œuvre était manqué ; il songea, malgré sa première résolution, à passer au second, quitte à reprendre le premier en sous-œuvre. Il tourna donc à cet effet ses regards du côté du cottage où il savait que Marat gisait dans un lit, à moitié mort.

De la taverne où Muller avait ruminé son affaire au cottage de lady Frenchlow il y avait loin. La longueur du chemin ne fut pas inutile pour ravitailler un tant soit peu la lucidité d'esprit du buveur. La fermeté de sa résolution n'en fut pas diminuée. Aussi frappa-t-il d'une main assurée à la porte du cottage. Une jeune fille vint ouvrir.

— Monsieur Jean-Paul Marat ? dit Muller en passant devant la jeune fille dont il n'attendit pas la réponse.

— Monsieur, répondit la servante en courant après lui et ne l'atteignant qu'au haut bout de la cour, au moment où il allait pénétrer dans la première chambre du cottage, monsieur Marat n'est plus ici.

— Je veux voir le docteur Jean-Paul Marat, vous dis-je, et je le verrai.

Évidemment Muller était encore sous l'influence trop hardiment bavarde du gin, car sans être un modèle de politesse il n'avait pas l'habitude de l'effronterie en compagnie de laquelle il entrait en ce moment au cottage de lady Frenchlow. Une altercation assez vive s'engagea sur le seuil de la porte entre lui et la soubrette, qui le retint bravement par le bras pour l'empêcher d'aller plus loin.

Au bruit qui se fit, Barbera sortit de son appartement et vint reconnaître l'ennemi. Il y avait dix ans qu'elle n'avait pas vu Muller, qui était réellement beaucoup changé et pas en mieux, mais il était reconnaissable. Barbera, elle, était devenue une femme forte, mais les beaux traits de son visage étaient restés avec toute la majesté de la trentaine approchant. Les deux époux se reconnurent.

— Eh! mais... s'écria Muller en s'avançant joyeusement vers la maîtresse du logis : quelle chance! je trouve plus que je ne cherchais.

— Que voulez-vous, monsieur? dit Barbera d'une voix grave qu'elle avait peine à rendre assurée. Celui que vous demandez n'est pas ici.

— Il n'y est plus! j'en suis fâché, car j'avais deux mots à dire à cet excellent docteur, répondit Muller en souriant de son plus gracieux sourire et en renfonçant au plus profond de la manche de son vêtement son indispensable poignard.

Il est évident que le cours des idées du soudard prussien était changé; qu'il ne voulait plus entrer dans ce cottage au titre d'assassin. Il comprit qu'il avait mieux à faire. Le cottage lui souriait assez, car la fortune paraissait prendre là ses aises, et il ne pouvait y avoir que du bonheur à l'habiter avec elle. Le petit grain d'alcool qui lui restait encore dans le cerveau lui rendait l'humeur bonne. Il paraissait tout disposé à se présenter en ami, mais pourtant aussi un peu en maître, car enfin Barbera était sa femme aussi légitime qu'il était possible qu'elle le fût de par la loi, bien qu'il l'eût tant soit peu délaissée depuis dix ans : et Barbera lui semblait la maîtresse de céans, partant lui le maître. Il comprit cependant qu'il ne pouvait pas être reçu là les bras ouverts, car il savait parfaitement que si les Écritures ont dépeint la joie du père de famille qui tue le veau gras pour le retour de l'enfant prodigue, elles n'ont pas daigné s'expliquer sur la conduite que doit tenir l'épouse à l'égard de son époux lorsqu'il revient après dix ans d'une absence coupable. C'est que probablement le cas leur a paru plus grave.

Aussi Muller né se fâcha-t-il pas d'abord de la réception guindée de sa femme; il crut se montrer bon prince en la prenant du côté jovial.

— Je vois, ajouta-t-il d'un ton comiquement peiné, que ma femme me reconnaît par l'empressement qu'elle met à me repousser de chez elle. J'en suis bien fâché, car je ne suis pas aussi noir que je pourrais le paraître, et je suis tout disposé à me montrer bon époux.

— Monsieur, cette conduite est étrange, répondit Barbera en se retirant d'un pas de son visiteur importun.

— Dites : Mon petit mari... et tout sera fini, répliqua Muller en mettant piteusement un genou en terre.

— Jamais, monsieur! Je ne vous connais pas.

— Ah! bah! s'écria l'intrus en se relevant vivement et tenant la tête haute : est-ce que par hasard M. Marat serait le maître de céans?

— C'est infâme, monsieur, ce que vous dites là, repartit la jeune femme en baissant pourtant un peu la voix, qui devint tremblotante, comme si le véritable époux avait en effet deviné juste.

— Non? Eh bien, tant mieux! dit le soudard, car j'eusse été obligé de vous pardonner cet oubli des devoirs conjugaux et de chasser l'usurpateur pour reprendre mon empire. Mais dès lors qu'il n'est pas ou qu'il n'est plus là, j'entre, madame, chez moi où je veux désormais me montrer un tendre époux.

Et ce disant, Muller saisit prestement le bras de sa femme qu'il retint sous le sien malgré la résistance qu'il rencontra, et il s'avança majestueusement vers le salon. Mais il n'avait point encore franchi la porte qu'un bras vigoureux le saisit par derrière et le transporta jusqu'au milieu de la cour avec l'aisance d'un Hercule qui enlèverait un enfant chétif.

— Vous n'êtes qu'un sot d'avoir bu tant de gin, de vous être mis dans un état à ne savoir ce que vous faites, où vous allez, ni ce que vous dites, lui dit l'hercule du moment, qui n'était autre que le prince de Belphégor. Je ne vous avais pas donné rendez-vous ici, mais chez moi. Allez-y de suite; je vous rejoindrai dans un instant.

— Et ma femme? répondit Muller d'une voix humble et tout à fait dégrisée.

— Qui? Barbera? Allons donc! Vous y avez renoncé depuis dix ans. Elle n'est pas d'ailleurs ici chez elle. Donc vous n'avez rien à lui prendre. De plus, vous n'avez rien à attendre de vos maîtres, ceux qui vous ont mis le poignard à la main, car vous n'avez pas rempli les conditions qu'ils vous ont imposées, puisque je suis vivant, comme vous le voyez, et que le docteur Marat est perdu pour vous. Il n'est plus ici, peut-être même n'est-il plus en Angleterre. Ainsi votre affaire est manquée. Mais je vous reste, moi, moi seul, et c'est assez, comme a dit quelqu'un. Or, je voulais vous dire : Quittez l'Angleterre aussi, vous; partez pour la France.

—Jamais! répondit Muller avec une terreur comique : j'y ai des dettes, et j'en ai fui pour ne pas les payer.

— On les paiera.

— Bon! j'irai en France, alors... Ah! c'est-à-dire,

non, car je n'y pourrais vivre qu'en faisant d'autres dettes, et les créanciers de ce pays ne sont pas des hommes qui rient.

— Je vous ferai une pension suffisante pour vivre là en gentleman.

— Après cela je n'ai plus rien à dire. Cependant, reprit de nouveau Muller en se grattant l'oreille pour l'acquit de sa conscience, et ma femme?

— Laissez-la donc tranquille, lui répondit le prince en haussant les épaules. D'ailleurs, je vous la renverrai un jour.

— Monsieur le prince de Belphégor! dit Muller en se redressant avec un air de dignité outragée qu'il empruntait à l'honnête homme.

— Votre jalousie se trompe de porte, répondit le prince de Belphégor. Votre femme n'est pas ma maîtresse à moi, et quoique vous voyiez jamais à cet égard, ne m'accusez de rien, car moi, je ne serai pour rien là.

Le prince scanda et souligna ces derniers mots dans les tons de sa voix et l'accentuation des traits de son visage.

Mais Muller ne comprit rien : il ne répliqua pas. Bien qu'il eût déjà poussé un échec contre la vertu de sa femme à l'encontre du docteur Marat, il ne lui revint rien à l'esprit de ce côté. La réponse du prince était trop forte pour son intelligence. Il ne s'y arrêta pas.

— Allez de suite chez moi, lui dit alors l'impénétrable nabab. Je vous remettrai des traites suffisantes pour attendre mon arrivée à Paris, s'il me prend jamais envie d'y aller.

XII

Une heure après, le prince de Belphégor était dans la Cité. Il frappa à la porte du docteur Marat : Ce fut sir Burke qui ouvrit.

— Tiens! vous ici, sir Burke! lui dit le prince.

— Pourquoi pas? répondit Burke : j'y vois bien venir le prince de Belphégor.

— C'est vrai; mais moi je suis souffrant et je viens voir le docteur. Mais vous, un homme de santé à terrasser les trois royaumes!

— Moi, j'y viens en marchand de bric-à-brac : j'ai acheté ces meubles, et je réfléchis à quel prix je peux les revendre.

La plaisanterie de sir Burke n'était pas sans objet. Marat qui voulait quitter Londres le plus promptement possible, n'avait trouvé rien de mieux à faire, pour se débarrasser de son mobilier, que de le donner à son ami Burke qui, de son côté, lui avait donné quelque argent, pour faire le voyage qu'il avait projeté.

13.

— Voyons, sir Burke, dit le prince en prenant un siége, asseyez-vous et causons un peu. Qu'est-ce que cela veut dire? Comment se fait-il que le docteur Marat, un homme nécessaire en ce moment au progrès social de l'Angleterre, quitte ce pays subitement, à peine rétabli de son malencontreux plongeon au fond de la Tamise? Vous, son ami, dites-moi cela, s'il n'y a pas d'indiscrétion.

— C'est moi qui devrais interroger là-dessus Monsieur le prince de Belphégor, auquel rien n'est caché, répondit sir Burke en souriant, pendant que le nabab lui rendait son sourire. Cependant, je veux bien lui avouer, que si Marat est utile à notre parti, je ne crois pas qu'il lui soit indispensable, tandis qu'en France... Le docteur Marat est un philosophe cosmopolite, qui va toujours où il entrevoit du bien à faire. En France, autant et plus que chez nous, le moraliste trouvera du bien à faire. Pour moi, la France est un pays miné, couvert de trainées de poudre, que la moindre étincelle fera sauter d'un jour à l'autre. Pour le docteur Marat, la France est un pays qui plaide en séparation avec la féodalité. Il brûle de porter là sa voix, pour venir en aide aux avocats demandeurs.

Le Prince de Belphégor sourit au langage technique du célèbre avocat.

— Ici, continua sir Burke, qu'eût pu faire Marat? Les assassins sont à ses trousses; puis lord North est fâché contre lui : il accuse le docteur d'être à la tête d'un complot contre l'Etat, et ce soir ou demain au plus tard, un mandat d'amener sera lancé contre lui. Notre ami s'en tirera évidemment, et je plaiderais que cet homme-là ne conspire pas. Marat agit toujours à la lumière, la tête haute, plus même qu'il ne faudrait peut-être. Mais la prudence veut qu'on fuie la prison et ses secrets. J'ai dit au docteur de ne point tenter cet autre plongeon, où nulle main ne pourrait peut-être le sauver.

Voilà pour la politique. Maintenant si Marat a d'autres raisons pour sortir de l'Angleterre, je vais vous les demander, Monsieur de Belphégor; car Marat a été votre hôte ou à peu près : il me l'a dit en jurant qu'il était grandement votre obligé de toutes manières.

— Et... où est-il? dit le prince, sans répondre aux demi-questions de Burke. Est-il parti de Londres?

— Pas encore, mais il part ce soir.

— Je l'attendrai alors, car je veux le voir.

— Il ne reviendra pas ici. Il est allé voir son libraire, avec lequel il a un petit compte à régler, et qui lui redoit, dit-il. L'innocent! il sera bien heureux, si le libraire ne lui retient pas son chapeau comme acquit. De là, il se rendra directement au port de la Tamise, où il s'embarquera pour la France.

— Eh bien, au revoir alors, sir Burke! dit le prince en se levant aussitôt. Lorsque vous écrirez au docteur, rappelez-moi, je vous prie, à son souvenir.

Le prince de Belphégor partit aussitôt. Il se dirigea vers le port d'embarquement, où il arriva en même temps que le docteur Marat.

— Je vous cherchais, docteur, lui dit-il, et ma bonne étoile m'a bien guidé. Pourquoi quittez-vous si vite et sans nous dire à revoir, le cottage de lady Frenchlow ?

— Dieu le veut, lui dit Marat en souriant de cette célèbre réminiscence, qui répondait à tout en ne répondant à rien.

— Si c'est Dieu... répondit le Prince en s'inclinant.

— Dieu et mon libraire, repartit aussitôt Marat, qui voulait éviter toute explication embarrassante, en se jetant sur le thème de la librairie. Les libraires de la perfide Albion dévorent les auteurs trop naïfs, je veux voir si ceux de la France sont moins voraces.

— Le succès de votre livre *De l'homme* et celui des *Chaînes de l'esclavage* vous ont mis en goût.

— Oui, dit Marat en haussant les épaules avec découragement.

— Oh ! je sais bien que ça ne vous a guère enrichi que d'un peu de gloire. Si ça peut vous suffire, tant mieux ! Mais savez-vous pourquoi ces livres ont eu quelque succès ? Vous pourriez croire peut-être que c'est parce qu'ils sont bien pensés et bien écrits. Laissez-moi vous désabuser, mon jeune ami. Cela peut bien être permis à un vieillard comme moi, qui suis né en je ne sais plus quelle année, tant elle est loin de nous, et qui ai vu tant de choses et tant d'hommes. Eh bien, ce qui fait, ce qui a toujours fait et fera toujours le succès d'un livre, c'est le nom de l'auteur, qui doit être plus connu que le vôtre; ce sont les amis qui doivent pousser la chose par la voix de la renommée aux cent bouches; ce sont les circonstances qui prennent un auteur inconnu ou peu connu par la main, et le présentent au public; ou bien, c'est son livre, qui tombe en plein dans une palpitante actualité. Les vôtres sont bien venus, mais non pourtant en pleine veine. Si vous n'eussiez pas donné votre livre des *Chaînes de l'esclavage* en pur don aux Sociétés philosophiques des villes du Nord, qui l'ont poussé et réédité parce qu'il servait leurs intérêts et non les vôtres, il serait resté mort-né, comme le voulait lord North. Dieu veuille que vous trouviez en France quelques-uns de ces hasards, qui vous pousseront, vous ou vos œuvres, vers une notoriété de bonne fin. Et ici, mon cher Monsieur Marat, permettez-moi de vous montrer où vous rencontrerez ces hasards-là.

Ne les cherchez pas ailleurs que dans la grande voie des passions. Pourquoi? Ah! pourquoi? Parce que l'homme, qui se dit si fièrement le roi de la création, n'est que le valet des passions et du vice; parce que sa raison... Ah! oui, parlez-moi de la raison de l'homme. La moitié des crimes est commise au nom de la raison; toutes les fautes viennent de son outrecuidance. Aidée de la langue, elle fait de l'homme l'être le plus dangereux de la création.

En vérité, je vais vous le dire, docteur : l'homme est bien heureux que la bête féroce ne soit pas aussi méchante que lui, et qu'elle n'ait pas la langue pour se concerter, car la bête féroce ferait ce que les Anglais ont fait un jour aux loups de leur île, une chasse générale pour détruire cet être malfaisant.

Comprenez bien cela, mon cher Monsieur, et vous trouverez là-dedans des succès pour vos livres.

Le prince de Belphégor était plein de feu en discourant; son grand désir était de souffler ce feu dans le cœur du docteur Marat. Mais le docteur paraissait impassible, bien qu'il écoutât attentivement. Ses yeux ne quittaient pas de vue le paquebot qui devait le transporter loin de ce professeur d'impiétés sociales, que rien ne décourageait et qui semblait acharné après lui, comme un vautour après sa proie.

Le paquebot était toujours au port. Marat n'avait point de raison plausible pour quitter celui qui s'était établi son mentor, et lui débitait sans doute à bon escient des principes de conduite pour l'avenir. Le Prince en profita pour continuer sa philippique antisociale, qui pourtant, il faut le dire à la louange de Marat, commençait à le fatiguer un peu.

— Laissez-moi, mon cher ami, le répéter jusqu'à ce que vous l'ayez bien compris, lui dit le prince en terminant : l'homme ne vaut rien. C'est une machine organisée pour broyer et digérer des aliments aux dépens de son semblable. Sachez bien cela, mon cher docteur, et agissez en conséquence. Voilà mon testament; qu'il vous profite.

Marat regarda fixement alors le prince de Belphégor et lui dit : Le comte Pepin de Béelzébuth avait aussi ces principes-là.

— Qu'y a-t-il d'étonnant, répondit le nabab, que deux hommes sur terre aient un jour rencontré la vérité sur leur chemin? Voudriez-vous qu'il n'y en eût pas deux? Vous feriez alors le monde plus pervers que je le fais.

— Le comte avait aussi le timbre de votre voix, repartit Marat, qui paraissait vouloir dire tout haut en ce moment ce qu'il avait déjà plusieurs fois dit tout bas, dans d'autres occasions.

— Tant mieux, mon cher docteur! riposta vivement le prince, car je ne tiens pas à être unique dans mon genre.

— Il avait vos traits, votre figure, moins jeune toutefois, continua le docteur avec le même ton de conviction.

— C'était mon frère aîné, répondit le prince. Dieu veuille que je le revoie un jour!

Cette phrase était dite avec une légèreté d'affir-

mation, qui prouvait que le prince ne tenait plus à
être cru.

— Non, ce n'était pas votre frère aîné, dit alors
Marat en dévoilant toute sa pensée, c'était vous,
Monsieur le comte Pepin de Béelzébuth.

— Eh ! eh ! vous êtes perspicace, Monsieur Marat,
répondit le prince de Belphégor avec son ricanement de crécelle, qui seul eût suffi pour le faire reconnaître. Eh bien, allez maintenant en France et
souvenez-vous, car le comte et le prince ont toujours
dit vrai, ajouta-t-il.

Puis les deux amis problématiques se serrèrent
la main, en signe d'adieu.

Le prince de Belphégor ou plutôt le comte Pepin
de Béelzébuth ne quitta les rivages de la Tamise
que lorsqu'il vit Marat sur le bateau des passagers
et le signal du départ donné. Il se rendit ensuite
directement au cottage.

— Il est parti, dit-il à lady Frenchlow ou plutôt à
Virginie. Barbera ne doit pas le rejoindre, jamais,
jamais, entends-tu ! Je la confie à ta surveillance la
plus sévère...

Le lendemain, Muller partait pour la France, emportant les instructions secrètes d'un misanthrope
de la pire espèce, d'un professeur d'excentricités
malsaines, les instructions enfin du comte Pepin de
Béelzébuth, prince de Belphégor.

XIII

L'année 1774 allait finir lorsque le docteur Marat arriva à Paris. Il trouva la France inquiète et agacée. Un malaise immense s'agitait dans toutes les classes de la société. Les heureux se taisaient, ils avaient peur; mais les déshérités commençaient à crier tout haut leurs aspirations vers une position plus équitable.

La cour, elle, était aux abois. Mais ce qui la tourmentait le plus, ce n'était pas la désaffection du peuple, qui perdait tout respect pour la royauté tant de fois et depuis si longtemps souillée; ce n'était pas la guerre vive et incessante que lui déclaraient les écrivains les plus autorisés; ce n'était pas le franc-parler insolite qu'elle rencontrait jusque dans ses salons; ce n'était pas enfin l'abîme qui se creusait aux pieds de son trône et qu'elle ne voyait pas.

La cour était tourmentée, parce qu'elle n'avait plus d'argent. Et il en fallait à son appétit gargantualesque. Il en fallait aussi à toutes les administrations publiques, que la cour avait sucées jusqu'à la dernière goutte de leur or, et qui voulaient se refaire sous peine de mourir. Mais le corvéable se trouvait si serré, qu'il était difficile de lui faire suer le plus petit liard.

Le mal était donc grand pour tous. Marat le vit avec le tact instinctif de son intelligence, qui flairait toujours si bien l'avenir, avec ses yeux d'aigle qui perçaient si loin, au dire de tous ses contemporains amis ou ennemis. Il pressentait sans peine quelque chose d'insolite, une œuvre étrange en travail d'éclosion dans la société française. Aussi la France pouvait-elle devenir un vaste champ de travail pour un homme de bonne volonté, pour un citoyen patriote. Et c'est là sans doute ce qui avait inspiré l'appréciation de Burke sur le voyage de Marat à Paris. Mais Burke s'était peut-être trompé.

Il est bien probable cependant que Marat avait, comme tout homme qui pense, un bagage politique au fond de son esprit, et l'on ne se tromperait certainement guère en disant que cette politique voguait en plein dans la philosophie progressive du jour, mais rien ne révélait en lui l'homme qui se préparait au règne de 93. Pour l'heure, Marat ne semblait préoccupé que du soin de vivre, puisque tel est l'ordre de la nature, et pour vivre, de préparer sa voie, la voie de la science pratique.

Ce fut à cet effet qu'il s'installa dans le quartier Saint-Honoré. Sur la porte d'entrée de sa maison, il cloua, selon l'usage, une plaque de cuivre annonçant aux passants que là il y avait un médecin de plus à leur disposition. C'était sage; mais, hélas! il ne suffit pas d'ouvrir sa porte, il faut encore que les gens veulent bien entrer. On ne se pressa pas d'entrer chez le nouvel installé. L'indifférence publique lui laissa donc d'immenses loisirs, pour ressasser dans son esprit tous ses souvenirs du passé.

Mais son esprit regimba ; il lutta contre eux : il voulait oublier. Il ne le pût. Son isolement les lui rendit plus vifs ; si bien qu'un jour quelque chose d'irrésistible le poussa vers la rue du Bac, et dans la rue du Bac, vers l'hôtel du comte Pepin de Béelzé-buth, où gisait un de ses souvenirs les plus poi-gnants.

L'hôtel était toujours là avec le même aspect qu'il avait autrefois, malgré les malédictions que le pau-vre amant désillusionné lui avait lancées en le quit-tant. Marat s'arrêta droit devant la porte, le dos appuyé sur le bord d'une fenêtre, qui regardait l'hô-tel en face. Il y resta longtemps rêveur.

La vie paraissait complétement éteinte dans l'hô-tel. La grande porte restait continuellement fermée ; une petite porte pratiquée dans un des panneaux de la grande, que le docteur n'avait pas remarquée autrefois, ne bougeait pas plus que l'autre. Pas un homme n'y vint frapper du dehors, pas un être n'en sortit. Cet hôtel était-il donc désert ?

Marat brûlait de le savoir. Un léger tourbillon de fumée, qu'il vit dans un moment sortir de la che-minée de l'un des deux pavillons d'entrée, lui dit qu'il y avait là quelqu'un ; mais qui ? Pas les gens du comte assurément, puisque le comte habitait

Londres, sous le nom de prince de Belphégor, depuis plusieurs années. D'ailleurs cet hôtel était-il seulement encore au comte de Béelzébuth?

Comme il se faisait cette question, il aperçut un écriteau qu'il n'avait point encore remarqué, et qui indiquait que l'hôtel était à vendre. Pourquoi dès lors n'entrerait-il pas? qui sait qu'il n'a que quelques pièces d'or dans ses poches pour toute fortune, et qu'il va mentir en se donnant pour un acquéreur de l'hôtel?

Il se dirigea donc vers la grande porte, dont il souleva le marteau qu'il laissa retomber lourdement. Un cabriolet s'arrêta en même temps devant l'hôtel : un monsieur de bonne distinction en descendit. Tout étonné sans doute de rencontrer le docteur frappant à la porte par laquelle il voulait entrer, il le regarda attentivement. Puis lui tendant affectueusement la main :

— Monsieur Jean-Paul Marat? lui demanda-t-il en souriant.

— Lui-même, Monsieur, répondit le docteur en cherchant à deviner l'homme qui lui parlait et qu'il entrevoyait un peu dans ses souvenirs... Ah! Romain! s'écria-t-il tout à coup en reconnaissant son interlocuteur, et lui sautant au cou avec toute la pétulance d'un écolier qui retrouve son copain, à la porte du collége, au retour des vacances.

— Que diable fais-tu donc là, mon ami Jean-Paul? dit Romain ,sans quitter de ses mains les mains de

Marat. Est-ce que tu voudrais acheter cet hôtel? Tu serais mon concurrent alors, car moi aussi je voudrais me passer cette fantaisie. Mais entrons, nous causerons plus commodément à l'intérieur. Tes affaires t'appellent là d'ailleurs, car il me semble que tu as frappé.

Romain leva alors le lourd marteau et le laissa retomber de manière à se faire comprendre. Aussi la porte s'ouvrit immédiatement. Une vieille femme se trouva toute souriante sur le seuil de sa loge pour recevoir le nouvel arrivant.

— Bonjour, mère! dit Romain en embrassant la vieille femme. Regardez un peu ce garçon-là, ajouta-t-il en lui montrant le docteur, et dites-moi s'il ne ressemble pas beaucoup à l'ami Jean-Paul, de Boudry.

Mme Delahart, ou plutôt Mlle Muller, n'eut pas la peine de regarder deux fois le docteur pour le reconnaître. Mais il paraît qu'elle gardait encore contre lui quelques bribes de sa haine d'autrefois, car elle lui fit peu de fête, malgré la jovialité tout amicale de Romain.

— Mon ami, ajouta Romain en se tournant vers le docteur, si tu nous retrouves ici sous de bonnes apparences, ce n'est pas la faute du destin malveillant. Après la mort de mon pauvre père, ma mère et moi nous nous sommes retirés à Berlin, où, grâce aux ressources de notre héritage, j'ai pu fonder une maison de commerce qui devait marcher très-bien, n'eût été la male chance. Aussi le comte Pepin, admirant mes efforts et mon courage, nous en récompensa et nous prit sous sa protection. Il nous envoya ici pour gouverner cet hôtel en attendant des jours meilleurs. Ces jours-là sont venus; mais ma mère se trouve bien ici et y reste. Pour moi, mon affaire est ailleurs, mon ami, dit Romain en se haussant sur la pointe des pieds pour faire entendre, sans le dire, que son affaire n'était pas petite.

— Ah! tu ne demeures pas ici, toi, mon vieux copain! dit Marat en rappelant d'un seul mot à Romain leurs bons souvenirs du collége, ce qui ne déplait jamais à personne dans le haut cours de la vie.

— Oh! non, répondit Romain avec une légère grimace de fatuité; j'ai mieux que ça. Mais, au fait, tu es donc bien nouveau dans Paris, que tu n'en saches rien?

— J'arrive de Londres, mon ami.

— Et à Londres tu n'as point entendu prononcer mon nom nulle part?

— Romain Delahart... dit lentement le docteur en cherchant dans ses souvenirs d'outre-mer.

— Eh! non: Wilfrid Satanus, dit Romain en riant aux éclats. C'est mon nom de journaliste; car j'ai un journal à moi, mon bon. Mais ce nom, je vais le quitter; car, horreur! ce nom que je croyais bien trouvé, ce nom qui me donnait du crédit en me faisant venir directement du pays des savants en *us*, eh bien! ce nom-là, dont je me croyais l'inventeur, je viens de le trouver... devine où! Dans l'intendant du comte Pepin. Oui, l'intendant du comte Pepin de Béelzébuth s'appelle *menher Wilfrid Satanus*. C'est atroce!

— Donc tu as un journal à toi! dit le docteur qui, dans tout cela, ne vit qu'une chose, le journal de son ami.

— Oui, je suis rédacteur en chef d'un journal qui est à ta disposition, mon bon, répondit Romain en rentrant son menton dans sa cravate.

— Je te remercie, mon ami; j'userai de ton journal, si tu le permets, et de ton influence dans mon quartier, pour dire à tous les hommes de ta connaissance qu'il y a dans Paris un médecin qui guérit tant qu'il peut ses malades; que ce médecin est ton intime, et que cet ami, à ses heures de loisir, au lieu d'aller badauder sur les boulevards ou dans les cafés, écrit dans le journal le plus spirituel de Paris, à côté du docteur Wilfrid Satanus. Ce sera ronflant et utile. Pourvu que ça puisse me rapporter un écu poussant l'autre, ça me suffira... pour acheter l'hôtel du comte Pepin, ajouta Marat en souriant.

— Un hôtel qui ne se vendra jamais, mon bon, répondit Romain, parce que mon terrible homonyme, l'intendant que tu sais, ne me paraît pas pressé de le vendre.

— C'est que probablement il ne perd pas grand'-chose à le garder, dit Marat avec un sourire iro-nique. Ton Satanus est un homme de bon sens que j'aurais vraiment du plaisir à voir. Je gage qu'il a une queue de scorpion, les pieds fourchus du bouc, et qu'il lance du feu par les yeux, par la bouche et par les narines.

Et les deux amis rirent de bon cœur de ce por-trait du pauvre intendant, que l'on déchiquetait à belles dents et qui n'en pouvait mais.

— Au fait, dit Romain, si le docteur Satanus est fait comme tu le dis, je n'en sais en vérité rien, car je ne l'ai jamais vu. Et vous, mère, avez-vous vu quelquefois le docteur Satanus? dit Romain en s'adressant à sa mère, qui secoua négativement la tête pour toute réponse.

— Il n'est donc jamais venu ici? demanda Marat à la vieille dame.

— Pardon, monsieur, il y vient de temps à autre, mais il ne parle à personne. Il ouvre la petite porte dont il a seul la clef, et se rend directement à la chambre qui lui plaît. Comme il arrive toujours la nuit, je ne le vois pas; et, comme je le trouve trop original, je ne cherche pas à le voir. Eh! tenez, quand il serait en ce moment dans sa chambre ou dans celle du comte, ça ne m'étonnerait pas.

— Si nous allions lui faire visite! dit en riant le doc-teur à Romain. Peut-être n'aurons-nous jamais une si belle occasion de voir les pieds fourchus du sire.

— Impossible, mon cher ami, répondit Romain. D'ailleurs il n'est pas là, j'en suis sûr, car j'ai l'odorat très-fin, et je n'ai pas senti l'odeur du soufre qu'il doit traîner après lui, ajouta-t-il en éclatant de rire pour se donner une contenance contre un souvenir qui lui revint en ce moment. Et puis, veux-tu que je te dise tout, dit Romain en prenant Marat par-dessous le bras et l'entraînant dans la cour; je ne suis qu'un sot, mais en vérité je ne comprends plus rien ici. Ris si tu veux, mon bon, mais je crois maintenant que le comte Pepin est véritablement un sorcier, et que son ami Satanus pourrait bien être quelque chose de semblable.

Le docteur Marat haussa les épaules.

— Oh! pour toi, crois-en ce que tu voudras... Et moi aussi j'ai ri de cette réputation qu'on lui avait faite à Boudry et à Neufchâtel. Quand il faisait toutes ces grandes prédictions dont chacun s'amusait; quand il arrêtait un homme sur la grande route en étendant la main devant lui; quand il faisait éclater le pistolet dans la main d'un assassin; quand il endormait subitement l'homme le plus colère au beau milieu de ses écarts, — du moins on disait tout cela, — eh bien! mon cher ami, je trouvais que celui qui croyait n'était qu'un niais. Aujourd'hui je suis un niais, car je crois; mais aussi c'est que j'ai vu. Or, voici ce que j'ai vu.

L'autre soir je causais avec ma mère du comte Pepin que nous n'avons point vu depuis longtemps;

nous parlions de son intendant Wifrid Satanus qui
nous n'avons jamais vu et qui n'a écrit qu'une fois
à ma mère pour lui dire de faire pratiquer une petite porte dans un des panneaux de la grande porte
de lui envoyer la clef à Heidelberg, la priant de ne
jamais se déranger pour le recevoir et de ne poin
s'inquiéter de son arrivée, quand même elle se fe
rait la nuit. Nous trouvions cela si original, que je
ne pus m'empêcher de dire qu'il était fou.

Comme il y avait quelque temps déjà que la petite
porte était faite, il me vint dans l'esprit que le doc
teur Satanus aurait bien pu venir visiter l'hôte
sans que ma mère le vît entrer, s'il était entré la
nuit. Un peu de colère même m'agita à la pensée
que sous toutes ces précautions, il pourrait bien y
avoir des soupçons outrageants sur nous, sur notre
gestion. Je résolus donc d'aller faire une perquisition dans tous les appartements.

Je partis seul, bien déterminé à déposer respec
tueusement, mais fermement mes plaintes devant
le comte, si je le trouvais là, et à gronder haut devant le docteur Satanus, si par hasard il était là.

Le soir était venu; pourtant il ne faisait pas noir
encore à ne pas remarquer les traces du séjour de
quelqu'un : aussi je ne me munis pas de lumière.
J'ouvris plusieurs portes sans rien voir de particulier. Arrivé à la porte de l'une des chambres à coucher de l'appartement du comte de Béclzébuth,
j'éprouvai quelque difficulté à tourner la clef, qui

céda pourtant : la porte s'ouvrit. Mais — n'en ris pas, mon ami, car je suis sûr de ce que je dis et de ce que j'ai vu : je ne dormais pas; je ne rêvais pas et je ne suis pas fou. — Eh bien! en ouvrant cette porte, je vis aussitôt tous les flambeaux de la chambre s'allumer seuls. Oh! mais je l'ai vu, vu, vu! dit Romain, d'un ton affirmatif qui voulait convaincre Marat.

— Après? dit Marat, avec un flegme imperturbable.

— Je pris mon courage à deux mains et restai là pour voir s'il n'allait rien arriver de nouveau, cherchant d'ailleurs dans mon petit bagage de sciences l'explication naturelle de ce phénomène et ne trouvant pas grand'chose. Les flambeaux cependant éclairaient toujours et je n'entendis rien. La pensée me vint d'aller chercher ma mère pour lui faire voir ce petit prodige qu'elle n'avait peut-être jamais vu que dans les contes de Perrault. Je tirai donc la porte sur moi lorsque je fus sur le palier; mais avant qu'elle ne fût tout à fait fermée, la nuit se fit dans la chambre. Cela me parut si étrange, que je redescendis aussi tranquillement qu'il me fut possible pour me prouver à moi-même que je n'avais pas peur comme un enfant, mais résolu à ne rien dire de tout cela à ma mère pour ne pas l'effrayer.

Tu conçois bien, mon ami, que malgré que j'aie bien vu, je ne crois point aux sortiléges : et si je n'en ai parlé à qui que ce soit, c'est par pure discrétion. Mais à toi, j'ai voulu conter la chose, parce que toi et moi, ça ne fait qu'un dans mon esprit, dit Romain, en serrant la main de son ami qui ne se méprit pas sur ce compliment, qui demandait évidemment grâce pour la crédulité de celui qui le faisait.

— Mon ami, dit le docteur très-sérieusement, ce qui rassura un peu le conteur sur ce que son ami allait dire, il me vient une idée. Je crois que la merveille dont tu as été témoin est une merveille de la physique.

— J'y ai pensé, répondit Romain, et je t'en ai peut-être parlé parce que je sais combien tu es fort dans cette science-là : cependant...

— Eh bien! allons voir, riposta Marat en interrompant son ami.

— Non, pas aujourd'hui, répondit Romain d'une voix un peu plus saccadée que la réponse ne le comportait, mais nous irons un de ces jours. A propos, ajouta-t-il en changeant brusquement de conversation, tu m'as parlé de mon journal, tu m'as donné l'espoir que tu déposerais volontiers dans ses colonnes quelques-unes de tes bonnes pensées. Viens me voir chez moi le plus tôt que tu pourras, nous causerons de cela. Pour l'instant permets que je te quitte.

Les deux amis se serrèrent cordialement la main, et Marat partit.

Marat, qui n'avait pas de temps à perdre pour ins-

taller sa position, alla dès le lendemain faire visite
à son ami Romain. L'affaire du journal lui tenait
peu au cœur; elle ne lui était cependant pas indif-
férente. Ce qui l'attirait le plus, c'était le besoin de
se créer des relations : il n'avait aucun doute que
Romain ne fût à même de lui en offrir.

Romain habitait assez près des Tuileries, par
conséquent pas bien loin du docteur. Il était seul
avec quelques domestiques dans un appartement
luxueux. Ses bureaux étaient assez bien garnis d'employés, ce qui indiquait jusqu'à un certain point un
bon train d'affaires.

— Sois le bienvenu, lui dit Romain en le rece-
vant avec toute l'affabilité d'un bon ami : puis causons. Donc, dit-il au docteur, te voilà un habitant
de Paris, et pour toujours, je l'espère. Tu viens
exercer chez nous la médecine; mais tu voudrais
bien aussi tremper un peu ta plume dans l'encrier du
journaliste. Je t'en félicite. Or ça, causons là-dessus
et entendons-nous bien, car je crois que tu pourrais
peut-être avancer plus par là que par le chemin
qu'a suivi Hippocrate. D'abord, dis-moi, es-tu toujours frondeur? Si je ne l'ai point oublié, tu l'étais
passablement autrefois. Il faut aussi être frondeur
dans notre journal, mais pour qui et contre qui?

Mon cher ami, j'ai, comme toi sans doute, une
opinion et une opinion très-frondeuse. Mais elle
n'est pas tout à fait celle que j'avais autrefois. L'o-
pinion que j'ai aujourd'hui, on me l'a donnée; et

14.

elle n'est pas mauvaise, car tu dois voir que je suis
assez bien installé ici : de plus, j'ai des rentes ailleurs pour le besoin. Ces rentes, je veux les grossir
et je les grossirai : je suis en train de cela.

La mine ou gît ma fortune, c'est mon journal :
La Couronne du Roi. C'est moi qui l'ai fondé, mais ce
n'est pas moi qui en ai eu l'idée. Ce n'est pas moi
non plus qui ai fourni les fonds, car je n'avais rien,
pas un sou lorsqu'il parut. Aujourd'hui, il est plein
de vie et m'enrichit. La Cour et son parti me paient
grassement et me posent comme un homme très-
important. Je te confie tout cela, mon bon, parce
que tu n'as peut-être jamais lu ni mon journal, ni
mes articles, et qu'il est bon que tu saches ce que
tu auras à faire. Quant au gain que tu en retireras,
je te dirai cela à ton premier article. Je te sais savant, plein d'énergie, et si tu le veux, tu parleras de
la bonne manière. Ta position sera faite alors tout
comme la mienne.

Marat écouta attentivement, mais ne dit rien. Il
crut deviner parfaitement la pensée de son loquace
ami, et il craignit grandement de ne jamais se
trouver dans le même cours d'idées que lui. Gagner
de l'argent ne lui était pas désagréable, mais pour
rien au monde il n'eût voulu vendre ses convictions. Cependant, comme il n'avait pas le droit de
marchander la publicité qu'il ambitionnait à plus
d'un titre, il ferma les yeux sur le but du journal,
qui après tout ne 'engagerait pas plus qu'il ne vou-

drait, et il boucha ses oreilles à ces chants de la syrène qui lui promettait de l'or en abondance.

Romain le regarda d'un œil inquiet, et il attendit sa réponse.

— La politique ne me plaît pas pour l'instant, mon ami, dit Marat. Je l'ai chassée de mon cabinet de docteur, où je ne donne entrée qu'aux sciences physiques, auxquelles j'accorde tous mes loisirs.

— Et puis, où iras-tu avec cela, mon pauvre Jean-Paul? Tout droit à la gêne, sinon à la misère. La physique, vois-tu, est parfaitement tenue par ces infâmes encyclopédistes, par l'illustre Franklin, et par combien d'autres? Que feras-tu au milieu de cette célèbre pléiade? Tu feras de l'eau claire. Et en médecine? En médecine, mon bon, tu vivras peut-être, voilà tout.

— C'est beaucoup, et c'est assez pour moi.

— Ce n'est pas assez pour toi. L'homme de talent n'est pas fait pour végéter et être à la fin dévoré par les gourmands, comme une huître. Après tout, ignorants ou savants, n'avons-nous pas droit au bonheur, c'est-à-dire au bien-être, à la fortune quand on peut l'atteindre? Hein! tu fais la grimace! Oui, je t'entends : tu veux dire que tu as des convictions, une conscience. Et moi aussi j'ai une conscience. Mais que dit-elle cette conscience? De ne pas voler, de ne pas tuer, de ne pas faire ceci et cela, deux ou trois choses, enfin, que je ne me rappelle pas en ce moment. Mais elle ne dit pas de crier contre le roi. A quoi bon et pour quoi faire? Et quand tu auras mis à la place du roi.. qui?... quoi? à la place des lois... un roi et des lois qui ne vaudront pas mieux : qu'auras-tu fait de bien? Est-ce que tu ne connais pas ce proverbe populassier qui dit : Mordu par un chien... Bah! n'achevons pas; c'est trop trivial pour un journaliste royal, mais c'est très-juste. Oui, c'est très-juste. Eh! parbleu, je ne suis pas plus aveugle que toi; je vois bien de quel atout il retourne. Le roi est là, n'est-ce pas? Il mange, il boit et il s'amuse tant qu'il peut. Veux-tu qu'il me dise au juste pourquoi il boit, mange et s'amuse? Eh! non : il me dit qu'il sèche pour les intérêts du peuple; que s'il boit et mange, c'est pour le peuple; que s'il danse, c'est pour le peuple. Et j'ai l'air de le croire, moi; tandis qu'il rit, lui, quand il est dans ses coulisses. C'est permis à un homme d'esprit.

Je te vois sourire, Jean-Paul, et tu dis : Quel pantin que ce garçon-là! Point, mon cher; je suis plus sérieux que tu ne le penses. Le jour qu'on m'a offert la direction de mon journal, je me suis dit : Regardons bien autour de nous pour voir quelle est la ficelle qui fait jouer tous les mouvements du cœur de l'homme. C'est le désir du bonheur, évidemment. Mais le bonheur, où est-il? Ah! voilà! tout le monde court vers un but, l'argent et les honneurs. Le roi ne demande que de l'argent et des honneurs; les grands, que de l'argent et des honneurs; les petits et les pauvres aspirent à avoir de l'argent et des honneurs. Voilà le sentiment général. Mais si ce sentiment est général, c'est qu'il est naturel ; s'il est naturel, je chercherais en vain à m'y soustraire. Donc je veux de l'argent !

Et toi, Jean-Paul, tu repousserais l'argent quand il vient à toi, et quand la nature te dit de mettre la main dessus? Mais où diable as-tu pris cette conscience-là? Croirais-tu par hasard que tous tes gourmandeurs de rois, tous tes fanfarons de vertus qui demandent ceci et cela, du pain, du vin, des vêtements et des plaisirs pour leurs concitoyens, leurs frères comme ils disent, les madrés, ne mettent pas une sourdine à leurs vœux philanthropiques? oh! mais je t'en prie. Jean-Paul, ne grimace donc pas comme cela.

— Je voulais te demander, répondit le docteur Marat, si tu crois que Vincent de Paule ait mis une sourdine à ses vœux en prenant obscurément les chaînes d'un esclave?

— Quel exemple mal choisi! riposta Romain. Après tout, n'avait-il pas l'ambition d'obtenir un trône dans le ciel?

— Eh bien, mon cher Romain, j'aime et j'adore cette ambition-là quand elle enfante de telles œuvres.

— Toi! aussi tu ne seras jamais qu'un gueux, et tu n'auras pas de trône dans le ciel.

— Comme Dieu voudra.

— Dieu! Dieu! sans doute : mais aide-toi, le ciel t'aidera, comme dit le comte de Béelzébuth.

— En effet, je reconnais là ses principes.

— Ils sont bons, car ils sont pratiques. Le comte est un homme de son temps : il n'a pas la sottise de bêler avec les loups. Il m'a dit, et je dis avec lui : Celui qui se tue pour échapper à la peine est un lâche; celui qui se laisse mourir de soif sur les bords d'une claire fontaine est un sot.

Marat ne crut pas devoir répondre à ce dévergondage du grand prêtre du journal royal. Mais l'expression de sa physionomie parla pour lui.

— Donc, dit tout à coup Romain, tu crieras contre nous, Jean-Paul! Et quand tu auras bien crié, qu'obtiendras-tu? Si tes cris ont du succès, si tu deviens fort parce que le roi *trente millions* court à ton aide, le fruit de ta victoire sera d'avoir changé le vice de place : tu l'auras ôté au roi et aux siens pour le jeter ailleurs. Le vice est un être immortel, mon bon, comprends bien cela : il ne mourra jamais sur terre, son lieu de domicile. Et il est très-subtil et très-tenace : quand on le chasse par la porte il rentre par la fenêtre, a dit quelqu'un. Laisse-le donc alors là où il est, puisque tu ne peux pas t'en débarrasser; sers-toi de lui comme d'un bon levier, pour faire avancer ta grosse affaire, ton bien-être, comme me disait un jour le comte Pépin de Béelzébuth.

— Toujours lui! dit le docteur entre ses dents.

— Ah! dame! que veux-tu, répondit Romain, qui avait entendu cette réflexion. Oui, toujours lui, l'homme raisonnable et sage avant tous les autres. Mais toi, tu ne l'es pas et tu ne seras jamais riche.

— Oh! non, jamais : j'espère même mourir très-pauvre.

Et sur ce mot un peu aigre Marat serra la main de son ami, puis sortit.

Romain avait donc été repoussé avec perte malgré sa faconde : pourtant il ne se tint pas pour définitivement battu. Son goût pour Marat d'ailleurs s'accrut de la difficulté qu'il trouvait à le convaincre. Et puis, en fin de compte, Marat était une excellente recrue à enrôler dans un journal. Le directeur de la *Couronne du Roi* le connaissait de longue main. Il ne doutait pas que sa pétillante énergie d'autrefois n'eût grandi par l'expérience du monde et des affaires. S'il ne savait pas toute la vie de Marat en Angleterre, ses luttes avec le gouvernement de lord North, il savait au moins que le docteur était bien vu, était même l'ami de sir Burke, le célèbre avocat et l'un des littérateurs les plus distingués de l'Angleterre; il savait qu'il avait publié un livre philosophique et scientifique de haute valeur sur l'homme, puis un autre, *les Chaînes de l'esclavage*, qui avaient eu un grand succès. Ce dernier livre, dont l'esprit aurait dû repousser Romain, fut précisément, par une contradiction qui n'est pas rare, ce qui le rendit le plus désireux de la conquête de son ancien camarade de collége, car c'était une conversion politique à opérer. Il voulut la tenter.

Romain espéra d'ailleurs que Marat réfléchirait et que tous les petits grains de sénevé qu'il avait semés dans son cœur y germeraient. Le docteur était pauvre autrefois ; bien qu'aucune explication précise n'eût été entamée là-dessus, il ne doutait pas qu'il ne fût resté pauvre, mais avec le désir et l'espoir qu'a tout homme, pourvu qu'il ait quelque valeur, d'arriver à la fortune, quoi qu'il en dise.

Romain prit donc la résolution de revoir son ami. Il avait un motif de visite tout trouvé. Il laissa cependant s'écouler plusieurs jours ; puis un soir, après diner, il alla frapper à la porte du docteur.

— Je viens te chercher, mon ami, lui dit-il avec la franche gaieté d'un bon camarade sans soucis comme sans remords. Si tu as une heure à toi, nous irons dire bonsoir à la mère et démasquer les diableries de l'hôtel.

Le docteur Marat, quoiqu'il n'eût pas oublié le speech antipathique que lui avait débité Romain quelques jours auparavant, ne crut pas devoir refuser.

Les deux amis partirent donc ensemble, leurs deux bras enlacés, et se dirigèrent à pied vers la rue du Bac. Mais la gêne était au milieu d'eux ; leur conversation fut peu nourrie. Ils n'étaient plus assez familiers ensemble pour attaquer une de ces longues histoires du passé où ils auraient pu trouver quelques bons souvenirs qui auraient probablement condamné la tension de leurs relations actuelles, ce qu'ils voulaient éviter avant tout, chacun ayant ses réserves privées à faire. On se garda bien surtout de réveiller l'affaire du journal, Romain cherchant une occasion toute naturelle de le faire et ne la trouvant pas, Marat évitant d'y faire aucune allusion de peur de n'avoir plus la patience d'écouter silencieusement comme il l'avait fait, toutes les balivernes sentencieuses du valet littéraire de la cour.

On arriva ainsi à l'hôtel du comte de Béelzébuth.

— Quoi de nouveau, mère ? dit Romain à sa mère qu'il embrassa et qu'il trouva accroupie comme une idiote dans un fauteuil où elle paraissait endormie.

— Ah ! c'est toi, fils ? lui dit-elle.

— Oui, mère, moi et Jean-Paul. Personne n'est venu ? ajouta-il.

— Personne. Les acheteurs de maisons se font rares aujourd'hui.

— Oui ; mais, reprit Romain, ou le comte Pepin, ou le docteur Wilfrid Satanus, ou quelque domestique aurait pu venir.

— Le docteur Satanus ! je n'y crois pas, répondit Mme Delahart en souriant, puisque je ne l'ai jamais vu. Quant au comte, je crois qu'il ne veut plus venir ici.

— Nous le saurons : viens, docteur, dit Romain

à Marat, et puisses-tu me donner là-bas une bonne leçon de physique amusante!

Romain riait, mais il est évident qu'il était plus brave en face de la morale qu'en face de la physique amusante, car sa voix, un peu saccadée dans son rire, indiquait assez que son esprit n'était pas tout à fait calme.

Aussi, tout en paraissant précéder le docteur auquel il devait naturellement servir de guide, avait-il soin de revenir souvent à lui comme pour lui parler dans toute la traversée de la cour. Lorsqu'il fut au bas de l'escalier, il prit le bras de son ami, se serrant contre lui et parlant bas pour mieux entendre ce qui pouvait se passer au loin, disait-il, et surprendre la préparation du fait qu'ils allaient étudier, s'il y avait une préparation et si le fait devait se renouveler.

Marat sourit et ne dit rien, car il écoutait aussi, mais sans crainte. Il ne croyait ni à la magie ni aux sorciers; il ne croyait qu'à la science dont les phénomènes sont parfois d'une merveillosité surprenante. Il tenait un flambeau à la main, car il faisait nuit.

Arrivé devant la chambre que Romain désigna comme la chambre du prodige, Marat regarda son ami d'un œil scrutateur pour voir si par hasard ce faiseur de principes à son usage n'aurait pas trouvé bon de mystifier un adversaire. Ce regard n'était que de la prudence; la prudence pouvait bien être permise au noyé de la Tamise. Le coup d'œil de Marat perça le pauvre Romain jusqu'au plus profond de l'âme. Le docteur ne vit en lui qu'un frémissement de crainte dont le journaliste déguisait de son mieux le reflet sur sa figure.

Bien rassuré alors sur les intentions de son guide, Marat examina minutieusement la porte de la chambre, le palier sur lequel ils étaient et surtout le parquet qui était sous leurs pieds. Il ne vit rien. Il supposa dès lors que l'appareil qui produisait le fait annoncé, si Romain n'avait pas rêvé, devait être installé dans l'intérieur de la chambre soit dans le parquet, soit dans la serrure ou dans les bois de la porte.

Il tourna donc la clef, qui en effet parut un peu rude, comme elle l'avait paru à Romain, mais céda cependant. La porte légèrement entr'ouverte laissa voir la chambre dans la plus profonde obscurité. Marat l'ouvrit tout entière alors, et aussitôt tous les candélabres, tous les flambeaux placés dans différents endroits de la pièce s'allumèrent seuls.

— Je connais ça, dit Marat en riant et répondant à une question muette et d'étonnement que lui firent les yeux de Romain.

Puis il fit un pas pour entrer dans la chambre; mais aussitôt une forte détonation, qui n'aurait plus effrayé le soudard Muller, partit de différents endroits, en lançant des éclairs. Les deux visiteurs furent jetés à la renverse comme foudroyés.

Lorsqu'ils se relevèrent un instant après, tout brisés par cette commotion, ils se trouvèrent face à face avec un homme étrange qui les regarda en riant.

— Votre première visite n'est pas heureuse, messieurs, leur dit-il d'un ton de voix sarcastique. Aussi pourquoi ne m'avoir pas prévenu? Il y a longtemps que je ne vous ai vu, monsieur le docteur Marat; j'aurais eu plaisir à vous recevoir plus convenablement. Quant à monsieur Romain, nous sommes de vieilles connaissances. Nous nous voyons presque tous les jours.

— Pardon, monsieur, répondit Romain tout étonné. Il ne me semble pas vous avoir jamais rencontré nulle part.

— Où donc ai-je eu l'honneur de voir monsieur? demanda à son tour Marat.

— Eh! parbleu, partout où vous avez été, monsieur Jean-Paul; et vous avez été dans bien des endroits depuis l'origine du monde.

Marat pensa que son interlocuteur voulait plaisanter ou qu'il n'avait pas la raison bien saine.

— Si je savais au moins le nom de monsieur, reprit Marat avec un regard interrogateur, peut-être pourrais-je deviner où je l'ai vu.

— Je suis aujourd'hui le docteur Wilfrid Satanus, autrefois j'étais...

— Monsieur le comte Pepin de Béelzébuth ou monsieur le prince de Belphégor, dit en l'inter-

rompant Marat qui crut reconnaître les prétentions
habituelles du comte, bien qu'il ne reconnût pas ici
sa personne.

— Comment! vous trouvez que je ressemble à
M. le comte de Béelzébuth?

— Non : pas du tout, en ce moment toujours.
Mais il m'est arrivé quelquefois de ne plus reconnaître monsieur le comte, et aujourd'hui peut-être
encore.... D'autant plus que souvent on voit ce
qui n'est pas, tandis que l'on ne voit pas ce qui
est...

Évidemment le docteur Marat était fortement
embrouillé dans ses idées, qu'il cherchait à éclairer
en regardant fixement la singulière apparition qu'il
avait devant lui.

— Ah! ah! ah! s'écria menher Satanus en riant
aux éclats. Pour un philosophe vous pataugez dian-
trement, monsieur Marat, comme on dirait dans
un certain monde. Je vous croyais plus de perspicacité ou moins de crédulité, car en vérité
je commence à voir que vous croyez à la magie, et que pour vous je suis peut-être le
diable ou son envoyé. Passe encore si cette croyance
était celle de ce pauvre monsieur Romain! dit le
docteur Satanus en regardant Romain avec des
yeux railleurs... Mais asseyez-vous donc, messieurs,
et causons.

Menher Wilfrid montra du doigt des siéges à
ses deux visiteurs, et tous trois s'assirent autour

d'une table nue sur laquelle apparut incontinent un flambeau qui s'illumina tout seul.

— Ne faites pas attention, messieurs, dit le docteur Satanus, ceci n'est pas de la magie, ni même de la physique amusante. C'est tout simplement de la physique utile. Comme je suis seul ici, sans valet pour me servir, je me fais servir par la physique, et je me fais défendre par la physique, comme vous l'avez vu tout à l'heure. Ceci n'est qu'une affaire bien simple pour monsieur Marat, qui n'est encore qu'un bon physicien, mais qui sera bientôt un célèbre physicien. Pour monsieur Romain, c'est autre chose : il excelle, lui, dans la politique.

Le ton railleur du docteur allemand rendit un peu confus Romain, qui paraissait avoir laissé sa loquacité habituelle au bureau de son journal; tandis qu'il intéressait singulièrement Marat, qui comprit la malice de cet hôte improvisé qui semblait vouloir les punir d'avoir violé sa retraite.

— Or donc, dit le docteur Satanus en plongeant deux yeux ardents jusqu'au fond de l'âme de Marat, vous ne vous rappelez pas, monsieur le docteur, où vous m'avez vu. Alors je vais aider vos souvenirs. Je vous dirai d'abord que je suis un disciple de Pythagore : sa doctrine de la métempsychose m'a fait voir qu'effectivement je ne suis pas né d'hier, ni vous non plus. Aujourd'hui je suis le docteur Wilfrid Satanus que vous ne connaissez pas; mais autrefois l'on m'appelait... Bah! à quoi bon vous dire tout cela? Vous êtes un bon philosophe, monsieur Marat, mais la doctrine de Pythagore est trop forte pour vous, je le vois. Vous adorez les principes que vous vous êtes faits, ou que l'on vous a fait sucer au sein maternel. Toute votre science et votre conscience sont là. Si c'est bien... eh! eh! fit le docteur Satanus avec un geste de doute et un ton de crécelle qui saisit le docteur Marat qui regarda l'Allemand jusqu'au fond des yeux. Mais ces yeux ne lui dirent rien. Marat en fut quitte pour un soupçon qui s'évanouit aussitôt.

Cet homme en effet n'avait rien de ressemblant avec le comte de Béelzébuth rajeuni dans le prince de Belphégor. Il était vieux, avec un nez long, recourbé en bec d'oiseau de proie; ses yeux étaient enfoncés dans leur orbite comme dans un antre et recouverts d'épais sourcils blancs; ses joues étaient creuses et fortement ridées, son menton pointu et long. Sa figure était couverte d'une longue et très-épaisse barbe blanche qui retombait jusque sur la poitrine, partagée des deux côtés du menton. Sa tête était coiffée d'une sorte de béguin noir orné de deux barbes qui venaient toucher le sommet des épaules.

L'aspect de cet homme avait quelque chose de plus que bizarre. Aussi Marat et Romain le regardèrent-ils avec un sentiment indicible, un peu trembleur encore chez le journaliste, grandement curieux chez le docteur qui cherchait à comprendre

quel rôle cet homme s'efforçait de jouer, dans quel
but. Il eut peur un instant que ce ne fût un complice de Romain, et que la scène du journal ne se
renouvelât sous un autre aspect et débitée par un
autre comparse. Il se tint donc sur la défensive. Il
laissa parler menher Satanus, afin de pouvoir deviner ce qu'il voulait.

— Donc, monsieur Marat, votre conscience veut...
votre conscience politique, bien entendu; c'est d'elle
seule qu'il s'agit en ce moment, dit menher Wilfrid en regardant Marat dont il attendit la réponse.

— Elle veut du pain pour tous, du travail pour
tous, la liberté et la tranquillité pour tous, répondit
le docteur Marat d'un ton affirmatif et nettement
accentué qui voulait dire : Vous savez bien ce que
je veux, mais vous voulez disputer, et moi je ne
veux pas. Laissez-moi donc en repos là-dessus : à
chacun son sentiment.

Le docteur allemand comprit, mais ne parut pas
comprendre cette boutade.

— Bien! et moi aussi je voudrais cela, mais comment faire? si je donne un pain pour deux jours à
M. Romain et qu'il le mange en un; si j'offre du
travail au paresseux qui n'en fera pas ou le fera
mal, voudrez-vous me détrôner, si je suis roi, parce
que ces hommes mourront de faim par leur faute?
Quant à la liberté et au repos, les a qui veut : celui
qui ne désire rien que ce qu'il a est toujours libre
et tranquille.

— Oui, s'il n'y a pas de corvées injustes, pas d'impôts injustes, pas de tribunaux injustes, pas de prisons injustes, pas de priviléges pour ceux-ci, pas d'arbitraire chez ceux-là, pas de tyrannie nulle part.

— Ta, ta, ta! fit Satanus en grimaçant un sourire ironique. Vous aurez la justice dans le paradis, Monsieur Marat; ici bas, jamais! que votre roi soit Louis XVI, ou Monsieur Marat, ou d'autres.

— Alors il n'y a pas de vertu sur terre, riposta Marat, en relevant fièrement la tête, pour montrer qu'il croyait autrement.

— L'homme vertueux, dit Satanus en faisant une moue grimaçante, est celui qui n'a pas encore trouvé l'occasion d'être coupable. Si jamais la vertu se trouve sur le passage de l'intérêt, entendez bien cela, l'intérêt étouffera la vertu.

— Je dois conclure alors, répondit Marat en regardant Romain et Satanus, comme s'ils s'étaient unis tous deux contre lui, pour le séduire dans l'intérêt du journal *La couronne du roi*, je dois conclure que mon devoir est de défendre la royauté et ses abus.

— Ai-je dit cela, Monsieur? riposta vivement Satanus, en se levant de son siége avec l'énergie d'un jeune homme. Non! Monsieur Jean-Paul Marat, ajouta-t-il en se rasseyant et prenant un ton ferme mais plein de bienveillance, ne défendez que vous, vous seul : voilà ce que je veux vous dire. Ce principe est une loi que chacun porte au fond de son cœur,

15.

et que raillent seuls les diseurs de sensiblerie, qui
pourtant font comme tout le monde.

Romain triomphait; il se garda bien d'intervenir.
Marat qui trouvait avoir déjà trop parlé, se leva
pour sortir. Il avait envie de jeter au visage du docteur Satanus le nom de comte Pepin de Béelzébuth,
car s'il ne lui trouvait pas la même figure, il trouvait en lui les mêmes principes corrupteurs et déso-
lants. Ces hommes avaient évidemment juré sa
perte, pensait-il; pourquoi? Il est inutile de demander au génie du mal, pourquoi il fait le mal.

XIV

Le docteur Marat rentra chez lui, contristé de ce
qu'il avait vu et entendu, contristé surtout de voir
comme une ligue formée autour de lui, pour dépoé-
tiser sa pensée, pour jeter un voile noir sur toutes
ses espérances. Il ne se laissa cependant pas démo-
raliser.

Après cette sorte de déconvenue, il comprit qu'il
s'engageait dans une mauvaise voie, en demandant
aux autres ce qu'il pouvait trouver en lui-même, le
travail et ses fruits.

Il résolut donc de s'adonner uniquement aux occu-

pations de sa profession et d'en aider le gain par
les travaux des sciences physiques, qui lui promet-
taient au moins quelque peu de bonheur et peut-
être aussi un peu de gloire.

Il institua en conséquence des cours publics,
comme il avait fait à Bordeaux.

La science n'était pas vulgarisée à la fin du siècle
dernier, comme elle l'est aujourd'hui chez nous.
Les cours publics, faits en dehors des cours officiels
étaient rares et d'ailleurs peu suivis. C'était donc
une grande hardiesse que de se lancer dans cette
voie. Marat n'eut cependant pas lieu de s'en repentir. En peu de temps, sa réputation fut assez notoire,
pour attirer à lui les chercheurs de la science. Il eut
même l'honneur d'être écouté par l'illustre Franklin
qui, fuyant l'Angleterre, où il était venu faire une
dernière tentative, pour réconcilier l'Amérique avec
la mère-patrie, vint visiter la France à cette époque.
Il fut recherché par l'académicien Beauzée, qui lia
dès lors des relations avec lui, et devint plus tard
son protecteur. Par combien d'autres encore, dont
les noms ont brillé plus tard dans la tourmente
révolutionnaire, ces cours furent-ils fréquentés?
l'histoire en nomme quelques-uns, qui l'ont proclamé eux-mêmes, tandis que les autres, devenus
ennemis, se sont bien gardés d'avouer qu'ils avaient
écouté une science sortant de lèvres si pestilen-
tielles, le coassement du roi des batraciens, comme
on dit de nos jours.

Marat commença donc à espérer de ce côté, et à voir s'asseoir les fondements d'un bon avenir. Mais il ne s'absorba pas tellement dans ses études et dans ses joies intimes, qu'il oubliât son passé et d'où soufflait le vent qui l'avait poussé vers la France.

En quittant Londres, il était convenu avec Barbera, qu'elle viendrait le rejoindre à Paris au plus tôt, lorsqu'il serait assez bien installé pour la recevoir. Lors donc qu'il vit tout tracé le chemin qu'il avait à suivre, il se hâta de l'écrire au cottage. Mais ni personne, ni lettre ne vint.

L'impatient Marat trépignait de mécontentement, et pourtant aussi d'inquiétude. Il chercha des consolations dans la réflexion; il se transporta en esprit dans la grande cité, dans le petit cottage, et il fit mille efforts d'imagination, pour comprendre toutes les difficultés du départ de Barbera.

De nouvelles perplexités vinrent bientôt occuper l'esprit du malheureux docteur : il était écrit qu'il ne vivrait que d'une vie agitée. Pendant qu'il se tourmentait dans l'attente d'une lettre venant de l'étranger, il en reçut, un matin, une, mais elle ne venait pas de Londres, elle venait de la Suisse, de Boudry. C'était une lettre de sa sœur Albertine.

Albertine lui annonçait qu'un jeune homme de Genève, qu'elle avait vu souvent dans la famille de sa mère, et pour lequel elle se sentait beaucoup de sympathie, l'avait demandée en mariage. La demande officielle de la famille tardait à se faire, parce qu'il y avait une grande difficulté à lever entre le père et le fils. Le fils qui sait que notre père n'est pas riche, disait Albertine, et ne peut faire aucune dot, cherche à prouver à son père qu'il m'aime assez, pour me prendre sans fortune; mais le père n'entend pas cela. Cette difficulté sera-t-elle levée? si elle ne l'est pas par le fils, elle ne le sera par personne, car notre père est plus pauvre que jamais. Il est chagrin, malade, abandonné de presque tous ses anciens clients, qui ont afflué, les ingrats, chez des concurrents nouveaux dans le pays. Il parle même de quitter Boudry, s'il ne meurt pas bientôt.

Ces nouvelles attérèrent le pauvre docteur, qui se trouvait déjà beaucoup trop chargé d'inquiétudes et de soucis. Le cas d'Albertine lui paraissait bien grave, car elle était grandement menacée de voir échouer ses espérances.

Il répondit pourtant à sa sœur de ne rien brusquer, mais de faire entendre à la famille du jeune homme qui paraissait si bien disposé en sa faveur, que peut-être une dot arriverait bientôt; que pour lui, il allait aviser à la trouver, s'il y avait moyen.

Marat ne pouvait certainement pas compter sur les bénéfices dérisoires de sa clientèle, ni sur ceux de ses cours qui n'étaient point assez productifs. Mais il avait dans son portefeuille une foule de petites productions littéraires. Péchés mignons du jeune âge, ou boutades humoristiques d'un homme

de science qui égaie ses graves pensées en les revê-
tant d'une forme plus gracieuse, comme la fable
fait de la vérité, ils étaient là, dormant dans ses
cartons, oubliés dans un coin du cabinet du docteur, d'où probablement ils ne devaient jamais
sortir.

L'amitié fraternelle leur donna une auréole qui
n'avait point été soupçonnée jusque-là. Marat en fit
l'inventaire; il en choisit plusieurs qu'il refondit
avec l'expérience qu'il avait acquise dans la fré-
quentation des hommes et dans la pratique de l'art
d'écrire.

De ce premier travail sortit un roman. Un roman
sous la plume du docteur Marat ! Cela serait incroyable si le roman n'était arrivé jusqu'à nous. Il
est intitulé : *Aventures du jeune comte Potowski.*
Ce livre est un roman de cœur, de forme épistolaire,
à l'instar de la *Nouvelle Héloïse*, de Jean-Jacques
Rousseau, pour lequel le docteur professa toujours
le plus grand culte.

Le second travail de Marat fut le scenario très-
développé de plusieurs comédies. Le temps lui
manquait pour parfaire ces ouvrages, car il lui fallait une dot à bref délai.

La comédie, du reste, lui agréait assez pour le
moment, bien plus même que toute autre œuvre
littéraire. Avec elle il pouvait arriver plus vite à la
publicité, et avoir plus de gain. Il savait parfaitement que l'homme le moins érudit, le moins lettré,

mais ayant une grande habitude de la scène, peut faire une comédie acceptable; et que, s'il est tant soit peu lettré, il peut faire une œuvre à grand succès. Succès de mérite? Non, pas toujours; mais qu'importe! Tout le monde lit ce livre-là, le voit sous les couleurs les plus agréables, embelli et transformé quelquefois tout entier par la mise en scène, par un entourage brillant, par un débit qui fait passer ses imperfections.

Tandis que le livre, s'il est sérieux, prêcheur de morale; s'il ne rentre pas dans les préoccupations du jour, ou dans les fantasmagories de la Radcliffe, ou dans les enfantillages ébouriffants de Perrault, le livre reste là. Il ne fait les délices que de quelques penseurs sérieux.

Armé de ces productions, Marat secoua ses longs cheveux en redressant la tête comme s'il eût été bien résolu d'arriver à la conquête de la toison d'or. Le fait est qu'il était bien résolu de sauver le bonheur d'Albertine, qui menaçait de sombrer, et qu'il avait quelqu'espoir qu'un peu de bienveillance lui viendrait en aide. Il est évident qu'il n'avait rien retenu des principes du comte de Béelzébuth, car il n'aurait point cru à une bienveillance désintéressée comme celle qu'il attendait. Mais l'espérance était en lui.

Sa visite fut bien venue chez le libraire, qui garda le manuscrit pour le lire. C'était déjà un bon point.

Au théâtre il fut on ne peut plus gracieusement

accueilli ; on lui promit une réponse aussi prompte que possible.

Il se hâta donc d'écrire à sa sœur d'espérer ; que ses affaires paraissaient en bon train.

Quelques jours après il reçut une lettre du libraire qui lui disait que son roman n'entrait point dans le genre des publications actuelles de sa maison, — ce qui n'était pas vrai, — que d'ailleurs il n'y avait rien à publier dans le genre du comte Potowski, après la *Nouvelle Héloïse* de Rousseau, qui seule absorbait l'intérêt public du moment.

Marat avait à peine lu cette lettre, qu'il lui en vint une autre du secrétaire du théâtre, qui l'invitait à venir retirer son scenario, attendu qu'après examen sérieux il ne pouvait être admis.

La lettre du docteur à Albertine était donc partie trop tôt.

Mais Marat n'était pas homme à se laisser désarçonner si facilement. Il ne tint pas ces raisons pour vraies, et il en chercha les motifs.

Le libraire est un égoïste, dit-il. Mon nom n'est pas assez connu pour forcer sa porte, et il ne veut pas se donner la peine d'éditer un livre qui ne lui rapportera probablement pas de beaux gains. Il n'y a que moi, moi seul qui puisse gagner beaucoup dans cette affaire : que lui importe dès lors ! Que lui importent la notoriété que j'envie et le petit gain dont j'ai besoin ! Que lui importent mon bonheur et celui de ma famille ! Son affaire à lui n'est pas là.

Après tout, continua-t-il, je n'ai pas le droit de lui demander de faire son commerce à mon profit... Un bon mouvement cependant ne gâte pas la vie d'un homme, et une causerie amicale avec moi sur cette affaire aurait pu la faire tourner au profit des deux. Enfin nous verrons; la partie n'est peut-être pas tout à fait perdue.

Quant au théâtre, ajouta-t-il, il n'y a rien que du mauvais vouloir; car mon sujet, sans être une nouveauté merveilleuse à faire courir tout Paris, a assez de bon, ou je ne suis qu'un sot, pour faire de cette œuvre une comédie passable. J'en connais des centaines qui valent moins, qui ne valent pas mieux en tout cas, et que vous avez reçues à bras ouverts, messieurs de la rampe. Pourquoi?... C'est votre secret, n'est-ce pas; vous êtes libres... libres de me condamner capricieusement au supplice de Tantale... Vous êtes libres! Ah! que Dieu vous garde de ce principe antisocial dont vous connaîtrez la cruauté lorsque viendra pour vous le jour du besoin et que la main d'un homme libre aussi vous fermera sa porte au visage. Vous êtes libres!... Et moi aussi je suis libre alors, nous sommes tous libres! Eh bien, si je suis libre, je ne fais plus qu'un vœu : c'est de pouvoir vous le prouver un jour! s'écria Marat en se redressant fièrement sur ses deux petites jambes et avec un accent de voix qui eût fait tressaillir de plaisir le comte de Béelzébuth.

Mais ce n'était là qu'un mot de colère qui n'avançait en rien les affaires du moment. Il ne pouvait donc pas être le dernier mot de Marat. La cause de son insuccès n'était, selon lui, que l'obscurité de son nom et la nullité de son crédit. Il pensa qu'il pourrait peut-être rétablir son équilibre en reparaissant chez un libraire ou à quelque théâtre, appuyé sur le bras d'un auteur mieux en cour que lui.

Il se dirigea donc tout droit chez Jacques Cazotte, auteur fort en renom à cette époque et dont les ouvrages ne sont point encore oubliés aujourd'hui, surtout son *Diable amoureux*, qui n'est pas son meilleur ouvrage assurément, mais qui plaît mieux aux lecteurs de nos jours.

Cazotte était un excellent homme qui s'occupait beaucoup de ses affaires privées. Il était tout absorbé dans l'éducation qu'il donnait lui-même à sa fille Élisabeth, qui l'en récompensa plus tard en se jetant courageusement entre les assassins révolutionnaires et lui pour lui sauver la vie. Il ne comprit pas Marat. Le docteur, il est vrai, ne tendit pas la main comme un mendiant; il ne jeta pas aux pieds de Cazotte une humble supplique pour obtenir qu'il vînt avec lui crocheter la porte d'un libraire qui ne voulait pas ouvrir. Non! Marat vint à Cazotte et lui dit : « Je suis un homme de lettres très-peu connu; je n'ai pas crédit chez les libraires; par conséquent, voudriez-vous être assez bon pour m'aider un peu, soit en me recommandant à votre éditeur, soit en joignant à mon livre quelque publication qui me permette de passer sous votre manteau chez le libraire comme chez le public.

Cazotte se récusa. Il n'avait pas assez de crédit; il vendait ses œuvres, lui, mais avec peine. Ah ! s'il était Voltaire, s'il était Jean-Jacques, bien ! Au reste il verra, et il engagea Marat à revenir, bien résolu évidemment à lui fermer sa porte.

Marat le comprit; mais qu'avait-il à dire? Rien. Il enchaîna son dépit et sa dignité outragée dans un des réduits de son âme; puis il alla frapper à une autre porte en s'humiliant cette fois pour toucher la sensibilité du frère heureux auquel il allait montrer ses haillons.

Cette porte était celle de Louvet de Couvray, qui bien qu'il n'eût point encore publié son *Chevalier de Faublas*, était déjà connu dans la république des lettres, où il avait un certain crédit comme rédacteur des Mémoires académiques du savant Dietrich, dont il était le secrétaire et l'ami. Il avait de plus le renom d'un homme d'opinion avancée, ce qui lui valut plus tard le titre de citoyen, de député à la Convention, puis de membre du conseil des Cinq-Cents.

Marat crut donc avoir bien choisi son protecteur. Il se trompait. Louvet avoua qu'il avait bien un peu de crédit, mais pour lui seul. Après bien des démarches et des heures d'antichambre, il obtenait ordinairement, disait-il, ce qu'il demandait, mais il ne se sentait pas le courage d'en faire autant pour autrui.

Marat se tut à cette révélation, car il comprit que Louvet avait raison, bien que lui-même n'eût pas tort. C'était donc la société qui était coupable. Chacun pour soi! dit-elle à tous. Quelle société que celle qui est bâtie sur l'égoïsme! ne put s'empêcher de s'écrier Marat.

Le comte de Béelzébuth ne lui avait jamais dit autre chose. Le comte de Béelzébuth avait-il donc raison?

Marat se fit cette question, mais il attendit pour répondre. Il ne doutait pas qu'avec le travail et le temps il ne forçât bien des portes qui ne s'ouvraient pas au premier coup. Seulement il craignit qu'elles ne s'ouvrissent trop tard pour Albertine. C'était cette pensée qui lui avait donné le courage inouï qu'il avait montré dans ses démarches; car rien n'était plus antipathique à son caractère que d'aller ainsi frapper de porte en porte pour implorer aide et pitié. Aussi la colère et la honte lui étaient-elles montées plus d'une fois au visage; plus d'une fois il avait ressenti dans ses poings et dans ses pieds des fourmillements impérieux qui le provoquaient à frapper fort, plus fort, au point d'enfoncer les portes et de crier comme un bandit : de l'aide ou la vie!

Ces mauvais conseils passaient dans son esprit comme des hallucinations au fond desquelles il

voyait toujours avec effroi la figure sarcastique du
comte de Béelzébuth qui semblait lui dire : Eh!
eh! voilà que tu arrives. Je savais bien qu'il ne
s'agissait que de te mettre sur la voie pour te faire
avancer. Ah! tu croyais que les hommes sont bienveillants et généreux! Eh! eh! tu vois.

Une pensée d'espérance revint au pauvre Marat,
qui se raccrochait à toutes les branches abordables,
car enfin sa sœur était là, un pied dans l'abîme et
chancelante; il fallait la sauver. Puisqu'il avait tant
fait que d'approcher le calice d'amertume de ses
lèvres, il n'avait plus qu'à boire jusqu'à la lie. Au
fond de cette lie se trouvait le souvenir de Romain.
Il avait juré de ne plus le revoir, mais il n'était pas
libre.

Romain était en bonne voie, fortement soutenu;
aussi, avec peu de talent, mais beaucoup d'entrain et
une souplesse à l'épreuve de tous les vents, il était
arrivé à tout. Par son journal il avait gagné la fortune, par sa fortune et son journal il s'était fait un
nom, il s'était créé des relations importantes, il
avait crédit chez tous les libraires autant que dans
tous les théâtres. Il avait des œuvres partout, entrée
partout; on lui souriait partout.

La fortune pourrait donc peut-être arriver de là
vers Marat. Malheureusement Romain n'avait rien
oublié. Il crut le moment favorable pour dompter
la farouche conscience de son ancien ami, qui faisait tant soit peu crier la sienne. Mais ses insinua-

tions tombèrent dans le vide et ne furent pas ramassées ; mais ses offres directes furent reçues par un sourire douteux qui voulait dire : je me tais et pour cause. Romain n'en reçut pas moins bien son vieux camarade de collége. Il lui donna toutes les lettres dont il avait besoin pour arriver à bien, lui promettant d'aller ensuite pousser les portes où il aurait frappé jusqu'à ce qu'elles se fussent ouvertes.

Marat se mit donc en route.

Quelques jours après il reçut de Romain une somme de cinq cents francs. Le journaliste s'excusait de ne pouvoir faire plus pour le moment.

Le libraire auquel il s'était adressé avec la recommandation de Romain, lui fit tenir, de son côté, cinquante francs en lui renvoyant son manuscrit.

Et le secrétaire du théâtre à la porte duquel il avait frappé, lui annonça que son manuscrit était à sa disposition, mais qu'on allait établir une souscription à son profit parmi tous les employés de l'administration.

Donc Marat mendiait, et on lui faisait l'aumône! C'était terrifiant. Il s'en fallut peu que le bouillant docteur n'allât casser la tête avec son pistolet à ces trois insulteurs effrontés. Heureusement qu'il mit, entre sa résolution et l'exécution, une heure de réflexion qui calma l'effervescence de son cerveau.

Après tout, ont-ils bien voulu m'insulter? s'écria-t-il. Ce sont des âmes lâches qui sont incapables de comprendre la dignité du travailleur qui a besoin. Ils ont cru que j'avais faim. Romain à qui j'ai conté mon embarras momentané a cru que j'avais faim et n'a point cru au mariage difficile de ma sœur. Ils m'ont tous envoyé un morceau de pain. C'est moi qui suis un sot d'avoir compté sur eux. Mais je ne mendie pas; je veux qu'ils le sachent.

Et Marat renvoya à Romain ses cinq cents francs sans un mot de merci; au libraire, ses cinquante francs en lui disant qu'il s'était trompé d'adresse dans l'envoi de son aumône. Puis, un soir, il se dirigea vers le théâtre pour demander qui avait pu surprendre ainsi la naïveté du directeur, au point de lui faire entendre qu'un homme qui ne demande rien que ce que tous ceux qui écrivent peuvent demander, a besoin d'une quête publique.

Au sortir du théâtre, Marat détourna brusquement la tête, comme si quelqu'un venait de lui parler; et ce quelqu'un avait une voix qu'il ne connaissait que trop pour l'avoir entendue dans plusieurs occasions de sa vie. Mais il ne vit personne autour de lui. C'étaient donc ses oreilles qui avaient entendu ce que son cœur avait dit tout bas. Un peu plus loin pourtant il entendit bien distinctement cette fois un petit cri sarcastique qu'il crut reconnaître.

— Eh! eh! dit la voix : liberté, fraternité...

— Qui êtes-vous? dit Marat en faisant brusquement un saut de côté et posant sa main sur l'épaule d'un homme jeune encore qui marchait sans prendre garde à personne.

— Mais vous, monsieur, qui êtes-vous pour m'interpeller ainsi? riposta le petit homme en s'arrêtant.

— Pardon, monsieur, dit le docteur en regardant la figure de celui qu'il venait d'arrêter si brusquement, j'ai cru vous reconnaître, et je vois que je me suis trompé.

— Et moi je vous reconnais bien, monsieur le docteur Marat, car j'ai assisté plusieurs fois à vos cours de la rue Saint-Honoré. Dès lors je puis vous répondre, si vous le désirez. Eh bien! je viens de chez un homme assez haut placé, qui m'avait promis l'obtention d'une place dont j'ai grand besoin. Mais son domestique qui s'intéresse à moi est venu m'apprendre que la place m'était chaudement disputée et qu'il est probable qu'elle serait donnée à un autre. Cet autre, en effet, m'a supplanté. Ah! c'est qu'aussi, Monsieur, il avait un bien puissant protecteur, sa femme, une belle femme jeune et sachant parler à se faire entendre. Elle n'a passé qu'une heure chez notre protecteur commun, mais cette heure a été bien employée, car elle est partie avec une bonne promesse. Si bien, que le haut dignitaire vient de m'avouer, qu'une personne à laquelle il ne pouvait rien refuser lui avait forcé la main, et qu'il fallait me pourvoir ailleurs.....
Egoïsme! égoïsme! égoïsme! n'attendez rien de

l'homme s'il n'attend rien de vous, ni profits ni représailles.

— Taisez-vous! oh! taisez-vous! s'écria Marat en se bouchant les oreilles. Et vous aussi, vous dites donc de ces mots-là?

— Il faut bien dire ce qui est, Monsieur le docteur. Il est inutile de vouloir faire l'homme meilleur qu'il n'est, et la société mieux organisée qu'elle ne l'est. Aussi, je le jure, je vais prendre bonne note de cette affaire.

— Pourquoi?

— Ah! dame! qui sait! pour m'en servir un jour peut-être. Si par hasard j'allais donc devenir président d'une république quelconque! dit le petit homme, en ricanant de son idée. Ce serait alors que je rendrais les soufflets qu'on m'aurait donnés : œil pour œil! c'est l'ordre de Dieu. Au revoir, Monsieur Marat!

Pendant que cet homme s'éloignait, Marat regardait tout autour de lui avec une sorte d'effroi, pour voir si le comte de Béelzébuth n'était pas là, pour battre dans ses mains et dire : eh! eh! tu vois, pauvre sot!

Plusieurs mois s'écoulèrent dans cette bourrasque. Marat cependant s'épuisait de toutes manières, pour arriver à former cette malencontreuse dot, qui ne grossissait que de quelques morceaux de pain coupés en deux, l'un pour lui, l'autre pour Albertine; de quelques écus économisés sur les besoins

16

les plus impérieux du pauvre savant. Il se vit donc réduit à écrire son impuissance à sa sœur. Il n'eut pas cette peine; une lettre qu'il reçut d'elle, lui apprit que son fiancé n'avait pu vaincre la ténacité de sa famille. Fils trop soumis, il s'était retiré brisé de douleurs et n'ayant plus d'espoir.

Marat écrivit de suite, avec sa vivacité ordinaire, à sa sœur de ne plus compter sur personne que sur lui; qu'elle n'avait qu'à venir s'installer chez lui, elle et toute la famille, pour vivre ou mourir tous ensemble.

Albertine ne vint pas alors; mais nous savons qu'elle vint plus tard, traînant le célibat d'une vieille fille jusqu'à la vieillesse la plus reculée, d'abord auprès du savant persécuté, puis auprès de l'homme politique que nous connaissons tous, puis enfin auprès de sa tombe, gardant constamment dans son cœur le culte de cet homme étrange.

XV

Il y avait neuf mois que Marat vivait de la sorte, ballotté par les agitations les plus tumultueuses de la vie, lorsqu'il reçut un matin une lettre de

Londres. Cette lettre était un petit grain de bonheur venant bien à propos pour calmer l'orage de ses chagrins. Elle était de Barbera.

Cette lettre était pleine d'amour et de tendres reproches. Pourquoi ne lui a-t-il pas écrit une seule fois depuis son départ d'Angleterre? disait Barbera. Dans quelles perplexités elle a passé ces neuf mois de séparation; dans quelle crainte elle vit encore en pensant qu'il l'a peut-être oubliée. Elle a cependant une bien grande nouvelle à lui apprendre, une nouvelle qui la comble de joie, 'elle, mais qu'elle n'ose lui annoncer dans la crainte qu'elle ne soit pour lui une cause de tristesse... Ce n'est que par hasard qu'elle a appris qu'il n'est pas mort; qu'il se fait une position à Paris par son courage et par ses talents. C'est un journal qui lui a donné ces nouvelles, un journal qui lui est venu, elle ne sait comment, de Paris même. Elle s'embarque donc à tout hasard, pour aller en France, retrouver celui qu'elle aime plus que la vie. Mon ami, disait Barbera en finissant sa lettre, je m'arrêterai au Havre pour t'attendre, dussé-je t'attendre jusqu'à mon dernier jour!

Cette lettre décontenança fortement le docteur Marat; elle lui jeta dans l'esprit des soupçons, qui s'y maintinrent malgré tous ses efforts pour les repousser. Barbera se plaignait de n'avoir point reçu de lettre de lui, quand, malgré tous les tracas qu'il avait eus, il n'avait cessé de lui écrire. Ses lettres, qu'étaient-elles devenues alors? qui donc les avait arrêtées au passage? Etait-ce lui? était-ce elle? lui, c'était le prince de Belphégor; elle, c'était Virginie.

Marat se disposa immédiatement à partir pour le Havre, mais il n'arriva que quatre jours après. Deux jours environ furent employés au voyage, et deux jours à attendre le départ, les voitures publiques ne pouvant lui donner une place, même au milieu des bagages.

Il avait été devancé au Havre par un autre voyageur, qu'il était loin de s'attendre à trouver là. Sur le seuil de l'hôtel où Barbera était logée, il fut arrêté par la main d'un homme qui rentrait aussi en compagnie de deux autres hommes et d'une fière normande, qui portait un enfant sur ses bras.

— Sacrebleu! monsieur Marat, vous venez trop tard, dit le chef de cette petite caravane, qui n'était autre que Muller, le soudard prussien, l'assassin *in partibus* du prince de Belphégor, le mari enfin de Barbera. J'aurais eu du plaisir à vous prendre pour témoin dans cette affaire, au lieu de ces deux hommes que je ne connais pas.

Et Muller regarda en grimaçant un sourire le docteur, qui ne répondit pas et n'avança plus, ne sachant trop ce qu'il avait à faire dans une pareille occurence.

— Comment! vous ne me reconnaissez pas? s'écria Muller. Au fait c'est possible, je ne sais même pas si vous m'avez jamais vu. Enfin, c'est égal; je suis

le mari de Barbera Buttlander, votre amie d'enfance, votre compagne d'études; oh! je sais tout.
Eh bien! mais elle est ici. Quelle chance de vous
rencontrer, et comme elle va être heureuse de vous
revoir! Pour moi, je viens remplir auprès d'elle les
devoirs d'un bon époux et d'un bon père... Eh!
oui, d'un bon père : n'en soyez pas surpris, monsieur le docteur.

— Barbera est mère! dit Marat en pâlissant
d'un sentiment qu'il serait impossible de définir.

— Ma femme a eu le bonheur de me donner hier
même deux beaux enfants, par ma foi, un garçon
et une fille. C'est plus que je ne lui demandais :
mais que voulez-vous, les voilà; il faut s'en réjouir,
d'autant que tout va bien pour l'instant. J'arrive de
la maison de ville en faire la déclaration, et signer
sur les registres qu'ils sont à moi. Ah! voilà cependant ce qui m'étonne, dit Muller en se redressant
et en regardant Marat du coin de l'œil. Moi qui ne
croyais pas aux miracles, je vais donc être obligé
d'y ajouter foi, car enfin... Mais on n'en rira pas,
sacrebleu! car la providence, heureusement pour
moi, m'a inspiré d'aller passer deux minutes, il y a
neuf mois à peu près, et comme vous veniez d'en
sortir, au cottage de ma femme, près de Londres.
Je n'ai pas été reçu là tout à fait en amoureux, cela
est vrai, encore moins en mari repentant, qui vient
réclamer ses droits. Mais qu'importe! il en est ré-
sulté deux enfants. Dieu soit loué! ils me sont venus

16.

sans peine, et je commence à ne pas trop m'en étonner. La loi d'ailleurs qui doit bien s'y connaître, ne veut pas admettre qu'une femme dont le mari est à quelques centaines de lieues d'elle, soit dans l'impossibilité de devenir mère. Lorsqu'elle a vu l'heureuse délivrance de Barbera, elle m'a dit : sois en certain, ces enfants sont à toi. Inscris-les sur nos registres, ou je te prouverai par une bonne amende, que je ne crois pas au miracle ou à ton absence. Et par ma foi, j'ai cru, et je crois comme la loi, et je suis père, et je veux être bon père et bon époux. Comme je ne peux pas vivre toujours auprès de ma femme, à laquelle je prouverai cependant mon affection en ne la perdant pas de vue, en la visitant autant qu'il le faudra, et en pourvoyant à tous ses besoins, je prends le petit garçon pour satisfaire mon amour paternel, je lui laisse la fille pour le sien. Mon fils est déjà parti en nourrice; le docteur Wilfrid Satanus a bien voulu se charger de me suppléer dans ce soin-là.

— Le docteur Satanus! dit Marat avec réflexion; un jeune homme?

— Je ne sais, mais il a moins de cent ans.

Il était évident pour Marat que Muller raillait. Il trouvait ses railleries cruelles, mais pourtant justes. Aussi Muller eût-il pu parler ainsi pendant une heure sans que le docteur fût tenté de lui répondre. Il n'avait pas, d'ailleurs, d'autre réponse à faire que de lui enfoncer un poignard dans le cœur pour se débarrasser de lui. Mais le moyen était extrême et ne débrouillait certainement pas heureusement la trame enchevêtrée dans laquelle le docteur se trouvait pris par l'arrivée soudaine d'un mari trop gênant.

Aussi Marat se dandina-t-il d'une jambe sur l'autre, regardant tout autour de lui sans regarder une seule fois son interlocuteur et réfléchissant à la conduite à tenir. Les sarcasmes de son adversaire lui paraissaient peu inquiétants, bien qu'ils lui mordissent durement le cœur. Le docteur était brave, insouciant des dangers et ne tenant à la vie qu'autant qu'il le fallait pour ne pas la perdre sottement ; de plus, il était homme de ressources et ne cédant pas facilement la place aux durs embarras de la vie. Mais, il faut l'avouer, la présence de Muller le désarçonnait bien brutalement de la joie sur laquelle il avait chevauché de Paris au Havre ; et, malgré sa présence d'esprit ordinaire, il était pour l'instant sans bon conseil. Aussi n'obtempéra-t-il pas à l'invitation narquoise du mari de Barbera, qui le priait de venir visiter sa femme. Il prétexta une affaire qui lui revenait en souvenir, promettant du reste de revenir bientôt.

Marat avait besoin de réfléchir ; ce fut le seul motif qui l'empêcha d'entrer en ce moment. Mais il était à peine au bout de la rue, que sa résolution était prise. Il revint donc immédiatement sur ses pas et pénétra hardiment dans l'hôtel, où il trouva Barbera accablée d'inquiétudes. Évidemment Muller lui avait annoncé l'arrivée du docteur. Elle était seule pour l'instant dans sa chambre.

— Il est là, dit-elle à voix basse à Marat, en lui montrant du doigt la chambre voisine.

Muller accourut assez vite pour entendre ces mots, ou au moins pour les deviner au regard de sa femme.

— Eh! parbleu, où veux-tu que je sois, ma bonne amie, dit-il, si ce n'est auprès de toi dans un instant aussi solennel? Je la tutoie maintenant qu'elle m'a rendu père, ajouta-t-il en se tournant du côté de Marat. Je ne peux pas faire moins, ne pouvant pas faire plus.

Et il se prit à rire aux éclats de son sot calembourg.

Marat, cependant, ne parut pas faire beaucoup attention à la présence de ce singulier mari. Il avait pris dans ses mains les mains de Barbera, embrassant de temps en temps le visage de sa vieille amie, comme s'il eût été seul. Barbera en était un peu décontenancée et ne laissait point déborder la joie qu'elle avait d'avoir retrouvé celui qu'elle avait tant désiré.

— Je vous laisse, leur dit Muller avec une grande bonhomie. Je comprends qu'après une si longue absence, vous ayez beaucoup de choses à vous dire.

Et il se retira au fond de la chambre où il se tint assis sur un fauteuil, la tête appuyée dans ses mains, mais l'œil sur Barbera. Son parti était pris, sa conduite était toute tracée dans son esprit. Mais il ne semblait pas qu'elle dût être bien rageuse.

Le but de Marat, au contraire, était de pousser cet homme jusqu'aux dernières limites de la jalousie, s'il y avait moyen, afin de pouvoir lui demander un compte sérieux du bonheur qu'il lui avait ravi.

— Comment se fait-il, mon amie, dit le docteur en tenant toujours et serrant les mains de Barbera dans ses mains, ce qui ne fit point sourciller Muller, comment se fait-il que tu sois venue si tardivement en France?

— Qu'y serais-je venue faire seule? répondit la jeune femme timidement. Je n'avais point l'adresse des personnes que j'y connais.

— Mes lettres ne t'en donnaient-elles pas une, au moins?

— Je n'ai point reçu tes lettres, Jean-Paul.

— Ah!... Et Virginie? tu ne m'en parles pas.

— Virginie est toujours la fille que tu sais, gaie, folle, insouciante et... plus coupable que je ne le croyais, dit Barbera en rougissant. Je l'ai appris depuis ton départ. Ce que je prenais pour des folies de sa part, c'était...

— De la débauche! allons, dis le mot, cria Muller du fond de la chambre. Ce qui prouva à sa femme qu'elle était parfaitement entendue, malgré qu'elle baissât tant soit peu la voix.

Enfin, reprit Barbera, elle a perdu l'héritage de son père.

— Elle l'a perdu, oui, dit de nouveau Muller; mais c'est lord Killarney et toute sa clique, pardon, monsieur le docteur! oui, toute sa clique qui l'a dévoré. Et ce que ma femme n'ose peut-être pas vous dire, c'est qu'elle a dévoré ou fait dévorer aussi la ferme du père Butlander: Ah! les amies! les amies! Les unes sont bien sottes, pardonne-moi ce mot, ma Barbera! et les autres bien voraces. Enfin on n'est pas amies pour rien! j'excuse ma femme.

— Oui, mon Jean-Paul, dit Barbera, la petite fortune du pauvre père est passée là avec celle de M. Delahart.

— Mais le prince de Belphégor, où était-il pendant ce temps? demanda Marat.

— Le prince de Belphégor est parti pour un long voyage, quelques jours après ton départ de Londres, et nous ne l'avons pas revu, et nous ne savons pas même où il est. Comme il avait oublié en partant de créditer Virginie chez son banquier, elle est tombée dans la gêne.

— Oh! dis le mot, cria Muller : dans la misère.

— Elle a vendu son cottage, et je l'ai laissée à Londres où elle vit sans doute du produit de la vente de sa maison.

— Pauvre Virginie! dit Marat en soupirant... Allons, adieu, mon amie! dit-il à Barbera en déposant un long baiser sur ses lèvres. Je viendrai te revoir avant mon départ de cette ville.

— Au revoir, monsieur le docteur! s'écria Muller

qui se leva brusquement de son fauteuil pour reconduire jusqu'à la porte le visiteur qui semblait l'oublier.

— Au revoir, monsieur! répondit sèchement mais
poliment Marat qui sortit aussitôt.

Quelques jours après, la jeune mère se trouvant
suffisamment rétablie de son laborieux travail, mais
surtout ardemment curieuse de fuir la présence du
mari à la chaîne duquel on l'avait rivée malgré elle,
partit du Havre, appuyée sur le bras du docteur.

Le lendemain de l'arrivée des deux fugitifs à
Paris, la première visite que reçut Marat fut celle
de Muller qui frappa à la porte du docteur et entra
brusquement, comme s'il eut craint de n'y être point
invité.

— Je vous remercie beaucoup, monsieur le docteur, lui dit-il avec l'apparence d'un grand sentiment de reconnaissance, de ce que vous avez bien
voulu accompagner ma femme dans son voyage
qui pouvait être imprudent si elle l'eût entrepris
seule. Je vous suis très-reconnaissant, en outre, d'a-
voir bien voulu lui offrir l'hospitalité en mon absence.
J'ai, peu loin d'ici, un logement où ma femme trouvera tout le confortable qu'elle peut désirer. Je me
sens heureux d'avoir à le lui offrir. Je vais attendre
qu'elle soit levée, ajouta-t-il en s'asseyant, car je
suppose qu'elle est encore au lit, fatiguée de son
pénible voyage.

— Monsieur Guillaume Muller, dit Marat en se

croisant les bras et redressant la tête, je n'aime pas
le persifflage, et je trouve que vous en usez dian-
trement depuis quelques jours. Eh bien! puisque
vous savez si bien qui je suis et où je demeure,
regardez-moi bien et regardez bien cette porte, pour
ne plus jamais parler à l'un et ne jamais plus frapper
à l'autre; ou bien je ne vous persifflerai pas, moi,
mais... dit Marat en remplissant sa réticence par la
démonstration de la gueule d'un pistolet qu'il mit
sous le nez de son insolent visiteur. Pour l'instant
sortez d'ici.

Et Marat prit Muller par le bras pour le pousser
vers la porte qu'il venait d'ouvrir.

Tout cela ne fut pas dit sans éclat. Barbera qui
avait tout entendu et qui craignait une lutte, parut
tout à coup sur la porte de la chambre du docteur,
à peine vêtue.

— Jean-Paul! lui dit-elle d'un ton suppliant.

— Je te demande pardon, ma bonne amie, lui dit
le mari avec une figure toute débonnaire, je venais
prévenir monsieur le docteur que je t'attendais chez
moi, dans un appartement réellement très-conve-
nable. Je désirais même t'emmener avec moi.
Comme monsieur le docteur s'y oppose, j'ai le regret de te dire que je vais me montrer sévère pour
que tu m'obéisses, comme tu l'a promis le premier
jour de notre mariage.

Barbera trembla dans tous ses membres et ne
répondit pas.

— Reste! lui dit fermement Marat en se dirigeant vers elle. Et vous, monsieur, ajouta-t-il en se retournant vers Muller et lui montrant d'une main impérieuse la porte ouverte, passez! et n'ayez plus l'effronterie de rappeler le premier jour de votre mariage.

Muller sortit, mais en faisant un geste de menace qui ne laissa pas que d'effrayer les deux amants; car s'ils avaient pour eux la raison, la justice et le droit de la nature, ils avaient contre eux la loi sociale sous le sceptre de laquelle ils vivaient.

Aussi, pour se mettre à l'abri du danger le plus pressant, Barbera quitta le domicile du docteur. Elle alla s'installer loin de lui dans une retraite bien secrète où pourtant son mari la découvrit. Elle s'enfuit plus loin alors; mais on eût dit que Muller avait à son service un démon familier qui le conduisit encore auprès de sa femme.

C'était terrifiant. Barbera en était dans la désolation la plus profonde, et Marat grinçait des dents de rage, car il comprenait qu'il était impuissant contre cette bête féroce que Muller appelait sa loi, et qu'il trouvait partout devant lui pour lui barrer le passage.

Aussi toute son imagination se mit-elle en travail pour aller à la recherche d'un réduit impénétrable. Il crut l'avoir enfin trouvé.

Dans une de ces rues perdues au milieu des champs, comme il y en avait tant alors aux points extrêmes de Paris, où surgissait par ci par là une maison isolée, il rencontra une masure enfoncée dans une dépression du sol et environnée d'une palissade en ruine comme si l'habitation était abandonnée.

C'était la demeure de la mère Chapelard. Elle devint aussi celle de Barbera. La mère Chapelard était une vieille femme en retraite, d'une vie aisée autrefois, pour l'instant elle était livrée à la mendicité. Barbera parut là en sûreté.

Un soir le docteur Marat se glissa furtivement comme un voleur vers cette masure. Bien sûr de n'avoir été vu par personne, il frappa tout gaiement à la porte. La mère Chapelard vint ouvrir.

— Bonsoir, mère ! lui dit Marat. Comment va-t-on ici ce soir ?

— Ah ! monsieur, répondit la mère Chapelard avec une mine piteuse, quelle scène nous avons eue !

— Comment ! le monstre l'aurait-il encore dépistée ici ?

— Oui, il est venu. Il a d'abord pris un air doucereux pour l'engager à aller enfin habiter sous le toit conjugal. Elle refusa net, lui reprochant toutes les infamies de sa vie passée. — Madame, lui dit-il alors avec une fermeté qui l'effraya, dès demain je vais demander aux tribunaux de me donner des gendarmes pour venir vous prendre dans votre retraite par trop compromettante pour moi, et vous réintégrer sous mon toit. Réfléchissez.

Elle réfléchit, en effet, un instant, puis elle lui dit :
Que ferai-je dans votre domicile? — Vous soignerez
mon ménage et nos enfants, lui répondit-il avec un
regard qui s'illumina tant qu'elle en eut peur. —
Voilà tout? lui dit-elle. — Voilà tout... puis pourtant si, un jour, vous oubliez le passé comme je l'oublie, moi; si vous pouvez me regarder non pas avec
des yeux amis comme je vous regarde, moi, mais
avec un peu de complaisance; puis enfin, si un jour
encore vous pouvez me traiter comme un époux
qui vous chérit, eh bien! ce sera là mon bonheur.
— Jamais, monsieur! riposta-t-elle en redressant
fièrement la tête. Je n'oublierai jamais qui vous
êtes, mais j'oublierai toujours que la loi vous a
donné à moi pour époux; et si vous oubliez par
hasard que mon cœur n'est point à vous, si vous
êtes assez lâche pour vouloir arracher des embrassements à la mère de deux enfants qui ne sont point
à vous, eh bien! je me tuerai pour ne plus laisser
qu'un cadavre à votre ignoble amour. Que dites-
vous de cela, monsieur Muller? dit-elle avec deux
yeux flamboyants de haine et de mépris. — Je dis,
ma bonne amie, répondit-il tranquillement, que je
ne demanderai jamais rien qu'à votre bonne
volonté. — Eh bien! partons, monsieur, afin que
vous ayez tous un peu de paix désormais, puisque
vous avez le cœur assez bas placé pour vouloir
obstinément jeter votre nom sur la tête d'une femme
qui ne veut pas de vous... Mère Chapelard, me dit-

elle alors à voix basse et en m'entraînant dans un coin de la chambre, dites bien à Jean-Paul que je pars d'ici pour lui donner un repos dont il a grand besoin; pour ne point entraver sa carrière par un scandale qui pourrait le perdre; dites-lui que si je ne l'aimais pas tant je me tuerais, mais que morte je ne le verrais plus; dites-lui que jamais autre que lui ne sera mon époux, dussé-je me poignarder avant d'être déshonorée; dites-lui enfin que je veux le voir toujours quoi qu'il arrive, et que je ne serai pas plus tôt installée au domicile de l'homme qui m'entraîne chez lui, que je le lui indiquerai, qu'en attendant je le prie de se mettre à la recherche de l'enfant que Muller a envoyé je ne sais où... Eh bien! maintenant marchons, monsieur, dit-elle à son mari qui lui offrit le bras qu'elle refusa en lui disant: je vous suivrai.

Puis elle m'embrassa si affectueusement, ajouta la mère Chapelard, que je compris que ce baiser n'était point pour la pauvre vieille, mais pour vous.

Dès le lendemain, en attendant des nouvelles de Barbera, Marat se mit en quête du fils qu'on lui avait ravi. Un mouvement instinctif le poussa vers l'hôtel de la rue du Bac. Peut-être y avait-il là quelque indice à saisir; peut-être Muller y a-t-il paru: peut-être Satanus a-t-il laissé là quelque trace; peut-être... Enfin il alla frapper à la porte de cet hôtel.

Un grand garçon, vêtu de l'habit traditionnel du

suisse de bonne maison, vint ouvrir. Mme Delahart n'était plus là; l'écriteau indiquant que l'hôtel était à vendre n'était plus là non plus, mais Marat ne l'avait pas remarqué. .

L'hôtel, en effet, n'appartenait plus au comte Pepin de Béelzébuth. Le suisse ne connaissait ni le nom du comte, ni le nom du docteur Wilfrid Satanus. L'hôtel appartenait à la baronne de Salzouma, qui vivait là dans la retraite la plus profonde et ne recevait jamais personne.

Évincé de ce côté, Marat se décida à visiter encore une fois Romain, pour voir si, par hasard, il ne serait pas le Satanus en question, puisque ce nom lui appartenait aussi, ou bien s'il n'aurait pas des nouvelles de l'autre.

— Mon cher Romain, lui dit-il d'un ton d'affection un peu contenue, connaîtrais-tu, par hasard, un sieur Muller?...

— Vous voulez m'insulter, monsieur Marat, lui dit Romain en l'interrompant et jetant sur son ami d'autrefois un regard plein de courroux. Vous n'ignorez pas que le nom de Muller est un de mes noms, mais que, pour une raison que vous savez bien aussi, je porte le nom de Delahart.

Effectivement, Marat connaissait parfaitement l'état civil de Romain; mais, en vérité, il n'y pensait pas, tant il était préoccupé du nom du mari de Barbera.

— Je te demande pardon, dit-il avec l'expression

de la plus entière franchise, d'avoir oublié un fait que tu me rappelles. Ma position, d'ailleurs, qui n'est pas plus nette que la tienne, d'un certain côté du moins, ne me donne pas le droit de jeter à la face d'un ami ce que les quakers seuls de la société appellent une faute. Je venais pour m'enquérir si tu ne connaissais pas un certain Müller qui s'est trouvé sur mon passage et qui a dû laisser quelque trace à l'hôtel de la rue du Bac. J'espérais que le docteur Wilfrid Satanus, dont le nom est mêlé à celui de cet homme, me donnerait les renseignements que je désire; mais il n'est plus dans l'hôtel, qui est vendu. Saurais-tu, mon ami, ce que ce docteur est devenu?

— Je ne sais, répondit Romain tout laconiquement.

— Je te remercie, Romain, dit Marat en se levant et saluant son ancien ami d'un salut digne, mais sans morgue comme sans cordialité.

Puis il sortit, regrettant la bourde qu'il avait faite sur le nom de Muller, qui avait évidemment tout à fait gâté son affaire.

XVI

On pourrait croire que tous ces tracas et tous ces soins avaient entravé la carrière du docteur Marat, en jetant son activité dans des voies détournées du but qu'il était venu chercher en France. Il n'en était rien. Marat put suffire à tout, à ses devoirs intimes comme à ses besoins matériels, aux travaux de sa profession comme à ceux du savant, en tout temps et toujours, comme nous pourrons le voir, du reste, en jetant un coup d'œil sur ses publications scientifiques.

Dès 1775, moins d'une année après son arrivée à Paris, Marat fit imprimer à ses frais et publier son beau livre *De l'Homme*. Ce n'était que la traduction du même livre qu'il avait publié en anglais deux ans auparavant à Londres.

Admirateur enthousiaste de Rousseau, pour lequel il professa toute sa vie un haut culte, il lui rend hommage et l'invoque au commencement de cet ouvrage. Mais, en revanche, il oublie d'encenser les encyclopédistes et d'admirer la science de Voltaire et d'Helvétius. Ces philosophes chatouilleux se sentirent piqués de cet oubli et regimbèrent vivement. Voltaire, comme c'était assez son habitude, ne réfuta pas le livre du docteur, mais il ricana. Sa cour se prit à rire avec lui, et Marat fut hué. Ce n'est que d'aujourd'hui que les savants, qui apprécient et ne rient pas, commencent à donner raison au livre *De l'Homme*.

Il n'en reste pas moins que Marat avait commis une grande faute dans ce beau livre : il avait irrité la fibre acrimonieuse des chefs de file de la coterie littéraire, et il se ferma ainsi bien des portes en se faisant une nuée d'ennemis dont les sarcasmes sont encore admis chez nous.

Il fut cependant, parfois, fort difficile de refuser complétement justice à un homme aussi ardent, aussi tenace, et qui, en fin de compte, avait un grand mérite, une certaine notoriété et quelque influence même, tant par sa position que par quelques relations qu'il s'était faites. Aussi, lorsqu'en l'année 1778, il présenta à l'Académie des sciences un mémoire qu'il fit imprimer, en 1779, sous ce titre : *Découvertes de M. Marat sur le feu, l'électricité et la lumière*, le savant médecin eut-il la chance, assez rare dans les habitudes de ces illustres mais paresseuses assemblées, d'obtenir un rapport favorable.

La commission était composée... Pardon, mille fois pardon de ces détails fastidieux peut-être, mais indispensables pour voir l'homme sous toutes ses faces et faire comprendre surtout qu'il n'est pas la bête qu'a dit Helvétius, mais un homme de génie... La commission était composée du comte de Maille-bois, de Montigny, Le Roy et Sage, qui s'exprimèrent ainsi : « La saine physique, ne marchant qu'à l'aide de l'expérience, tous les mémoires, tous les traités, ne doivent être qu'un composé d'expériences bien faites et bien constatées, servant de base aux vérités qu'on se propose d'établir : telle est la marche que l'auteur a suivie. »

La commission termine en disant : « Nous concluons que, sans prononcer décidément sur ce que l'auteur entreprend d'établir dans son mémoire sur le fluide igné, nous regardons ce mémoire comme fort intéressant par son objet, et comme contenant une suite d'expériences nouvelles, exactes, et faites par un moyen également ingénieux (1) et propre à ouvrir un vaste champ aux recherches des physiciens, non seulement sur les émanations des corps échauffés, mais encore sur les évaporations des fluides. »

Ce rapport était bon, mais ne récompensait pas suffisamment les travaux auxquels Marat avait dû se livrer pour arriver à son résultat. Il voulut avoir une appréciation plus décidée. A cet effet il se représenta devant l'Académie en divisant cette fois le sujet unique de son premier mémoire. Il en fit trois études spéciales : *Du Feu, de l'Electricité, de la Lumière.*

Mais cette fois, l'Académie fit la morte. Il semble qu'elle n'avait point vu, ou peut-être point connu la main qui lui avait présenté le premier mémoire, et qu'alors elle avait fait consciencieusement son devoir ; mais que cette fois, prévenue à temps et honteuse de sa surprise, elle allait agir en conséquence. Elle y mit des formes pourtant. Le mémoire fut

---

(1) Le microscope solaire, invention de Marat, qui servait à rendre sensible un fluide qui sort des corps échauffés. lequel n'est autre que le fluide igné.

17.

remis à une commission composée de Le Roy et Cousin, qui ajournèrent indéfiniment leur rapport, puis poussés à bout, refusèrent de se prononcer. Le tour était joué.

L'Académie pouvait bien refuser son visa aux travaux d'un homme qu'elle n'aimait pas, mais elle ne pouvait pas empêcher ces travaux de naître et de se propager. L'infatigable docteur ne cessa en effet d'en produire, mais toujours au service de la science et de la science seule, car la politique ne lui paraissait à cette époque qu'une bien petite affaire dans sa vie.

Il avait cependant ses convictions, cela est évident, et des convictions fortement arrêtées en philosophie comme en physique, mais son heure n'était pas encore venue. Il vivait de la vie du savant : son bonheur était là. Il ne tenait certainement qu'à la société de rattacher cet homme aux douceurs du foyer et de le rendre heureux en reconnaissant ses efforts et les services qu'il rendait à la science ; car Marat, au dire de Fabre d'Églantine, était naturellement bon.

Mais le génie du mal en avait décidé autrement.

D'autres déboires autrement sensibles pour Marat que ceux qu'il eut à subir pour ses œuvres scientifiques, qui en fin de compte lui donnaient les plaisirs intimes que l'on trouve toujours dans les beaux succès de la science, vinrent flétrir sa vie.

Son cœur était cruellement ulcéré de voir sa

jeune amie emprisonnée dans le cachot infect que Muller appelait son domicile conjugal. Barbera ne ne se plaignait pas cependant, mais pouvait-elle être heureuse?

Elle avait craint en venant s'installer sous le même toit que la bête ignoble qui l'avait enlevée à toutes ses espérances, de trouver devant elle ou un provocateur amoureux, ou un provocateur brutal. Il n'en fut rien. Muller se montra insouciant pour elle. Il restait peu, d'ailleurs, dans son logis qu'il visitait cependant à peu près tous les jours, quelquefois seul, quelquefois avec de gais viveurs qui s'attablaient là comme dans un lieu d'orgie, sans respect pour leur hôtesse qui avait ordre de les servir.

Mais si Muller paraissait tenir la promesse qu'il avait faite de ne point violenter sa femme, il ne tenait pas celle qu'il avait faite de lui donner aide et protection, et de pourvoir à sa subsistance. Elle ne vivait que du produit insuffisant de quelques petits travaux.

Ce qui n'empêcha pas que pour rien au monde elle ne voulut accepter les secours de Marat. Marat n'était plus pour elle qu'un ami. Du jour qu'elle avait accepté le toit de son bourreau, elle avait rompu avec le bonheur qu'elle avait espéré; elle avait presque oublié que Marat fût le père de ses enfants. Son tuteur aux yeux de la société, c'était Muller; son mari, c'était lui. Elle avait consenti à le suivre, elle lui devait au moins la fidélité du corps. A Marat elle ne devait plus que la fidélité du cœur, et elle ne voulait lui donner rien de plus aussi. Tels étaient les engagements de sa conscience : elle les tint jusqu'à son dernier jour. Mais aussi ne pouvant plus donner à Marat que l'affection de son âme, elle ne voulut plus recevoir de lui que les plaisirs et l'or de son amitié.

Du reste, Marat ne sut point au juste, à cette époque, la profonde détresse dans laquelle vivait son amie. Elle recevait toujours ses visites avec une joie et un entrain qui étaient loin de laisser soupçonner la vérité. Barbera maigrissait très-visiblement, cela était vrai, et Marat le remarquait certainement avec une grande inquiétude; mais le chagrin de leur séparation suffisait bien à lui en donner une explication plausible.

Il eût volontiers abandonné Paris et la belle position qu'il espérait s'y faire, pour fuir au loin avec celle qu'il aimait plus que lui-même et renouer la chaine de fleurs qui s'était rompue si brusquement. Mais Barbera n'y voulut jamais consentir sous différents prétextes que goûtait à peu près le docteur dans l'espoir toutefois que ces raisons auraient leur fin d'être un jour.

La véritable raison pour Barbera était l'amour tout désintéressé qu'elle avait voué à Marat. A Paris, Marat vivait, il vivait dans une profession honorable; il vivait de la vie du savant, avec

quelques déboires, elle le savait, mais aussi avec
la perspective d'une gloire qu'il avait toujours
ambitionnée. Ailleurs, que deviendrait-il, avec une
femme qui n'avait que son cœur à lui offrir, avec
un enfant qui bientôt deviendrait une charge plus
lourde? Où iraient-ils? Recommencer ailleurs une
carrière qui s'annonçait à Paris sous d'heureux
auspices! Non! plutôt mourir, elle, plutôt mourir
lentement que d'être un obstacle au bonheur qu'elle
espérait pour son ami.

Mais elle dut lui cacher sa pensée, car elle savait
que Marat ne se serait pas mis en reste de générosité avec elle, et que lui aussi eût préféré mourir à
la peine que de ne pas sauver sa bien-aimée du
naufrage.

Plusieurs années se passèrent ainsi. Mais quoique
Barbera répétât constamment qu'elle était heureuse,
qu'elle avait presque oublié le ver rongeur qui dévorait petit à petit les plus belles fleurs de sa vie;
Marat ne remarquait pas sans une inquiétude toujours croissante qu'elle dépérissait de plus en plus.
Sa fraîcheur avait disparu depuis longtemps déjà;
la fermeté de ses chairs n'existait plus; le teint de
son visage devenait mat et terreux. Une petite toux
sèche vint enfin s'ajouter à tous ces symptômes
effrayants pour des yeux perspicaces.

Mais plus Marat paraissait tourmenté de cet état
maladif, plus Barbera devenait enjouée et rieuse
en sa présence, rejetant sa laideur actuelle sur les

duretés de la vieillesse, et rappelant à Jean-Paul, en riant aux éclats, qu'elle n'avait plus ses quatorze ans pour courir avec lui dans les gorges du Jura et dormir à l'ombre des rochers ; qu'avec ses quatorze ans tout avait passé, et qu'elle n'était plus qu'une vieille femme desséchée et ridée.

Elle riait, mais d'un rire qui rendait le docteur plus sérieux.

— Allons, bon ! lui disait-elle alors, voilà que tu ne ris plus quand je parle du passé : eh bien ! parlons de l'avenir. Dans l'avenir nous serons véritablement vieux et nous mourrons : si je meurs avant toi, fais moi dormir dans le même coin de terre que toi ; si tu meurs avant moi, je te promets de ne pas me séparer de toi.

Et au lieu de rire de cette boutade, les deux amis pleuraient, car l'un et l'autre pressentaient probablement que cet avenir ne serait pas la vieillesse.

Un matin, c'était en l'année 1779, Marat vint plus tôt que d'habitude voir Barbera : il avait une bonne nouvelle à lui annoncer. Il la trouva plus pâle qu'à son ordinaire, et les yeux rougis comme si elle eût versé des larmes. Elle se leva vivement de son siége et alla se jeter dans ses bras.

— Qu'as-tu, mon amie ? lui dit-il, tu as pleuré.

— Un peu, lui répondit-elle, mais j'ai tort, puisque tout s'est passé comme je l'ai voulu.

— Encore une affaire avec ton vampire ! s'écria Marat. Quand je te dis qu'il sucera ton sang jus-

qu'à sa dernière goutte! Et tu ne veux pas te soustraire à cette mort lente et misérable!... Eh bien !
voyons, qu'y a-t-il?

— Cette nuit, répondit Barbera avec animation,
il est rentré tard, un peu ivre comme d'habitude.
S'est-il trompé de chambre ou bien venait-il exprès,
je ne sais, mais il est entré chez moi et s'est avancé
vers mon lit. Je me suis réveillée en sursaut; il
était à peu près nu. Restez là ! lui criai-je tout émue
et saisissant vivement mon poignard, qui est toujours sous le chevet de mon lit : restez là ou je me
tue... Il ne tint pas compte de ma menace et fit un
pas délibéré vers moi. J'appuyai alors mon poignard
au-dessous du sein et l'enfonçai dans mes chairs
assez profondément pour faire partir un jet de
sang : Un pas de plus, lui criai-je de nouveau, et
vous n'aurez plus qu'un cadavre... Oh! cela, je
l'eusse fait, dit fermement Barbera. Si même j'ai
fait deux fois une menace, c'est que je regrettais
de mourir sans avoir embrassé Jean-Paul et sans
lui remettre ma fille entre les mains. Enfin, il se
retira sans mot dire. Voilà, Jean-Paul, à quoi je
pensais lorsque tu es entré. Tu vois si ça vaut la
peine de pleurer.

— Mais cette scène se renouvellera, sois-en bien
sûre, et plus fatalement peut-être. Il faut partir,
aller bien loin, si loin, que cet oiseau de proie ne
puisse plus retrouver nos traces.

— Oui, je le veux bien, mon ami, car tu as raison, mais attendons encore un peu. Notre fille grandit, mais pas assez vite pour ne pas nous embarrasser dans notre fuite.

Le but de la jeune femme était de gagner du temps, car elle pensait que dans un temps très-court elle serait débarrassée de son vampire, mais sans être obligée de fuir et d'anéantir ainsi tout le fruit des travaux de son ami.

Marat ne répondit rien : il parut s'absorber dans la lutte de quelques réflexions intimes. Barbera remarqua sans peine l'agitation du docteur, et craignant qu'il n'en sortît une résolution qu'elle aurait encore à combattre, elle se hâta de lui rappeler qu'il était venu pour lui annoncer une bonne nouvelle.

— Ah! c'est vrai, je l'oubliais, dit Marat en rassérénant son front : c'est pourtant en vérité une bonne nouvelle. Je t'ai parlé plusieurs fois de M. Beauzée, ce beau vieillard qui malgré son titre d'académicien ne dédaigna pas d'assister de temps à autre à mes cours de physique; je t'ai dit aussi que j'ai noué avec lui quelques relations, tu dois te le rappeler. Eh bien ! il est venu me voir hier au soir, et il m'a dit : Un emploi un peu lucratif et dans l'ordre de votre profession vous déplairait-il? — Non, monsieur, lui ai-je répondu, pourvu que cet emploi ne soit convoité par personne qui ait plus de besoins et plus de droits que moi, et pourvu que je conserve mon indépendance dans cet emploi.

— La place vient de vaquer, me dit-il, personne n'y a droit et ne se présente. Du reste, vous serez là parfaitement libre. On a besoin d'un médecin aux écuries du comte d'Artois, et ce chemin vous conduira tout droit à la place de médecin des gardes du corps du comte. Vous aurez les deux. En ma qualité de secrétaire interprète du comte d'Artois, je puis vous offrir cette position et vous en faire délivrer le brevet.

On est venu en effet ce matin m'inviter de la part du comte d'Artois à entrer immédiatement en fonction, en attendant mon brevet. Tu vois, ma mie, ajouta Marat, si j'avais raison d'être bien joyeux en venant te voir. Eh bien, en te voyant, je ne suis plus aussi joyeux.

— Pourquoi donc, Jean-Paul? répondit timidement Barbera qui craignit quelque reproche de la part de son ami.

— Parce que je ne trouve plus en toi ma Barbera d'autrefois, ma bonne et grosse Barbera à la mine réjouie, au teint frais; parce que je trouve que ta santé s'altère; que tu t'ennuies ici où tu meurs lentement; parce que notre enfant...

— Eh! mon Dieu, mon ami, dit la jeune femme en interrompant Marat qu'elle voyait entrer dans son éternel refrain de la fuite, ce qu'elle redoutait plus que jamais d'après la nouvelle qu'elle venait d'apprendre, mon ami, si je dépéris, si notre enfant est pâle et amaigrie, c'est peut-être notre faute : nous ne mangeons peut-être pas assez.

Barbera rougit jusqu'à la pointe des cheveux en disant ce mot dont Marat comprit ou crut comprendre toute l'atrocité.

— Tu jeûnes, malheureuse, lui dit-il avec un accent de colère, ou tu ne manges que les miettes de pain qu'*il* daigne laisser tomber de sa table! Tu meurs de faim, et tu n'as pas voulu du pain que je t'offrais! Barbera, c'est honteux. A qui demanderas-tu du pain, si ce n'est à moi? Lui, que te doit-il, l'étranger, le soudard, l'être ignoble qui t'a rivée à sa chaîne de forçat, sans que tu veuilles la briser? Eh bien! le mal sera guéri, car tu mangeras... tu mangeras, entends-tu? Et c'est moi qui ferai servir ta table, ou nous partirons d'ici, que tu le veuilles ou ne le veuilles pas.

Et Marat secoua ses longs cheveux en redressant fièrement la tête, et il frappa du pied la terre. Barbera comprit que la résolution était bien prise et qu'elle n'avait plus qu'à obéir.

Dès ce jour donc la table de Barbera fut confortablement servie. Muller s'en aperçut avec plaisir, et quoiqu'il ne doutât pas de la main qui pourvoyait au bien-être de sa cuisine, il en fit honneur à sa femme, en vantant son bon goût et la remerciant des soins qu'elle prenait de la santé de son petit mari.

Cette plaisanterie d'un être dégradé coula sur

l'esprit de la jeune femme sans y laisser de traces, comme toutes celles du reste qu'elle était habituée à entendre de lui. Il lui importait peu que cette lâche brute, échappée des bourbiers où elle se vautrait tout le long du jour, vînt manger une partie des mets qu'on lui servait régulièrement tous les jours à elle, il lui en restait toujours assez pour elle et son enfant. Elles reprirent bientôt en effet un peu de la santé que toutes deux elles avaient à peu près perdue.

Marat reprit donc un peu d'espoir alors et ne s'inquiéta plus autant de cette petite toux sèche qui l'avait tant tourmenté. Il put se livrer avec plus d'entrain aux nouvelles occupations qui venaient de lui incomber et aux travaux scientifiques dont tous les matériaux étaient classés dans sa tête.

Ce fut à partir de cette époque (1) qu'il fit toutes ses publications sur la Physique, en commençant par celles dont nous avons vu par anticipation de date les diverses péripéties auprès de l'Académie des sciences. D'autres se succédèrent rapidement et durent donner une haute idée de l'activité de cet esprit si fécond et si courageux, toujours sur la

(1) Ce fut également en cette année 1779 que Marat publia son *Plan de législation*, pour répondre à la demande d'une société helvétique qui avait mis au concours un plan de code pénal. Le livre de Marat fit grande sensation en Suisse et en Allemagne, où il paraît qu'il fournit plusieurs articles de lois.

brèche pour combattre les vieilles routines de la science.

Mais au commencement, dans le cours, comme à la fin de ses travaux, il ne fut guère heureux auprès des sociétés savantes. La ligue organisée contre lui, ne se démentit pas un seul instant. Cela est triste à dire, mais il paraît qu'il en fut, qu'il en est et qu'il en sera toujours ainsi. L'histoire de nos jours est pleine de ces dénis de justice. Il y a peu de savants, à moins qu'ils n'aient un ami ou un protecteur bien en cour, qui ne puissent raconter les déboires qu'ils ont éprouvés. Et combien y en a-t-il qui dévorent silencieusement les injustices dont ils sont victimes dans le coin de leur feu, sans souffler mot. A quoi bon? on en rirait. Il y a toujours des esprits assez heureux et des cœurs assez haut placés, pour jeter au nez du pauvre savant évincé, ce mot injurieusement désolant : *les hommes d'un véritable mérite arrivent toujours...* Donc... concluez, vous qui n'arrivez pas.

Malgré toutes les rigueurs systématiques que Marat avait éprouvées jusque-là au sein de l'Académie des sciences, il présenta cependant en l'année 1780 un nouveau mémoire, intitulé : *Découvertes de M. Marat sur la lumière, constatées par une suite d'expériences nouvelles*, faisant suite à son volume intitulé : *Recherches sur le feu*, qui avait été publié quelques mois avant. L'Académie, qui ne pouvait se taire devant cet homme trop impertinemment bruyant, à son point de vue, fit un rapport. Mais elle se dédommagea de sa contrainte, en le faisant peu favorable, parce que l'auteur, disait le rapport, détruisait *ce qu'il y a de plus connu dans l'optique.*

Donc, il n'est pas bien de la part d'un savant, de recommencer des expériences déjà faites, de profiter des travaux progressifs de la science, pour améliorer les connaissances obtenues, et en tirer des conclusions nouvelles! Non! Marat n'avait pas le droit de détruire *ce qu'il y a de plus connu dans l'optique.*

Ce petit échec fut suivi, en 1783, d'un triomphe qui n'était assurément pas bien grand, mais auquel Marat ne fut pas insensible. L'Académie royale des sciences, belles lettres et arts de Rouen avait mis au concours une question ainsi conçue : « jusqu'à quel point et à quelles conditions peut-on compter dans le traitement des maladies, sur le magnétisme et l'électricité, tant négative que positive?

Marat répondit par un *Mémoire sur l'électricité médicale,* qui fut couronné le 6 août.

Mais la joie de cette victoire fut grandement diminuée par l'état maladif de Barbera, qui parut prendre tout-à-coup un aspect effrayant.

Aussi Marat ne voulut-il plus dès lors se confier à ses propres lumières, pour conjurer un mal qui devenait si menaçant. Il appela auprès de sa chère malade les hommes de son art le plus en renom,

Antoine Petit et Desbois de Rochefort, qui se chargèrent avec toute la bienveillance qu'ils pouvaient avoir pour un confrère, de diriger le traitement. Il fut évident pour tous que la maladie était une affection tuberculeuse des poumons, qu'avaient développée des privations de toutes sortes, de concert avec mille et mille peines journalières.

Les symptômes les plus alarmants parurent se voiler un peu sous le nouveau traitement installé, sans laisser toutefois plus d'espoir aux médecins. Marat seul conçut un peu de joie de ce semblant de répit. C'est sous cette impression de quiétisme, qu'il publia son livre des *Notions élémentaires d'optique*, qui lui fit beaucoup d'honneur. On était en 1784.

Mais bientôt il dut quitter tous ses travaux, pour s'installer à peu près continuellement au chevet du lit de Barbera. La jeune femme en effet baissait d'heure en heure. Le ver qui rongeait cette belle fleur, la faisait pencher de plus en plus vers la terre.

Un jour, le docteur sortit un instant, pour aller mettre un peu d'ordre à ses affaires. A son retour Barbera n'était plus seule. Une femme était auprès de son lit, la figure cachée dans le sein de la malade. Au bruit que Marat fit pour entrer, elle releva la tête et le regarda un instant avec des yeux hagards : elle avait pleuré.

— Virginie! s'écria Marat en ouvrant ses deux

bras, dans lesquels la jeune femme se jeta, le cœur gonflé de sanglots.

Ce n'était pas de la part du docteur un témoignage de profonde affection qu'il donnait à Virginie ; il avait trop de reproches à lui faire. Mais Virginie était une amie d'enfance, mille et mille souvenirs agréables l'unissaient à elle, comment n'aurait-il point un peu oublié, pour ne plus voir qu'une amie venant embrasser une amie mourante ?

— Cette voiture armoriée que j'ai vue là, à la porte, est donc à toi ? le grand valet qui la gardait est donc le tien ? reprit Marat, en remarquant la riche toilette, dont Virginie était vêtue.

— Oui, répondit Virginie avec un peu de honte, comme si ces questions eussent été des reproches mérités.

— Tu demeures donc alors dans la rue du Bac ? Tu as donc encore une fois changé ton nom, en te faisant appeler la baronne de Salzouma ?

— Oui, répondit Virginie, les yeux toujours timidement baissés, mais ne me reproche rien. Si je ne t'ai pas reçu lorsque tu t'es présenté à l'hôtel, à ton retour du Havre, si je ne suis pas venue plus tôt vous voir, toi et Barbera, c'est que je n'ai pas pu. Tu sais que je ne suis pas toujours libre.

— Oui, mais tu es riche.

— L'hôtel de la rue du Bac est à moi, et l'on m'y fait de bonnes rentes.

— Tu dois savoir alors ce qu'est le docteur Wilfrid Satanus ; peut-être sais-tu aussi où il est.

— Je ne le connais pas.

— C'est étrange, reprit Marat en réfléchissant et regardant Virginie d'un œil qui voulait deviner la vérité... Et le comte de Béelzébuth, au moins sais-tu où il est, lui ? ajouta-t-il.

— Non, répondit Virginie avec une grande franchise. Je sais seulement qu'il est absent de Paris, depuis quelques années. J'ai reçu de lui hier une lettre m'annonçant la maladie de Barbera ; il me permettait de sortir de mon hôtel pour venir la voir. Cette lettre venait de l'une des provinces de la France, elle n'était pas datée, et le timbre de la poste était à peu près effacé.

— Pauvre amie ! dit Marat avec une grande componction et tendant la main à Virginie. Tu n'es plus libre, je le vois, et je ne sais si tu es heureuse. Rappelle-toi donc d'autrefois ! souviens-toi de Boudry : puis compare leurs jours avec ceux qui les ont suivis, et dis-moi quels sont les plus beaux.

Barbera écoutait attentivement la conversation de ses deux amis, qui ne lui adressaient pas la parole, mais qui lui tenaient l'un et l'autre une main chacun dans sa main. De temps en temps elle souriait à Marat, d'autres fois, elle faisait de grands yeux à Virginie, comme pour lui adresser des reproches maternels, bien qu'elle fut la plus jeune.

Tout-à-coup elle fut prise de suffocation ; ses yeux se fixèrent avec inquiétude du côté de la porte, comme si une crainte instinctive, ou peut-être la finesse excessive de l'ouïe d'un malade, lui eût annoncé l'approche d'un souci. Marat qui n'avait rien entendu, devina cependant la cause de cette inquiétude : il alla ouvrir la porte de la chambre.

Il se trouva face à face avec un lieutenant des gardes du corps du comte d'Artois, dans lequel il reconnut aussitôt Muller. Le costume était brillant et tout neuf ; l'homme était, comme d'habitude, un peu ivre.

— Ah! ah! c'est moi! s'écria-t-il en entrant et regardant son costume militaire avec la joie d'un enfant. Eh! oui, monsieur le docteur, on est lieutenant dans un corps d'élite; on aura de bons appointements, des plaisirs, des honneurs. Ah! dame! aussi on n'a pas obtenu ça sans peine. Si l'on n'avait pas eu des protecteurs comme le comte Pepin de Béelzébuth et le docteur Wilfrid Satanus, un savant celui-là! je ne sais pas si je serais arrivé. Enfin, j'y suis, et de plus le comte Pepin m'a dit...

— Vous l'avez vu? demanda vivement Marat.

— Vu!... c'est-à-dire, je ne l'ai pas vu tout à fait, mais il m'a écrit.

Marat et Virginie se regardèrent d'un regard qu'ils comprirent tous les deux et qui voulait dire : le comte de Béelzébuth a donc des relations avec cet homme? Comment se fait-il alors qu'il ne l'ait pas rendu meilleur pour Barbera? Comment se fait-il qu'il ait imposé autrefois ce mariage à Barbera

18

et doté Muller de cent mille francs? Comment se fait-il qu'il ait su repousser Muller du cottage, et qu'il ne l'ait jamais repoussé de Barbera à Paris? Qui a fait vivre Muller jusqu'à cette heure? Qui l'a suivi et dirigé dans toutes ses démarches? Qui l'a placé parmi les officiers du roi? Le comte Pepin de Béelzébuth, pensa Marat. Nul autre alors que le comte de Béelzébuth n'a tué Barbera. *Raca* sur lui! *Raca!*

L'agitation intérieure du docteur était assez vive pour que tout le monde s'en aperçut et cherchât à deviner pourquoi ce trouble. Barbera seule le comprit.

— Ah! à propos, comment va ma petite femme! dit le soudard en se ravisant tout-à-coup et se dirigeant vers le lit.

Personne ne lui répondit, mais Barbera qui sembla prise d'une nouvelle crise d'oppression, tendit ses deux bras. Muller se méprenant sur cette marque d'appel, allait se précipiter vers le lit, lorsque sa femme se détourna pour le repousser. Puis elle désigna du regard sa fille qui était debout au pied du lit, les yeux humides de larmes, et constamment fixés vers sa mère. Marat prit l'enfant, la haussa jusque dans les bras de sa mère qui les étreignit tous les deux, sa figure collée sur la leur. Sa respiration s'arrêta... elle était morte...

Virginie éclata en sanglots, tandis que Muller allait d'une pièce dans l'autre de l'appartement, ne

s'arrêtant nulle part. Quelque chose d'indéfinissable
crispait ses lèvres. Le docteur, lui, s'assit au chevet
du lit, tenant dans sa main une main de Barbera et
entourant de son bras l'enfant qui s'était appuyée
le long de sa poitrine. Il rêvait.

Cette femme qu'il a tant aimée depuis son enfance,
à laquelle il a tant promis et qui lui a fait espérer
tant de joies, la voilà ! Il ne lui a donné que la mort.
Elle ne l'entend plus, elle ne lui parle plus, elle ne
le voit plus, elle ne le sent plus, et pourtant elle est
là. Qu'y a-t-il donc de moins en elle? La vie. Mais
qu'est-ce que la vie? Un inconnu dont la mort dit
beaucoup de mal... Et la mort alors?... Pour Barbera, c'était l'oubli d'un passé mauvais, d'un présent
intolérable, d'un avenir sans espoir ; c'était la réhabilitation d'une union impossible et flétrie aux yeux
du monde. Pour Marat, c'était la chute du ciel sur
sa tête et l'effondrement de la terre sous ses pieds.
Voilà tout ce qu'on sait de la mort. Pourquoi donc
alors l'homme est-il né ? Pourquoi lui a-t-on imposé
en échange d'une vie qu'il n'a pas demandée, un
travail immense, pour l'en récompenser par les
souffrances, par les maladies et par la mort? Et qui
donc a fait cela? Qui donc a fait l'homme, ce roi
dérisoire de la nature, qui naît, vit et meurt comme
la bête? Ah! s'il a cru bien faire en faisant cette
œuvre, pourquoi la tue-t-il si durement? S'il s'est
complu après avoir créé l'homme, et s'il a dit *c'est
bien !* que devons-nous dire, nous, le jour de la mort,

jour hideux, horrible contre-épreuve du jour de la vie? La vie ne serait donc alors autre chose que la nuit d'un condamné!... C'est une atrocité...

Il était bien permis à Marat de s'abîmer dans toutes ces tristes pensées au moment qu'il les faisait. Il en fut cependant effrayé, et le souvenir du comte de Béelzébuth lui revint si brusquement à l'esprit qu'il se leva précipitamment de son siége en regardant tout autour de lui. Mais le comte n'était pas là; il n'y avait sous les yeux et dans l'esprit de Marat rien autre chose que les maximes de son mystérieux ennemi.

Le lendemain, après l'inhumation du corps de Barbera, Marat prit Virginie par la main et la regardant jusqu'au fond de l'âme, il lui dit: tu vis seule dans ton hôtel de la rue du Bac, n'est-ce pas?

— Tout à fait seule : pourquoi me demandes-tu cela, Jean-Paul?

— As-tu renoncé aux maximes de ta morale? tu sais, Virginie, cette morale qui t'a conduite là ou tu es, mais que je n'aime pas, parce qu'elle rend malheureux un jour ou l'autre.

— J'y ai renoncé, Jean-Paul, répondit Virginie avec la docilité d'une enfant.

— Écoute-moi alors, Virginie; je n'ai aucun droit sur cette enfant que je tiens par la main et que je vais être obligé de rendre à son père selon la loi, mais qui est à moi, tu le sais. La demander à Muller ce serait m'exposer à un refus humiliant; je n'en ferai rien. Mais toi, tu l'obligeras, j'en suis sûr, en lui demandant de te la donner pour compagne dans ta retraite.

— Pour toi, Jean-Paul, que ne ferais-je pas ?

— Veux-tu que je t'embrasse, Virginie, pour te dire merci ?

— Je n'osais pas te le demander ; mais puisque tu m'offres un baiser, c'est que tu me pardonnes.

— Une preuve bien convaincante de mon pardon, c'est que je te confie ce que j'ai de plus cher au monde à cette heure, ma fille. Et si jamais, ajouta-t-il à voix basse, tu vois ou Satanus ou Béelzébuth, tâche de savoir ce qu'ils ont fait de mon fils (1).

— Je le saurai, si cela est possible, répondit Virginie en quittant Marat.

Elle se rendit seule avec la petite Pauline-Barbera au domicile de Muller qui lui accorda avec empressement de se faire la mère de cette enfant.

On était en l'année 1784, et l'enfant avait alors neuf ans passés.

XVII

Virginie vivait, comme elle l'avait dit, dans la

(1) M'est-il permis de dire ici que je crois pouvoir donner des nouvelles presque authentiques de ce fils dans un prochain volume ?

retraite la plus profonde. Elle avait dans son hôtel
de la rue du Bac, tout le confortable du logis, de la
table et des rentes. Mais en revanche un ordre impérieux du comte de Béelzébuth l'y retenait emprisonnée. Pourquoi? on ne le lui avait pas dit. Il n'y
avait ni gardes ni geôliers à sa porte. Mais elle était
si fortement dominée par le comte ; elle était si bien
convaincue que son œil la suivait partout et qu'il
lisait au fond de son âme, qu'elle ne pensa jamais à
enfreindre cet ordre. Elle était loin cependant de se
trouver heureuse au milieu de l'abondance qui régnait à son hôtel, car elle y était seule ou à peu près
avec ses brillants et échevelés souvenirs du passé.

Ce fut donc un véritable bonheur pour elle que
d'avoir Pauline-Barbera à ses côtés. Cette enfant
d'ailleurs la rattachait à la vie sociale et commune
dont elle était séquestrée ; elle la réhabilitait à ses
yeux. Parfois même ses caresses enfantines, ses
causeries naïves et pleines d'affection lui rappelaient
ces jours bien oubliés depuis, mais bien heureux
pourtant, qu'elle avait passés à Boudry.

A sa première visite, Marat trouva sa fille parfaitement installée, heureuse de sa nouvelle position, et toute triomphante des bons soins et des
caresses que lui prodiguait sa petite mère Salzouma.
Des maitres de toutes sortes étaient préposés à son
éducation.

Marat n'eût donc plus d'inquiétude sur la position
de sa fille. Il avait assez de confiance en Virginie

pour n'attendre que de bons procédés de sa part à l'égard de Pauline. Il put écouter alors avec attention une excellente proposition qui lui vint ces jours-là de Rose Roume, son admirateur et son ami.

Une colonie française s'était fondée en Espagne où elle jetait un certain éclat. Rose Roume, l'un de ses membres les plus influents avait obtenu pour elle des priviléges vraiment étranges dans une monarchie tout imprégnée de l'esprit de l'Inquisition. Sur ses désirs et d'après ses plans on avait créé au centre même de cette colonie, à Madrid, une académie des sciences.

Il faut reconnaitre toutefois que la protection d'un grand d'Espagne, de don Alonzo-y-Valladolid-y-Badajoz, ne fut pas étrangère à cette création et aux faveurs qui lui furent accordées.

La place de directeur de cette académie fut offerte à Marat. Mais il faut reconnaître encore ici que si ce fut Roume qui offrit, ce fut don Alonzo qui eut le premier l'idée de rappeler auprès de lui son ancien ami de voyage, dont il connaissait le cœur et les capacités.

Marat accepta.

Mais Roume, Alonzo et Marat avaient compté sans les influences de Paris, dont le docteur aurait dû redouter les accrocs en souvenir de ceux qu'elles avaient déjà fait subir à ses travaux.

Un académicien, Bailly, le Bailly du jeu de paume, se jeta à la traverse de cette affaire, et la nomina-

tion fut annulée. Qu'avait donc Bailly contre Marat?
Qui le sait ? Probablement des préventions contre
l'homme indépendant et si peu souple que nous
connaissons.

Marat resta donc à Paris, dévorant en silence
l'affront qu'il venait de subir et le casant dans un
coin de son cerveau avec tous ceux qu'il avait
déjà subis. Pour l'instant il ne s'occupa plus que de
ses travaux habituels qui grandirent et se multipliè-
rent prodigieusement, pendant que le temps marchait, marchait toujours sous une atmosphère tout
imprégnée d'idées révolutionnaires qui germaient
sur tous les points de la France. Mais Marat ne
voyait rien alors, il n'entendait rien que ses voix
ordinaires de la science, et pourtant l'on touchait
déjà à l'année 1786, et le premier jour des grands
jours nouveaux approchait.

Un soir que Marat rentrait un peu tard de son
service de l'infirmerie des gardes du comte d'Artois,
un homme l'arrêta sur le seuil de sa porte et lui
remit un pli cacheté, après lui avoir demandé son
nom ; et il disparut.

Le docteur un peu intrigué de cette singulière
manière d'accomplir une mission, se hâta de rentrer et de prendre connaissance du mystérieux pli.

C'était un rendez-vous que lui donnait le docteur
Wilfrid Satanus pour minuit précis. Le lieu du rendez-vous était une petite maison que l'on indiquait
très-minutieusement, située sur les rives de la

plaine des sablons qui n'était autre que cet immense espace occupé aujourd'hui par les constructions d'une partie de Neuilly, mais qui alors était un vaste désert.

Les réflexions se pressèrent en foule dans l'esprit de Marat après cette lecture : les premières furent pleines de soupçons. Marat n'était pas timide cependant, mais il n'était pas non plus gratuitement imprudent. Etait-ce bien d'abord le docteur Satanus qui le conviait à une entrevue? Pourquoi faire? Pourquoi là, dans un désert ? Pourquoi à minuit?... Oh! non ! il n'ira pas : on ne se risque pas si sottement dans un rendez-vous nocturne.

Cependant revoir Satanus, s'il est là ; lui demander des nouvelles de l'enfant qu'il a enlevé ; le forcer, le pistolet sur le front, d'en donner s'il hésite, c'était bien tentant pour Marat...

Il résolut donc d'aller au rendez-vous.

Lorsque l'heure de partir fut venue, il se cuirassa la poitrine avec une précaution qui devait réparer un peu l'imprudence de sa trop hardie démarche ; puis, il fourra dans ses poches deux bons pistolets à l'épreuve et chargés de balles, en compagnie d'un poignard comme force de réserve. Et il alla.

On était au mois de septembre. La lune était cachée par quelques nuages tant soit peu transparents qui répandaient sur la terre une légère lueur de crépuscule qui dirigea le docteur jusque sur les rives de la plaine, où il s'arrêta quelques instants

pour s'orienter. Un homme qu'il n'avait point
aperçu lui frappa tout à coup sur l'épaule. Marat
sauta de surprise à quelques pas de là, les mains
toujours dans ses poches mais armées toutes deux.

— *Le soleil est mort,* lui dit l'homme.

— *Pas tout à fait,* répondit Marat.

C'était le mot de passe qu'on lui avait donné dans
le pli cacheté.

— Venez, on vous attend, répartit l'homme alors.

Marat se laissa conduire, car il lui eût été impossible malgré les renseignements qu'on lui avait
donnés, de trouver le lieu du rendez-vous au milieu
des sinuosités du chemin qu'on lui fit suivre. Les
deux voyageurs entrèrent tout à coup dans une
maison qui parut s'ouvrir seule devant eux. Marat
n'eut pas le temps d'en examiner l'extérieur ni les
abords.

Après avoir traversé plusieurs portes qui s'ouvrirent et se fermèrent successivement, le docteur
se trouva subitement dans une salle vaste et si peu
éclairée, qu'il ne put distinguer si elle contenait
plusieurs hommes, comme pouvaient le laisser deviner plusieurs ombres collées le long des murailles,
ou si ces ombres n'étaient que des jeux de lumière.

C'étaient bien en effet des hommes : ils étaient
trois, un masque sur la figure. Un siége était au
milieu de la pièce.

— Frère, assieds-toi, lui dit la voix de l'un de ces
hommes. Nous ne t'appelons pas ici pour causer

avec toi ; nous voulons seulement te convier à notre affiliation et t'exposer notre code. Tu n'auras à nous répondre qu'un mot : *oui* ou *non*. Si tu dis oui, nous ôterons nos masques, tu sauras qui nous sommes et tous quatre nous ne ferons plus qu'un : si tu dis non, tu seras reconduit là ou notre guide t'a pris, et nous chercherons un autre homme de cœur qui puisse nous comprendre et nous aider. Merci d'abord, frère, de la confiance avec laquelle tu t'es rendu à l'invitation du grand maître ! merci pour nous, merci pour le grand maître qui est absent !

Un petit frémissement de désappointement parcourut tous les membres du docteur à ce mot qui faisait crouler toutes les espérances qu'il avait fondées sur une rencontre avec Satanus. A quoi bon alors cette sotte et périlleuse promenade en pleine nuit dans un désert, pour aller écouter les rêveries probablement de quelques hallucinés de la science sociale? Il fit comme un mouvement pour partir : pourtant il resta. Personne ne parut faire attention à ce trépignement de dépit.

— Frère, reprit la voix, nous t'avons appelé parce que nous te savons ennemi de l'injustice, ami du bien-être pour tous, courageux, et instruit dans toutes les sciences. Or, nous avons fondé dans le but de l'intérêt de tous une société, la société du *Nouveau monde*.

Les pierres fondamentales de notre édifice, c'est

nous : ces pierres seront au complet si tu adhères.

Nous sommes tous égaux. Le grand architecte notre grand maitre n'est pas plus que nous. Seulement nous concentrons la source de nos forces en lui. Nous n'obéissons à personne qu'à nos lois ; mais à nos lois on obéit jusqu'à la mort.

Si nous voulons réussir dans notre œuvre, la raison nous dit de ne pas laisser nos forces entre les mains d'un grand nombre, car l'homme est naturellement imparfait ; partant il peut devenir traître, c'est-à-dire nous vendre pour un peu d'argent, quelque place, quelques honneurs, par vengeance, par jalousie, même par intempérance de langue.

Pour la sécurité de tous et pour notre œuvre, nous ne voulons donc pas que les adhérents se connaissent les uns les autres. Chaque adhérent devra n'enrôler qu'un adhérent qu'il connaitra seul. Nous pourtant nous les connaitrons tous autant qu'il sera possible. La loi de la prudence nous dit de former un tout fort et compact avec des parties ordinairement disséminées et 'pouvant se réunir à l'instant du besoin. Cela se peut : il ne s'agit que de vouloir.

Mais pour donner de la force à une société, le bon vouloir a besoin d'aide. L'homme est naturellement changeant ; il est aussi naturellement égoïste. Son bon vouloir cède facilement à d'autres volontés et surtout à ses intérêts. Mais au-dessus du bon vouloir, au-dessus de la versatilité de la volonté, auessus de l'égoïsme, au-dessus de toute passion mauvaise enfin, il y a un maître puissant et qui sait e faire obéir : la crainte. La crainte tiendra donc ontinuellement son épée au-dessus de la tête de haque sociétaire, et ce sera chaque sociétaire qui era l'exécuteur de la crainte. Donc si un adhérent orfait au serment qu'il fera d'obéir à la loi de la société, il saura que sa vie n'est plus à lui, qu'il era jugé, condamné et exécuté,

Le reste, frère, te sera dit dans un autre moment et sera discuté avec toi.

Maintenant voici quel est le but de notre société.

Le gouvernement de quelques privilégiés nous impose des lois dont une grande partie est à détruire complétement, une autre partie est à modifier, une autre à créer. Avec le temps cela se fera. Mais lorsque cela sera fait, les hommes en seront-ils plus heureux ? Qui sait? les mauvaises passions savent si bien se glisser dans les meilleures choses !

Cependant tout homme a des droits, des droits écrits et des droits naturels. Mais quelques-uns ont faussé ces droits en faisant des lois qui forcent une partie de leurs frères à travailler durement pour jeter des millions en pâture à des fainéants que l'on décore de beaux noms. Ils ont créé des administrations ou gît une armée de vampires qui sucent jusqu'à la dernière goutte de notre sang; et parmi eux il y a des âmes basses qui ne craignent pas de briser l'honneur et la vie de leurs frères par des me-

19

nées ignobles et meurtrières... Crois-tu qu'il n'y ait rien à faire là ?...

Eh bien, il faut aviser. Nos ennemis ont de nombreuses armées, de grands trésors, de grandes forces par conséquent. Nous aurons, nous, pour toutes forces la justice, et pour aide à la justice, la ruse de l'homme prudent qui doit combattre seul une armée; nous aurons pour nous la crainte qui tiendra son épée toujours suspendue sur la tête du coupable.

Lorsqu'un méfait aura été commis soit contre nous, soit contre tout homme qui se plaindra, si le méfait est peu grave; contre tout homme, qu'il se plaigne ou non, si le fait est grave, le coupable sera dénoncé par des affiches appliquées sur tous les murs comme justiciable de la société du *Nouveau-Monde*. S'il se défend, on écoutera sa défense : en tout cas la société le jugera, le condamnera, s'il y a lieu. La sentence sera placardée sur toutes les murailles, et le condamné sera dévolu à tous les membres de la société, qui n'auront plus qu'un devoir : punir.

Et alors, frère, la crainte ramènera la justice au milieu de nous. Frère, es-tu des nôtres?

— Non! répondit Marat en se levant vivement de son siége et redressant fièrement la tête, mais ne sortant pas les mains de ses poches où étaient ses armes. Permettez-moi, ajouta-t-il, de vous répondre un peu moins laconiquement que vous ne

l'avez ordonné. La société est aussi et plus mauvaise même que vous ne l'avez dépeinte, mais
l'homme est encore plus mauvais que la société. Je
voudrais bien faire ce que vous faites, c'est-à-dire
redresser des torts, abattre et reconstruire l'édifice
social mal assis, corriger les travers et les vices des
hommes, ou du moins les tenir en bride par la
crainte dont je reconnais la toute-puissance. Mais
mon heure n'est pas encore venue. Je combattrai
un jour avec vous et pour vous, mais avec d'autres armes, et nous resterons frères.

Maintenant, frères, merci de la confiance que
vous m'avez témoignée en me développant vos
principes et votre œuvre. Je jure que je n'ai rien
vu, rien entendu, car au sortir d'ici j'aurai tout
oublié.

— Reconduisez le frère profane, dit une voix qui
ne parut pas à Marat être la voix de celui qui avait
parlé seul jusqu'alors. Eh! eh! il le regrettera.

Le ricanement sec et caractéristique qui accompagna ces mots arrêta le docteur sur le seuil de
la porte de sortie et lui fit faire volte-face, comme
s'il eût voulu rentrer dans la chambre; mais une
main vigoureuse le prit par la main et le força de
continuer vers le dehors.

Son conducteur le dirigea par les mêmes sinuosités qu'ils avaient suivies pour arriver au rendez-
vous. Mais ils étaient à peine au point où ils
s'étaient rencontrés qu'une voix forte et impérieuse

leur cria : Halte-là! qui vive? Et au même instant quelques balles vinrent siffler à leurs oreilles sans les atteindre. .Marat riposta à tout hasard en déchargeant ses deux pistolets sur les agresseurs, et s'enfuit à toutes jambes. Son compagnon de voyage avait disparu.

A sa rentrée chez lui, il apprit que Romain venait de sortir de sa maison; qu'il priait le docteur de vouloir bien passer chez lui pour donner ses soins à Mme Delahart; qui avait été prise d'un mal subit.

Marat, qui avait rompu ses relations avec Romain, comme nous l'avons vu, ne fut pas peu étonné de ce retour de tendresse. Il ne se rendit pas à l'invitation, car un message autrement important lui vint au même instant de l'infirmerie des gardes du corps.

On venait de rapporter deux hommes qui avaient été blessés par des malfaiteurs dans une patrouille, disait-on. De ces deux hommes l'un était le lieutenant Muller qui avait un bras fracturé, l'autre avait la cuisse labourée par une balle.

Marat passa le reste de la nuit à donner ses soins aux deux blessés. Mais il sortit de grand matin de l'infirmerie pour retourner chez lui. A la porte de la caserne il se trouva face à face avec Romain, qui le salua très-gracieusement quoique avec un peu de surprise, sans lui adresser la parole. Il se dirigeait vers l'appartement du capitaine de garde.

— Monsieur notre ami, dit le capitaine à Romain, votre rapport était exact : il y avait une réunion d'ennemis de l'État dans la maison que vous aviez indiquée. Mais nous n'avons rien pris : les oiseaux s'étaient envolés. On a tiré dessus; ils ont hardiment riposté et nous ont blessé deux hommes. La maison du rendez-vous s'est trouvée fermée et vide; donc c'est partie remise. Si jamais, mon ami, il vous parvient d'autres renseignements, vous savez que je suis tout à vous pour vous écouter, comme je suis tout à vous pour vous servir lorsque vous aurez besoin de moi.

Si Marat eût entendu ce petit discours, il eût compris pourquoi Romain était allé chez lui dans la nuit; pourquoi il fut surpris de le rencontrer sain et sauf et venant de panser ceux qu'il avait blessés. Il aurait reconnu de plus d'où lui venait le pli d'invitation au rendez-vous. Il n'aurait plus eu qu'à chercher comment Romain avait des accointances avec la Société du *Nouveau-Monde*, et à lui appliquer, quand il aurait eu le mot de l'énigme, la qualification de traître...

Dans la journée Marat éprouva le besoin d'aller oublier dans les embrassements de sa fille les pénibles réflexions que cette petite rencontre lui avait fait faire. Il arriva à l'hôtel de la rue du Bac dans l'après-midi : on ne l'attendait pas. Il y avait chez la baronne de Salzouma une réunion d'officiers de la garde, qui surprit fort le docteur. Il croyait que son ancienne amie vivait dans la retraite la plus profonde.

Elle était là fort gaie, cependant, faisant les honneurs de sa table avec toutes les grâces d'une femme heureuse de revivre un peu dans des plaisirs oubliés depuis quelque temps. On buvait, on chantait, on fumait comme dans un cabaret. Pauline aussi était là, oubliant ses leçons journalières, riant et buvant d'un air très-égrillard, à l'instigation des hôtes de sa protectrice, qui la taquinaient et la caressaient comme si elle eût été une enfant du premier âge. Pauline avait douze ans passés alors, et paraissait plus développée qu'une fille de son âge : si la loi l'eût permis, elle eût même pu être mariée.

Marat resta un instant atterré à cette vue, et la baronne de Salzouma rougit, comme elle n'avait point rougi depuis que les jours de sa candeur étaient passés. Elle n'eut pas de peine à comprendre quels sentiments agitaient en ce moment son visiteur inattendu.

Le docteur se contint cependant : il voulut se montrer homme de bonne société en ne faisant la mine à personne. Il prit un siége et s'attabla au rang des officiers qui étaient tous de sa connaissance. Pauline parut heureuse de son arrivée ; elle alla s'asseoir sur ses genoux pour le caresser mieux à son aise.

— Ah ça, docteur, lui dit un des officiers, que

pensez-vous de nos blessés? L'affaire, il parait, a
été chaude, et Muller s'est battu comme un lion,
nous a-t-on dit.

— Il y a toujours un fait bien certain, répondit
Marat, c'est qu'une balle lui a brisé le bras.

— Eh! que diable aussi allait-on faire là? dit un
autre officier.

— Ah! dame! répondit Marat très-sérieusement,
il parait qu'on avait éventé le repaire d'une armée
de malfaiteurs.

— Laissez donc, docteur! Des malfaiteurs comme
vous et moi... Ce sont probablement de pauvres
diables qui n'ont pas une bonne caserne pour s'abri-
ter, une bonne paie pour faire ripaille, une bonne
cantine pour conserver leur bonne mine, des déco-
rations pour parader devant les jolies femmes, et
qui cherchaient ensemble le moyen d'avoir tout
cela. Eh bien, voilà ce qui arrive : des va-nu-pieds
et des crève-de-faim font sauter la cervelle à de bra-
ves officiers et à de bons soldats. Pour moi, j'aime
le soldat sur un champ de bataille honorable ou à
une bonne table.

Des rires bruyants accueillirent ce petit speech
du soudard, auquel Pauline fit chorus comme si
elle eût compris. Marat se leva alors ; il alla serrer
la main de ses amis d'occasion et leur demanda la
permission de dire un mot en particulier à la baronne de Salzouma.

La permission fut accordée avec autant de sans-

gêne qu'elle avait été demandée. Ni Marat ni la
baronne n'avaient besoin d'étiquette avec de semblables hôtes.

— Virginie, dit Marat à la jeune femme quand
ils furent seuls, qu'as-tu fait de ma fille ? Une fille
de corps-de-garde ! C'est atroce. Tu m'avais promis
d'en faire une fille sage et instruite, et tu la livres
à la débauche des soldats !

— Mon ami, répondit Virginie avec une larme
dans l'œil, tu sais bien que je ne suis pas libre.
Libre, j'eusse tenu à ma promesse; esclave, j'ai dû
obéir. Plains-moi, car je ris avec ces hommes, et
j'ai envie de pleurer. Mais que veux-tu maintenant?
Ordonne. Pendant qu'*il* est absent, peut-être aurai-
je la force de t'obéir. Souviens-toi, en tout cas, que
Muller est le père de Pauline, et que les ordres du
comte de Béelzébuth ne déplaisent pas à Muller. Si
donc je dois, moi, obéir au comte, tu dois, toi, ne
pas froisser Muller en te saisissant de ses droits.

Marat ne répondit pas : il serra les poings de
rage, car Virginie venait de le rappeler à une terrible réalité. Il ne put que maudire dans son for
intérieur la sotte loi qui, sous prétexte de justice et
de moralité, lui enlevait son enfant pour la jeter aux
mains d'une goule qui dévorerait sa vie, après avoir
dévoré son innocence. Puis il se calma.

— Fais en sorte, mon amie, dit-il avec affabilité,
que Pauline ne reste pas davantage ici. Place-la
dans une maison d'éducation convenable. Tu diras

tout ce que tu voudras pour arriver à ce but. Je
paierai sa pension, mais par tes mains. Je le veux!
dit-il avec une fermeté qui n'admettait pas d'observation.

Quelques jours après Pauline Barbera fut effectivement installée dans une pension des plus recom-
mandables de Paris.

XVIII

Cette institution était située dans le faubourg
Saint-Germain, assez près de l'hôtel de Salzouma.
Elle était gérée par une honorable famille composée
du père, qui s'occupait de la comptabilité de la maison, sans négliger toutefois la politique, qui était
fortement à l'ordre du jour; de la mère, à laquelle
le chapitre de l'instruction était spécialement dévolu; et d'une jeune fille dont l'esprit ardent, tout
en aidant la mère, aidait largement le père dans
ses conceptions politiques.

Cette jeune fille avait une amie dont elle parfaisait
l'éducation, et avec laquelle, chose étrange! elle
s'était intimement liée par sympathie d'opinion
sociale. Cette amie s'appelait Simonne Evrard.
Simonne avait tout près de vingt-trois ans.

19.

Le nom de Simonne n'a pas péri comme celui de son amie. Il est resté dans l'histoire, diversement apprécié, comme celui de Marat, cela va sans le dire. Il n'en est pas moins vrai que Simonne fut une héroïne de dévouement, et qu'elle marqua à son heure dans la vie du journaliste et conventionnel Marat autant que Barbera Buttlander marqua dans la vie du docteur.

Simonne Evrard naquit en 1764 à Tournus-Saint-André, dans le département de Saône-et-Loire. Le hasard seul, il paraît, la conduisit à Paris, où elle habitait depuis quelque temps déjà lorsque le hasard, seul encore, la mit sur le chemin de l'amie dont nous venons de parler. Il est probable que son instinct l'avait attirée dans la grande ville, comme si là seulement elle eût dû trouver la forte atmosphère dans laquelle ses pensées pouvaient vivre et se développer à l'aise.

Quoiqu'elle fût jeune, quoiqu'elle fût loin de la surveillance de sa famille, les plaisirs de son âge ne furent rien pour elle, encore moins les plaisirs faciles et risqués de la capitale. Tous ses plaisirs, à elle, étaient de vivre de la vie du jour, de cette vie ardente et activement libérale qui marquait la dissolution prochaine du vieux passé et l'inauguration d'un règne nouveau. C'est étrange, mais cette vie-là embaumait l'air; tout le monde la respirait. Aussi ne doit-on pas trop s'étonner si une jeune fille de l'âge de Simonne, d'un caractère exalté quoique nourri d'idées sérieuses, en avait l'âme tout imprégnée.

On ne devra donc pas s'étonner non plus lorsque nous dirons que Simonne suivait ardemment des yeux Marat dans la voie où il était engagé, et qu'obéissant à une puissance sympathique innommée, elle s'était faite à la pension l'amie protectrice de Pauline Barbera, qu'elle savait sous la surveillance du docteur. La notoriété de Marat n'était pas grande à cette époque dans la politique, car il n'avait guère jeté sur ce chemin-là, jusqu'à ce jour, que les *Chaînes de l'esclavage*, livre à peu près inconnu en France. Aussi, n'était-ce pas sa renommée qui l'avait saisie. Un je ne sais quoi avait fait de Marat pour elle une entité magique, la réalisation de ses rêves étranges. Elle admirait en lui, quoi? lui, tout entier, ses grands jours de luttes énergiques, ses travaux scientifiques qui le poussaient déjà vers la gloire qui est chère à tout le monde. C'était son âme ardente, sa parole vive et accentuée, son énergie, qui ressortait par tous ses sens, son avenir, qu'elle devinait instinctivement; c'était tout l'homme enfin qu'elle aspirait par toutes les intuitions admiratives de son âme.

L'histoire nous dit assez ce que Simonne fit pour son idole. Elle en fut aussi grandement récompensée par la persistante affection du célèbre révolutionnaire. On trouva dans les papiers de Marat une promesse écrite, par laquelle il s'engageait à lui donner son nom, lorsque le temps serait venu. Elle fut toutefois, dès le premier jour de cette union, regardée comme la femme de Marat et acceptée comme telle par ses frère et sœurs, qui déclarèrent infâmes les membres de la famille qui ne reconnaîtraient pas Simonne pour la femme de leur frère.

Aussi, lorsque trente et un ans après la mort de Marat, Simonne mourut, Albertine, avec laquelle elle avait constamment vécu, la déclara-t-elle à l'état civil comme la veuve de Jean-Paul Marat. Le mariage intentionnel et de fait était donc bien constant; il ne manquait à cette union que la sanction conventionnelle de la société.

Simonne Evrard était une partie trop intégrante de la vie de Marat, bien que ce soit de sa vie à son déclin, de sa vie politique, dont je n'ai point à m'occuper, pour que je n'aie pas dit ici ces quelques mots sur elle.

Mais en l'année 1786, en l'année dont nous parlons, ni Marat ni Simonne ne savaient certainement ce qu'il adviendrait d'eux un jour. Pour l'instant, Marat ne pensait qu'à sa fille, et Simonne n'avait d'autre souci que celui d'être agréable à un savant de son goût, en donnant les soins d'une amie à Pauline.

Mais ces soins furent de courte durée, car il y avait à peine six mois que Pauline était entrée dans son pensionnat, lorsque Muller, faisant valoir ses droits, la retira pour la placer on ne sut où. Ce fut

Simonne qui apprit la première cette foudroyante nouvelle au docteur; ce fut encore elle qui l'aida le plus activement dans la recherche de sa fille.

Mais cette recherche n'aboutit pas. Personne n'avait suivi les traces de Pauline. Virginie elle-même ne put rien dire; elle ne savait rien.

Muller, lui, resta impénétrable sur la disparition de sa fille. Il se contentait de laisser errer sur ses lèvres un sourire narquois, lorsqu'on l'amenait sur ce chapitre; mais en revanche il ne se gênait pas pour jeter sur Marat, chaque fois que l'occasion s'en présentait, des regards pleins d'une haine sauvage. Ce n'était plus l'homme bonasse que nous connaissons.

Ce fut au milieu de ces nouveaux soucis que Marat, qui n'oubliait jamais les devoirs de la science, mit la dernière main à sa traduction de l'optique de Newton. C'était un ouvrage auquel le savant docteur attachait une grande importance. Malgré tous ses démêlés avec l'académie des sciences et avec les académiciens en particulier, il désirait ardemment avoir pour cet ouvrage la sanction approbative de ces rois du succès. Mais comment faire? A bien regarder le passé, il ne pouvait guère compter que sur un refus à cette heure.

Son fidèle ami Beauzée vint le tirer d'embarras en lui donnant un bon conseil et en se dévouant pour lui. Il présenta la traduction de l'optique sous son nom. Cette traduction, après examen fait par

Bailly et Rochon; reçut l'approbation de l'académie.
La victoire était complète cette fois, grâce à l'effa-
cement de Marat.

L'ouvrage parut bientôt à la librairie Leroy, à
Paris, en 1787, sous ce titre : *Optique de Newton,
traduction nouvelle faite par M... sur la dernière
édition originale... dédiée au roi par M. Beauzée,
éditeur de cet ouvrage, l'un des quarante de l'académie.*

L'ouvrage fut partout bien accueilli.

Un soir que Beauzée et Marat riaient sous la che-
minée de ce bon tour joué à la malice humaine, un
homme vint demander les secours du docteur pour
une personne très-gravement malade; il désirait
accompagner le docteur.

Marat partit aussitôt, après avoir toutefois mis
dans ses poches une paire de pistolets, comme il
faisait toujours quand il sortait le soir ou la nuit.
Une voiture l'attendait à sa porte. Après avoir voyagé
quelque temps sans arriver : C'est donc bien loin?
dit Marat à son compagnon de voyage.

— Pas trop cependant, monsieur le docteur : c'est
là-bas dans une petite rue dont le nom ne me revient
pas. D'ailleurs je vais vous conduire jusqu'à la
maison.

On arriva enfin : le docteur entra dans une maison
dont il n'eut pas le temps d'examiner l'apparence,
pas plus qu'il ne s'inquiéta du nom de la rue. Dans

la première chambre où il n'y avait personne son
conducteur l'arrêta.

— Pardon, monsieur le docteur, lui dit-il, si je ne
vous ai pas mis de suite au courant du fait pour
lequel on·vous appelle. C'est pour pratiquer un
accouchement qui nous parait difficile au temps
qu'il dure et aux cris de la patiente. La malade est
une jeune fille qui se cache. Elle n'a pour l'assister
que son père et moi. Le père désire autant que sa
fille ne pas être connu, même du médecin; et il
voudrait bien que sa fille ne reconnût jamais le
médecin qui va lui donner des soins dans sa position présente. Ne soyez donc pas surpris, monsieur
le docteur, si vous trouvez la jeune fille la figure
cachée sous un masque; si le père a également un
masque sur la figure, et si je vous prie, au nom du
père, de vouloir bien vous masquer aussi la figure.
Tout cela est bien bizarre, monsieur le docteur;
peut-être le penserez-vous du moins. Mais que
voulez-vous, la position est bien étrange aussi.

Tout cela fut dit en bien peu de temps; mais
Marat avait eu assez de temps pour prendre son
parti. Sa perspicacité flairant une affaire dans
laquelle il n'y avait rien de bon à gagner en y trem-
pant le doigt, il salua son interlocuteur pour sortir,
lorsque des cris déchirants vinrent retentir à ses
oreilles. Il n'y put tenir et fit taire sa prudence en
prenant le masque qu'on lui présentait. Puis il se
précipita dans la chambre d'où les cris étaient partis.

Il y avait là en effet une jeune femme étendue sur un mauvais lit de camp : à ses côtés se tenait un homme raide et impassible, comme si les souffrances de la pauvre femme ne l'eussent point affecté.

Le docteur se mit à l'œuvre aussitôt, et après un travail long et des efforts inouïs, il mit au monde un enfant qui ne donna aucun signe de vie. Pendant qu'il était tout occupé à ranimer la respiration du petit être, la mère raidit convulsivement ses membres; un ronflement stertoreux sortit de sa gorge qui se gonfla et se tordit en arrière.

Marat arracha brusquement le masque qui couvrait la figure de la jeune accouchée pour lui donner de l'air et lui jeter de l'eau froide au visage. Horreur ! cette jeune fille, c'était Pauline Barbera.

Il serait difficile de peindre la désolation et la rage qui firent irruption dans l'âme de Marat à cette vue. Il devina de suite alors quel était l'homme masqué qui se tenait là. Il lui jeta un regard foudroyant qui tomba en plein sur le visage de Muller, car Muller venait d'ôter son masque pour laisser voir le sourire satanique et plein de défi sauvage qui crispait tous ses traits.

— Elle est morte, monsieur le docteur Marat! dit Muller d'un ton de voix saccadé qui indiquait le commencement d'une lutte.

Marat venait en effet de laisser retomber sur le

lit la main inerte de sa fille, qu'il tenait dans sa main.

— Et c'est vous qui l'avez tuée, monsieur, riposta le docteur d'une voix pleine d'émotion douloureuse plus que de colère.

— Pardon, monsieur, repartit Muller avec un ricanement horriblement sarcastique, je ne lui ai pas plus donné la mort que la vie. Si quelqu'un a tué cette enfant, c'est vous; si quelqu'un a tué la mère de cette enfant, c'est vous; si quelqu'un a tué mon bonheur, à moi, c'est vous, toujours vous! Mais à mon tour, aujourd'hui, ravisseur de femme! Tu m'as pris l'honneur, en riant de cet imbécile de mari qui cédait sa femme et son alcôve! eh bien! à mon tour!... défends-toi!...

Ils étaient seuls; l'autre homme avait disparu. En disant ces mots, Muller s'était élancé sur Marat, un poignard à la main. Mais Marat était leste et ses bras étaient vigoureux. En faisant un saut de côté il put saisir le bras levé de Muller dont le poignard ne fit qu'effleurer sa poitrine, et, par un mouvement brusque et irrésistible, il l'envoya rouler à terre, au bout de la chambre. Muller se releva furieux.

— Arrêtez, ou vous êtes mort! lui cria Marat en se retirant du côté de la porte et tendant son bras armé d'un pistolet.

Mais soit que Muller n'entendit rien, assourdi par la rage, soit qu'ils crût que la menace de son adversaire n'était qu'une fanfaronnade, il se précipita vers lui en brandissant son poignard. Un coup de feu se fit entendre aussitôt. Muller trébucha en faisant quelques pas en arrière et tomba à la renverse. Il ne prononça qu'un mot en tombant : Maudit!...

Marat resta quelques instants, les bras croisés sur la poitrine, entre deux cadavres, portant ses regards pleins de rêverie de l'un à l'autre.

— La société, dit-il enfin avec un profond sentiment de conviction qui eût fait plaisir au comte de Béelzébuth, la société ne vaut rien et l'homme est à refaire...

— Docteur, cria tout à coup, sur le seuil de la porte d'entrée, un homme qui tira Marat de ses rêveries lugubres, fuyez! Des officiers des gardes du corps accourent à l'aide de leur camarade pour vous trainer devant les tribunaux et vous faire condamner comme assassin. Ma voiture est à la porte ; elle vous attend. Hâtez-vous ! retournez en Angleterre passer quelques mois. J'apaiserai l'orage pendant ce temps et vous reviendrez.

Cet homme, était le comte Pepin de Béelzébuth. S'il n'avait pas entendu les derniers mots de Marat, il les avait devinés.

Marat se jeta sur le corps de Pauline, qu'il embrassa avec la frénésie d'un père au désespoir ; puis il s'échappa à la suite du comte, qui l'entraina par le bras jusqu'à la voiture.

Le docteur s'arrêta un instant chez lui pour ranger quelque peu et à la hâte. Puis il écrivit un mot d'adieu à Simonne Evrard, en la priant de remettre entre les mains de l'académicien Beauzée sa démission de médecin des gens et des gardes du corps du comte d'Artois, pour être remise par lui à qui de droit.

Puis enfin il partit au grand galop des quatre chevaux du comte de Béelzébuth.

Il était temps, car sa maison fut envahie derrière lui par les camarades de Muller, en compagnie d'un agent de police.

— Eh ! eh ! dit le comte de Béelzébuth en voyant partir Marat et crispant les muscles de son visage comme s'il eût voulu sourire, il y viendra. Le temps et les coups de fouet de l'injure sont des grands maîtres pour mûrir les hommes à point.

XIX

La vie du docteur Marat finit ici. A partir des événements dont nous venons de parler, on ne le voit plus s'occuper de sa profession ni de ses études scientifiques. En 1788 pourtant, à son retour d'Angleterre, il fit paraître encore ses *Mémoires acadé-miques*. Mais cet ouvrage était dans ses cartons depuis quelque temps : il le lança sans doute au dehors pour n'avoir plus rien de la science chez lui.

Marat était-il donc mûr à point, en l'année 1788, comme l'avait voulu le comte de Béelzébuth ?... Peut-être. Toujours est-il qu'il n'eut plus qu'un but, dès lors, la politique. Était-ce en méditant sur les faits de sa vie passée; était-ce en prêtant l'oreille aux bruits fortement accentués qui partaient de toutes parts autour de lui sur une ère nouvelle que chacun appelait de ses vœux, qu'il avait pris ce parti si différent de celui qu'il avait suivi jusqu'alors ? Ou bien, tous les grains d'ivraie que le comte de Béelzébuth, autrement dit, le génie du mal, avait semé dans son âme, y germaient-ils pour étouffer le bon grain ?

C'est un mystère que je laisse à d'autres le soin de sonder, les priant de le faire sans haine comme sans prévention, afin que cette étude puisse être utile à la science philosophique.

Quoi qu'il en soit, nous voyons Marat entrer hardiment, dès 1789, dans la politique militante avec l'ardeur d'un homme prêt au combat et bien décidé à vaincre ou à mourir.

Dès cet instant aussi il rompit avec toutes ses anciennes relations.

Il ne revit plus Virginie Delahart, qu'il accusa de complicité dans le déshonneur et la mort de la pauvre Pauline Barbera. Mais il apprit un jour que, malheureuse de l'isolement auquel elle était condamnée, et abrutie par le vice honteux de l'alcoolisme, elle était morte asphyxiée dans son hôtel de la rue du Bac.

Romain, lui, se voyant entouré d'une nuée de journalistes qui l'écrasaient de leurs sarcasmes, Romain avait réalisé sa fortune, qui était devenue considérable, et il était parti avec sa mère pour Berlin, où il vivait en grand seigneur.

Le comte de Béelzébuth avait complétement disparu à ses yeux...

Tout le monde sait comment Marat mourut. Le dur travail qu'il s'était imposé tout le temps de sa vie; le travail plus dur encore de ses dernières années; les privations qu'il souffrit par oubli quelquefois, par négligence souvent, par le peu de soins qu'il accorda toujours aux besoins du corps, puis enfin toutes les persécutions qu'il endura, lui avaient légué une inflammation intestinale qui allait toujours croissant depuis quelques années, lorsqu'une main hardie en avança de quelques jours le dénoûment par un coup de poignard.

Charlotte de Corday qui lança ce coup avait vingt-six ans. Elle était fort belle, très-exaltée, inspirée de Dieu qui voulait punir Marat, disent quelques ascètes, inspirée bien plutôt par l'amour, disent les historiens avec plus de raison; mais quel amour? On ne sait au juste.

Les uns disent qu'elle aimait éperdument un officier de cavalerie en garnison à Caen, où elle demeu-
rait, lequel officier fut massacré dans une émeute
soulevée par les publications de Marat, selon quelques dires. D'autres rappellent que Barbaroux, le
très-beau Barbaroux, était en ce temps-là à Caen, où
il se cachait avec les Girondins, et ils ajoutent tout
bas que Charlotte le fréquentait; qu'elle lui fit même
ses adieux avant de partir pour Paris, et que de sa
prison elle osa lui écrire encore. Barbaroux était
proscrit, menacé dans sa vie; Marat, lui, était tout-
puissant alors. Pour sauver Barbaroux, dit-on toujours bien bas, Charlotte de Corday aurait poignardé
Marat, comme elle l'aurait poignardé, selon les
autres, pour venger le massacre de l'officier de
cavalerie.

Lorsque Marat fut frappé, une foule nombreuse
d'employés de son imprimerie et de son journal et
de voisins accourus aux cris de Simonne Evrard,
remplit la chambre du conventionnel assassiné.
Charlotte fut renversée par terre, foulée aux pieds,
déchirée. Elle fut relevée par un ouvrier aux mains
parfaites de blancheur, qui, après l'avoir remise au
commissaire de police, se dirigea vers Marat que
l'on venait de retirer de sa baignoire toute teinte de
sang.

— Eh! eh! docteur, lui dit-il avec un son de voix
qui fit entr'ouvrir les yeux au pauvre mourant, vous
partez trop tôt; j'en suis fâché. Mais vous devez

regretter de n'avoir pas plus tôt et mieux écouté mes conseils; vous ne seriez pas plus maudit que vous ne l'êtes par vos ennemis du jour, et que vous ne le serez par ceux de demain.

Marat n'entendit pas ces dernières paroles, car il venait d'expirer.

FIN

2021.71. — Boulogne (Seine). — Imp. JULES BOYER et Cⁱᵉ.

OUVRAGES

DE LA LIBRAIRIE DE LA

SOCIÉTÉ DES GENS DE LETTRES

CASIMIR PONT, Agent des Auteurs

Un amour de grande dame, par ALFRED DE BEZANCENET, 1 joli vol. in-18 jésus, troisième édition, . . 3 fr.

Les Amours de Ludwigg, chaîne de sonnets. Un vol. in-18. Prix . . . . 1 fr.

L'Ancien Boulevard du Temple, par AUGUSTIN CHALLAMEL, orné de deux belles eaux-fortes par Pèquègnot. Un petit volume d'amateur tiré à 200 exemplaires. Prix . . . . 2 fr.

Annuaire de la noblesse, 1874. Trentième année, par M. BOREL D'HAUTERIVE. Un vol. in-12. Blason noir. Prix . . . . 5 fr.
— Blason colorié. Prix . . . . 8 fr.

L'armée noire, par FORTUNIO, ouvrage formant 4 volumes (*sous presse*).

Les Ateliers de Peinture en 1864. Visite aux artistes, par CHARLES GUEULLETTE. Joli vol. in-12. Prix . . 2 fr.

Les Atomes, — Les Rêves, — A travers champs, — Comment on aime. Poésie d'ANTONY RÉAL. Un joli vol. in-18 jésus. Prix . . . . 3 fr.

Les Borgia d'Afrique, par PIERRE COEUR. 1 beau vol. in-18 jésus. Prix . . . . 3 fr.

Catalogue général des romans, nouvelles, articles littéraires et scientifiques qui peuvent être reproduits par les journaux en vertu d'un traité passé avec la Société des Gens de Lettres. Un vol. grand in-8. Prix   3 fr.

Cent dictées sur les premières règles de la grammaire, pouvant servir à l'enfance par Mlle M. de Trécourt. In-18 raisin, 2e édition. Prix . . . .   50 c.

Ce que peut une Femme, par Mme Césarie Farrenc. Un joli vol. in-18 jésus. Prix . . . . . .   3 fr.

Champavert, contes immoraux, par Petrus Borel, le lycantrope, avec frontispice à l'eau-forte de M. Adrien Aubry. Un joli volume in-8. Prix.   3 50

Les Chants de la Paix, paroles et musique de Antony Réal. Un volume format Litoff. Prix. . . .   3 fr.
1º Chant des Paysans ; — 2º Chant des Sarcleuses ; — 3º Chant des Moissonneurs ; — 4º Voici l'hiver ; — 5º Ce que j'aime maintenant.

Charlotte par Eugène d'Auriac, 1 vol. in-32, faisant partie de l'*Écrin littéraire*. Prix. . . . .   75 c.

Du Châtiment et de la Réhabilitation, réformes pénales et pénitentiaires, par Frédéric Thomas. Un volume in-8. Prix . . . .   4 fr.

Le 5 Septembre, ou l'*Évacuation définitive du territoire*, par Edouard-Gabriel Rey, dédié à M. Thiers. Une piqûre in-12. Prix. . . . .   25 c.

Comme on devient un Homme, d'après les idées de Franklin, publié par Edmond Douay. Un vol. in-18 jésus. Nouvelle édition avec une préface de Louis Blanc. Prix. 1 50
Ouvrage couronné par la Société pour l'Instruction élémentaire.

Conséquences Militaires et Politiques des Armes nouvelles, par le baron A. Ducasse. Un vol. in-18 jésus. Prix. . . . .   2 fr.

Contes Flamands et Wallons, scènes de la vie nationale, par Camille Lemonnier. Un vol. in-18. Prix   2 50

Coupables ou Victimes, par F. Schalck de La Faverie. 1 vol. in-18, papier vélin chamois, édition de luxe. Prix. . . . .   2 fr.

Crêpes noirs, Crêpes roses. Nouvelles et fantaisies, par CHARLES GUEULLETTE. Un joli volume in-18. Prix. . . . . 2 fr.

La Dame de Spa, par FORTUNIO. Un volume in-18 jésus Nouvelle édition. Prix. . . . . 3 fr.

De mon Village, par ANTONY RÉAL. Un joli volume in-18 jésus (sous presse). Prix . . . . 3 fr.

1. *Causerie du printemps ;* — 2. *Histoire d'une représentation célèbre donnée dans le théâtre antique d'Orange.*

Dictionnaire raisonné d'Agriculture et d'Économie du Bétail, suivant les principes élémentaires des sciences naturelles appliquées, par A. RICHARD (du Cantal), cultivateur. 2 magnifiques volumes in-8 de plus de 700 pages chacun, ornés de gravures dans le texte. 2ᵉ édit. Prix. . . . . 16 fr.

Dieu et la Nature, poésie pour l'enfance, par Mlle TRÉ-COURT. In-18 raisin, 2ᵉ édition. Prix. . . . . 1 fr.

Le Docteur Marat, par le docteur METTAIS. Un beau vol. in-18 jésus. Prix. . . . . 3 fr.

Les Étapes d'un Parvenu, par P. BARRUÉ. 2ᵉ édition. Un vol. in-18. Prix. . . . . 3 fr.

Don César de Bazan à Grenade, roman par HENRI AUGU, avec une préface de VICTOR HUGO. Un joli volume in-18 jésus. Prix . . . . 3 fr.

Les Drames d'Orient, par ARMAND DUBARRY, avec une vignette. Un volume grand in-12. Prix. . . 3 fr.

Les Drames historiques, par PAULIN CAPMAL, recueil de romans illustrés paraissant par livraison de 10 c.

Premier roman. — *Les Amours de Médicis* en cours de publication.

Les Drames politiques, par A. MICHIELS. Un joli vol. in-18. Prix . . . . 3 fr.

Le Duc des Moines, roman historique, par PAUL AVENEL. Joli volume in-18 jésus. Prix . . . . 3 fr.

Dupuytren et Palissy, ou les Jolis Contes vrais, par Mme CLAIRE BRUNNE. Un vol. in-18 raisin. Prix . . . . 1 fr.

Les Eaux et les maladies qui réclament leur emploi. Poëme par le docteur FOUCAUD DE L'ESPAGNERY, 3e édition. Un volume in-18 jésus. Prix. . . 1 fr.

Les Échelons difficiles, par ALFRED DE BEZANCENET. 1 fort volume in-18 jésus. Prix 2 50

Ecrin littéraire, contes et nouvelles édités avec le plus grand soin, formant une collection de plusieurs volumes in-32, se vendant séparément. Prix. 75 c.

— 1er volume, *Charlotte*, par EUGÈNE D'AURIAC. Prix . . . . 75 c.

— 2e volume, *Jeux de plumes*, par JULES D'ARGIS. Prix . . . . 75 c.

L'Esprit de Famille, par le docteur E. MATHIEU, 2e édition. Un beau volume in-18 jésus. Prix. . . 3 fr.

Esquisse sur le vrai Voltaire, vues d'ensemble sur l'homme et le penseur, par E. DE POMPÉRY. Un volume in-8. Prix . . . . 50 c.

Étude de la Conformation du Cheval de service et de guerre suivant les principes élémentaires des sciences naturelles et de la mécanique animale, par A. RICHARD (du Cantal), inspecteur général des haras. Un volume in-12. Prix . . . . 3 fr.

La Femme dans l'Humanité, sa nature, son rôle et sa valeur, par EDOUARD DE POMPÉRY. Un beau volume in-18 jésus. Prix . . . . 3 fr.

Les Fleurs de la Légende dorée, par M. l'abbé CALAS, ancien professeur de philosophie, ancien directeur d'un collége libre, auteur du Journal de Gaston. 2 jolis volumes in-18 jésus. Prix . . . . 5 fr.

France et Progrès, par MARIA DERAISMES. Un superbe volume in-18 jésus. Nouvelle édition. Prix. 3 fr.

Galerie de la Société des Gens de lettres depuis sa fondation. Seule publication autorisée par la Société.

PORTRAITS PHOTOGRAPHIQUES d'après nature, par *Pierre Petit*. Textes biographiques et bibliographiques rédigés sur des documents authentiques. Prix de chaque livraison renfermant 6 portraits. . . . . . . 3 fr.

Gens et Bêtes, scènes dramatiques de la vie intime des animaux, par BRASSEUR-WIRTGEN, ouvrage couronné par la Société protectrice des animaux. Un joli volume in-12. Prix. . . . . 3 fr.

Une grande pécheresse, roman d'*un vélite de* 1812, par H. AUGU. Un vol. in-18 jésus. Prix . . . . 3 fr.

Les Grands Écrivains français. Fac-simile des éditions originales. — Portraits authentiques. — Autographes, Notices et Extraits, par ALPHONSE PAGÈS.

— LES POÈTES forment un beau volume grand in-8. Prix. . . . . 15 fr.

— LES PROSATEURS (*sous presse*).

Les Heures pensives, première partie par FOUCAUD DE L'ESPAGNERY. Un volume in-18 jésus. Prix. 3 fr.

Une Heureuse Influence, par Mlle VIRGINIE NOTTRET. Un vol. in-18 jésus (*sous presse*).

Histoire du Bâton depuis les temps les plus reculés jusqu'à nos jours ; histoire philosophique et anecdotique : *Les origines du bâton , — le sceptre et la crosse, — le bâton féodal, — les superstitions du bâton, — us et coutumes du bâton, — les peines du bâton, — monographie de la canne, — la canne de M. Thiers et le bâton du maréchal de Mac-Mahon, — les 24 proverbes du bâton, — le bâton civilisateur???* par M. ANTONY RÉAL. Un beau volume in-18 jésus. Prix. . 3 fr.

Histoire des Deux Conspirations du général Malet, nouvelle édition, format in-8, par ERNEST HAMEL, avec un magnifique portrait du général Malet. Prix 5 fr·

— LA MÊME. Un volume in-18 jésus. Prix. . . 3 fr.

Histoire militaire e anecdotique du Coup d'État, 1851. Avec documents inédits et lettres des principaux personnages. Un volume in-8, nouvelle édition. Prix. . . . . 5 fr.

Histoire de Saint-Just, député à la convention nationale ornée d'un portrait de Saint-Just par Flameng, et d'un portrait de Philippe Le Bas, par David, également gravé par Flameng, par M. ERNEST HAMEL. 2ᵉ édition. 2 vol. in-18. Prix . . . . 6 fr.

Histoire de Marie Tudor, Marie la Sanglante, précédée d'un essai sur la chute du catholicisme en Angleterre 2 vol. in-8, par M. ERNEST HAMEL. (Épuisé.)

Histoire de l'ancienne Cathédrale et des Evêques d'Albi, par EUGÈNE D'AURIAC. Un vol. in-8, imprimé avec le plus grand soin par l'Imprimerie nationale. Prix. . . . . 6 fr.

Histoire de la République et du second Empire, par ERNEST HAMEL. Ouvrage illustré paraissant par livraisons, format in-8 cavalier, sur deux colonnes. Prix de la livraison. . . . . 10 c.

— La seconde partie, *Empire personnel*, en cours de publication.

Histoire de la République française sous le Directoire et le Consulat, par M. ERNEST HAMEL. Un volume in-4 cavalier. Prix. 7 50

Histoire de Robespierre, par M. ERNEST HAMEL. 3 vol. in-8 cavalier. Prix. 22 50

Histoire de gras et de maigres, par CAMILLE LEMONNIER. Un joli volume in-18 jésus. . . . . . . 3 fr.

Histoires à sensation. Essais de littérature positive, par PIERRE BOYER, auteur de *Une Brune*. Un beau volume in-18 jésus. Prix . . . . , 3 fr.

Histoire de la Terre Privilégiée, anciennement connue sous le nom de Pays de Kercorb (canton de Chalabre, Aude), coup d'œil, notions et détails sur la contrée, notamment sur la commune de RIVEL, par M. CASIMIR PONT. Cet ouvrage, couronné publiquement par la Société archéologique du Midi de la France, est ornée de magnifiques gravures sur vélin. Format in-8. Prix. 7 50

Impressions de voyage : LES HAUTES-PYRÉNÉES, par ACHILLE JUBINAL, député de ce département au Corps législatif, 6ᵉ édition. Un beau volume in-18 jésus. Prix. 2 fr.

Les indiscrétions du prince Svanine, par S. BLANDY. Un magnifique volume in-18 jésus. Prix . . . 3 fr. 50

L'Instruction en Allemagne, par un officier général. Un vol. in-18 jésus. . . . . 1 fr.

Invasion de 1870-71, par H. CAVANIOL. Un volume grand in-8. Prix . . . . 5 fr.

Jean-Bart et son fils, études marines, par J. DE LA LANDELLE. Un fort volume in-18 jésus. Prix . . 3 50

Jeux de plume, par M. D'ARGIS. Un vol. in-32, faisant partie de l'*Ecrin littéraire*. Prix. . . . . . 75 c.

Le Journal de Gaston. Heures sérieuses d'un écolier, par M. l'abbé CALAS, ancien professeur de philosophie, ancien directeur d'un collége libre, auteur de plusieurs ouvrages d'éducation. 3 superbes volumes in-18 jésus. 2ˢ édition. Prix. . . . . 5 fr.

Langres pendant la guerre de 1870-71, d'après les documents officiels recueillis par un officier de l'armée régulière. Un vol. in-18. Prix . . . . . . , 1 25

Lettres parisiennes, la politique en 1873, par M. LÉON RICHER. Un beau volume in-18. Prix. . . , 3 fr.

Les Lipans, ou les Brigands normands, roman historique par PAUL AVENEL, in-18 jésus. Prix. . 3 fr.

Louise de Kéristan, par FLEURIOT DE LANGLE, deuxième édition. Un volume in-18 jésus. Prix. . . . 2 fr.

Mademoiselle Séphora, par HAUMONT. Un magnifique volume in-18 jésus. Prix . . . . 3 fr.

Ma femme et moi par Camille Lemonnier. Un beau vol. in-18. Prix . . . . 3 fr.

Le Magasin littéraire de la Société des Gens de Lettres paraît le 1ᵉʳ de chaque mois, à partir de mars 1873, en livraison de 32 pages in-8 jésus. — Le prix de l'abonnement par an. . . . . 6 fr.
— Chaque numéro, avec couverture illustrée, se vend séparément. . . . . 40 c.

— Les numéros de la première année sont réunis en un beau volume, avec une couverture imprimée. Prix . . . . 6 fr.

Marguerite de Coetquen, — Pierre de Rohan, par Charles du Boishamon, 1 volume in-12. . 1 fr. 50

Maothe, par Alfred des Essards. 1 beau vol. in-8 · 6 fr.

Le Médecin de l'Opéra, roman psychologique, par le bibliophile Jacob. Un superbe volume in-18 jésus. Prix. . . . . 3 fr.

Mémoires du Peuple français depuis son origine jusqu'à nos jours, par Augustin Challamel. Ouvrage couronné par l'Académie française. 8 beaux vol. grand in-8. Prix. . . . . 60 fr.

Mères et Enfants, premier enseignement moral, simples entretiens destinés à l'éducation de la jeunesse (*sous presse*), par madame Duez. Collection de jolis volumes in-18 illustrés divisés en deux séries :

— Première série. *Les Jeunes Filles.*
— Deuxième série. *Les Jeunes Garçons.*

Le Monde des Esprits, par Fortunio. Un volume in-18 (*sous presse*).

Noir et Rose, par Virginie Nottret. 1 beau vol. in-18 jésus. Prix. . . . . 3 fr.

Nouveau Théâtre des Jeunes personnes, ou l'Histoire grime. Comédie en deux actes, par Mlle M. Trécourt. In-18, piqûre. Prix . . . . 25 c.

L'offrande aux Alsaciens et aux Lorrains, par la Société des Gens de Lettres. Magnifique volume in-8 avec dessins de MM. Adolphe Henner et Charles Marchal; eaux-fortes de MM. Léopold Flameng et Rajon. Un volume in-8. Prix . . . . 5 fr.

— Exemplaires d'amateur numérotés sur papier vergé de Hollande. Prix. . . . . 20 fr.

— *Nouvelle édition*, format in-18 jésus, illustrée Prix. . . . . 3 fr.

Lé Petit Labruyère, par ÉMILE DACLIN, 1 vol. in-18 jésus. Prix. . . . . 3 fr.

Les Peintres de Genre au Salon de 1863, par CHARLES GUEULLETTE. Un volume in-18 raisin. Prix. 1 fr.

Petite France, par ARMAND DUBARRY. Un joli volume in-18 jésus. Prix. . . . . 3 fr.

Les petits Drames, romans et nouvelles, par O. JUSTICE. Un volume in-12. Prix. . . . . 1 fr.

Les petits poèmes de l'Enfance et de l'adolescence, par M. l'abbé CALAS, ancien chef d'institution, auteur du Journal de Gaston. Un fort vol. in-18. Prix. 3 fr.

Pierre et Marie, ou la *Grâce de Dieu*, historiettes austro-françaises, par JULES MARESCHAL, ancien directeur des Beaux-Arts. Un joli vol. in-18 jésus, onzième édition. Prix . . . . 2 fr.

La Politique du Perchoir, ou les Oiseaux au Forum, par LE BOUVREUIL. Une brochure in-8. Prix . . 1 fr.

Précis de l'Histoire de la Révolution française, par M. ERNEST HAMEL. Un volume in-8° cavalier. Prix. . . . . 6 fr.

Quatre Célébrités. *Saint-Janvier et son miracle*, par ARMAND DUBARRY. Un beau vol. in-18 orné de 4 belles gravures sur bois. Prix. . . . . 3 fr.

Quelques paroles inutiles sur le Salon de 1864, par CHARLES GUEULLETTE. In-8, piqûre. Prix. . . . . . 50 c.

Rapsodies, par Pétrus Borel. Un volume in-12 raisin.
Prix. . . . . 3 fr.

Le Récif des Triagos, — Mlle de Montvert, — Une
Vieille Fille, — Une Méprise, — le Cap des Tempêtes, par Louis Collas. In-18 jésus. Prix. . 3 fr.

La Religion, dans l'éducation de l'enfance et de la jeunesse, par Jules Mareschal, ancien directeur des
Beaux-Arts. Un vol. grand in-8, onzième édition.
Prix. 1 50

Les Remèdes contre l'Amour, — Mme de Ligneralle,
par Claire de Chandeneux. Un vol. in-18 jésus.
Prix. 3 fr.

Rénovation politique et morale de la France, par Camille
Gros. Un joli volume in-18 jésus. Prix. . . 2 fr.

République ou Monarchie, par Achille Eyraud. Un vol.
in-18 jésus. Prix . . . . 1 fr.

Le Roi d'une Ile déserte, par Augustin Challamel. Un
vol. in-32, faisant partie de l'*Ecrin littéraire.*
Prix. . . » . . . . 75 c.

Le Roman de la Marseillaise, par Alexandre Fourgeaud,
1 volume in-18 jésus. Prix . . . . 1 fr.

Le Roman des Ouvrières, par Emile Bosquet. Un joli
volume in-18 jésus, 2º édition. Prix . . . . 3 fr.

Le Roman de l'Histoire, par Jules d'Argis. Un fort beau
volume in-18 jésus. Prix . . . . 3 fr.

Le Roman d'une Parisienne, par Fortunio. Un volume
in-18 (*sous presse*).

Romans et Nouvelles, par Caroline Gravière, recueillis
et publiés par le bibliophile Jacob. Premier recueil :
L'Enigme du docteur Burg, — Un Gentilhomme d'aujourd'hui. Un vol. in-12, papier vélin. Prix. 3 fr.

Le Secret du Cardinal, roman historique, par Octave
Féré. Un vol. in-18 jésus. Prix. . . . . . 3 fr.

La Servante, *Sainte-Nitouche,* par Caroline Gravière,
romans et nouvelles, deuxième recueil publié par le

bibliophile JACOB. Un beau volume in-18 jésus
Prix. 3 fr.

Les Siéges de Paris anciens et modernes. Annales militaires de la Capitale depuis Jules César jusqu'à ce
jour, juin 1871, par BOREL D'HAUTERIVE, bibliothé-
caire à la bibliothèque de Sainte-Geneviève. Un beau
volume in-18 jésus. 2 édition. Prix. . . . . 3 fr.

Les six mariages de Henri VIII, par JULES D'ARGIS,
2e édition, augmentée de nombreux fragments inédits
Un beau volume in-18 jésus. Prix. . . . . 3 fr.

Les Soirées amusantes, par EMILE RICHEBOURG, contes et
nouvelles à l'usage de la jeunesse et de la famille,
formeront 12 volumes in-32 imprimés avec le plus
grand soin, se vendent séparément. Prix. . 75 c.

— La collection complète des *Soirées amusantes* sera
divisée en autant de séries qu'il y a de saisons dans
l'année. — Chaque séries contiendra trois volumes.

— Ire Série. — *Contes d'hiver*. — Janvier, Février,
Mars, 3 vol.

— 2e Série.— *Contes de printemps*. — Avril, Mai, Juin,
3 vol.

— 3e Série. — *Contes d'été*. — Juillet, Août, Septembre, 3 vol.

— 4e Série.— *Contes d'automne*.— Octobre. Novembre.
Décembre, 3 vol.

La Statue de J.-J. Rousseau, par EMILE HAMEL. Un volume in-18 jésus. Prix. . . . . 3 fr.

Les titres de la dynastie d'Orléans, histoire du régime
parlementaire. Un vol. grand-8. Prix. . . 3 fr.

Traité du Visage et de ses maladies cutanées, par le
docteur FOUCAULD DE L'ESPAGNERY. Un fort volume
in-8. Prix. . . . . 6 fr.

Travail et Féerie. Drame en 6 actes, par Mlle TRÉCOURT
In-8, piqûre. Prix . . . . 50 c.

Un Exilé, par LOUIS COLLAS, un beau volume in-18 jésus. Prix. . . . . 3 fr.

Une fausse position, par CLAIRE BRUNE. Un volume in-8, 2ᵉ édition. Prix. . . . . 5 fr.

Une Heure dans le bleu, par CHARLES GUEULLETTE. Un joli volume in-12. Prix. . . . . 3 fr.

Le Vrai Voltaire, l'homme et le penseur, par EDOUARD DE POMPÉRY. Un beau volume in-8. Prix. . . 6 fr.

Le Vicaire de Presles à dix-huit ans, première étude par JULES DE VAILLY. Un beau volume in-18 jésus. Prix. . . . . 3 fr.

Une Victime de Boileau, ou réponse de Jonas à l'auteur des *Satires*, par ACHILLE JUBINAL. Une brochure in-8. Prix . . . . 1 fr.

Le Volontaire d'un an, comédie en un acte, par MM. A. GAISE et DREUX. Piquée . . . . 50 c.

2021.74. — Boulogne (Seine). — Imp. JULES BOYER et Cⁱᵉ
Administration 11, rue Neuve-Saint-Augustin, 11

www.ingramcontent.com/pod-product-compliance
Lightning Source LLC
Chambersburg PA
CBHW070309030726
47505CB00004B/959